Zu diesem Buch

Die erste öffentliche Reaktion, die Erskine Caldwells Roman «Gottes kleiner Acker» bewirkte, war ein spektakulärer Prozeß: Die New Yorker «Gesellschaft zur Unterdrückung des Lasters» klagte 1933 bei Erscheinen des Werkes gegen den Verleger – und verlor. Unter Berufung auf ein Gutachten, an dem prominente Schriftsteller mitgearbeitet hatten, kam das Gericht zu dem Schluß, es handle sich um den «aufrichtigen Versuch, einen Aspekt des Lebens in den Südstaaten wahrheitsgetreu darzustellen». Inzwischen ist «Gottes kleiner Acker» das auflagenstärkste Buch der amerikanischen Literatur des 20. Jahrhunderts.

Der Roman provoziert heute nicht weniger als damals. Caldwells karger, kraftvoller Realismus, mit dem er voller Verständnis für Verwirrungen und Leidenschaften, Aberglauben und grenzenlose Hemmungslosigkeit das Leben der kleinen Farmer und Industriearbeiter seiner Heimat Georgia beschreibt, spiegelt die Realität sehr genau. In krassen, zuweilen brutalen Szenen, die grandioser Komik nicht entbehren, zeigt Caldwell, wie diese Menschen wirklich sind: sittlich verkommen, gewalttätig, teilnahmslos gegenüber anderen, aber auch von bewunderungswürdiger Opferbereitschaft.

Der alte Farmer Ty Ty Walden hat Gott einen Acker geweiht. Weil er aber seit fünfzehn Jahren auf seiner Farm nach Gold gräbt, verlegt er ihn immer wieder, um den erhofften Gewinn nicht an die Kirche zu verlieren. Die Felder, auf denen er einst Baumwolle angebaut hat, veröden; das Haus droht unter den kreuz und quer vorgetriebenen Schächten einzustürzen. Doch Ty Ty wird nicht fündig; nur das Elend nimmt zu, in dem er mit seinen Söhnen und Töchtern dahinvegetiert. Unterdessen stillt Will Thompson, Ty Tys Schwiegersohn und Wortführer der streikenden Spinnereiarbeiter, seinen ganzen Lebenshunger in maßloser Sinnlichkeit: Darling Jill, die lüsterne Schwester seiner Frau, und die bildhübsche Griselda, seine Schwägerin, sind ihm zu Willen. In einem naiven Stolz auf die Schönheit dieser Frauen sieht Ty Ty darin einen Fingerzeig Gottes und läßt es geschehen, womit er sich an der Katastrophe schuldig macht, von der die Familie zerstört werden wird. Noch bevor Griseldas Mann den Schwur wahrmachen kann, den Rivalen umzubringen, findet Will ein gewaltsames Ende, als die Arbeiter die Spinnerei stürmen. Nun ist Jim Leslie, Ty Tys ältester Sohn, das Opfer, denn auch er begehrt die verführerische Schwägerin. Für den alten Ty Ty bricht eine Welt zusammen, aber bald schon packt ihn das Goldfieber aufs neue, von dem er sich die Rettung aus seiner seelischen Not verspricht.

«Ich lache zwar, wenn ich ‹Gottes kleiner Acker› lese, aber das Lachen schlägt in Weinen um.»

André Gide

Rowohlt Jahrhundert

Herausgegeben von Bernd Jentzsch
Band 20

Erskine Caldwell

Gottes kleiner Acker

Roman

Aus dem Amerikanischen
übersetzt von
Lino Rossi

Rowohlt

Titel der Originalausgabe:
God's Little Acre

Veröffentlicht im Rowohlt Taschenbuch Verlag GmbH,
Reinbek bei Hamburg, November 1987
Die Erstausgabe erschien 1933 bei Martin Secker, London

Umschlaggestaltung Peter Wippermann
(Foto des Autors: Norm Schindler / ASUCLA)
Satz Garamond (Linotron 202)
Gesamtherstellung Clausen & Bosse, Leck
Printed in Germany
1280-ISBN 3 499 40020 0

GOTT BRAUCHT DEN KLEINEN Acker nicht, und du wirst sehen: dort werden wir auf die Ader stoßen. Ich will ein krummer Hund sein, wenn ich mich nach Goldklumpen abschinde und dann zusehe, wie sie der Pfaffe in die Tasche steckt.

1. Kapitel

Ein paar Meter unterminierter Sand- und Lehmboden nahe am Gipfel stürzten ein und prasselten hinunter auf den Grund des Kraters. Ty Ty Walden war so wütend über den Erdrutsch, daß er einfach dastand, die Haue in der Hand, knietief in der rötlichen Erde – und auf alles fluchte, was ihm nur in den Sinn kam. Die Jungen wollten ohnehin Schluß machen mit der Arbeit: der Nachmittag ging zu Ende, und sie wühlten schon seit Tagesanbruch in dem tiefen Loch.

«Warum in drei Teufels Namen muß dieser Dreck einstürzen, gerade wenn wir etwas Tiefe gewonnen haben?» Ty Ty starrte wütend auf Shaw und Buck. «Ist das nicht zum Verrücktwerden!»

Ehe sie dem Vater eine Antwort hätten geben können, packte Ty Ty die Haue mit beiden Händen beim Knauf und wirbelte sie mit aller Kraft gegen die Kraterwand. Dabei ließ er es bewenden. Aber es gab Zeiten, da war er so gereizt, daß er mit einem Stock auf den Erdboden einhieb, bis er selbst erschöpft zusammenbrach.

Buck packte seine Knie mit den Händen und zog die Beine aus dem lockeren Erdreich; dann setzte er sich nieder und schüttelte Sand und Kies aus den Schuhen. Er machte sich Gedanken über die Erdmassen, die sie jetzt aus der Grube schaufeln und herausbefördern mußten, ehe sie wieder ans Schürfen gehen konnten.

«'s ist Zeit, daß wir eine neue Grube in Angriff nehmen», sagte Shaw zum Vater. «Wir wühlen hier jetzt über zwei Monate und haben noch nichts herausgeholt als einen Haufen Schwerarbeit. Ich hab dies Loch wirklich satt. Wir holen nichts raus, wenn wir auch noch so tief graben.»

Ty Ty saß auf dem Boden und fächelte sein heißes Gesicht mit dem Hut. In der großen Grube gab's keine frische Luft, und der Krater war heißer als ein Eimer mit dampfendem Ragout.

«Es ist ein Malheur mit euch, Boys – ihr könnt euch nicht in Geduld fassen, ihr habt nicht meine Ausdauer», sagte er, sich fächelnd und den Schweiß vom Gesicht wischend. «Ich schürfe seit nahezu fünfzehn Jahren in diesem Land, und ich bin entschlossen, es noch weitere fünfzehn Jahre zu tun, wenn's nötig ist. Aber ich hab so ein Gefühl – es wird nicht nötig sein. Ich denke, wir stoßen bald auf etwas, das sich lohnt. Ich fühl's in diesen heißen Tagen in meinen Knochen. Wir können doch nicht Schluß machen und mit allem wieder von vorn anfangen, sooft eine Handvoll loser Dreck vom Rand da oben herunterbricht. Hat doch keinen Sinn, jedesmal mit einer neuen Grube anzufangen, sobald so etwas passiert. Wir müssen einfach drauflosschuften, als ob nichts geschehen wäre. Nur so kann man's schaffen. Ihr Burschen dürft bei solchen Kleinigkeiten nicht gleich die Geduld verlieren.»

«Zum Teufel mit der Geduld!» Buck spuckte in den roten Lehm. «Geduld brauchen wir nicht; aber was wir brauchen ist ein Wahrsager. Man sollte meinen, daß du genug von dem Kram verstehst; du hättest gar nicht ohne einen Hellseher mit Graben anfangen sollen.»

«Na, du redest wieder los, ganz wie die Schwarzen», sagte Ty Ty resigniert. «Ich wünschte, du kämst zu Verstand, Sohn, und hörtest nicht auf sie. Die stecken doch bis zum Hals im Aberglauben. Schau lieber mich an: ich nehme alles wissenschaftlich. Aber du hörst ja auf das

Nigger-Geschwätz, man könnte meinen, sie hätten mehr Verstand als ich. Dabei ist das alles nur ein Geschwätz von Hellseherei und Beschwörungskunst.»

Shaw nahm seine Schaufel auf und fing an, hinauszuklettern.

«Na, laß gut sein», sagte er, «ich hab auf alle Fälle für heute genug. Ich will heut abend zur Stadt.»

«Immer die Arbeit hinschmeißen, mitten am Tag – nur daß du zeitig in die Stadt kommst», brummte Ty Ty. «Auf die Art bringst du's nie zu Geld. Und in der Stadt tust du auch weiter nichts, als beim Billard herumstehn, und hernach bist du hinter irgendeinem Weibsstück her. Wenn du daheim bliebest, könnten wir es zu etwas bringen.»

Auf halbem Weg zum Gipfel ließ sich Shaw auf Hände und Knie nieder und kroch das letzte Stück, sonst wäre er zurückgeglitten. Die anderen sahen ihm nach, wie er sich über den Kraterrand schwang und sich dann draußen auf festem Grund aufrichtete.

«Wen besucht er denn so oft in der Stadt?» fragte Ty Ty seinen anderen Sohn. «Er wird noch in die Patsche geraten, wenn er nicht aufpaßt. Shaw ist noch nicht an die Weiber gewöhnt. Sie können ihm einen scheußlichen Streich spielen, und er wird's erst merken, wenn's zu spät ist.»

Buck saß auf der anderen Seite der Grube, dem Vater gegenüber; er zerkrümelte trockenen Lehm zwischen den Fingern.

«Ich weiß nicht», sagte er. «Niemand im besonderen. Er hat jedesmal ein anderes Mädchen, so oft ich etwas darüber höre. Ihm gefällt alles, was einen Rock anhat.»

«Warum in drei Teufels Namen läßt er die Finger nicht von diesen Frauenzimmern? Hat doch keinen Sinn, daß ein Mann jeden und jeden Tag in Hitze kommt. Diese Weibsbilder werden noch Hackfleisch aus ihm machen. Als ich ein junger Bursch war, hab ich nie so angegeben mit den Weibern. Was ist denn in ihn gefahren? Hat er's nicht besser, wenn er zu Hause bleibt und sich unsere Mädchen daheim anschaut?»

«Mich darfst du nicht fragen. Mir ist egal, was er in der Stadt tut.»

Seit ein paar Minuten war Shaw schon außer Sicht; aber plötzlich tauchte er wieder oben auf und rief nach Ty Ty hinunter. Überrascht starrten sie hoch.

«Was ist los, Sohn?» fragte Ty Ty.

«Da kommt ein Mann über die Felder, Pa», gab Shaw zur Antwort. «Er kommt vom Haus her.»

Ty Ty erhob sich, er sah sich nach allen Seiten um, als ob er über den zwanzig Fuß hohen Kraterrand blicken könnte.

«Wer ist es, Sohn? Was will er hier draußen?»

«Ich kann ihn noch nicht erkennen», erwiderte Shaw. «Aber er hat so was Städtisches an sich. Feine Kluft.»

Buck und sein Vater nahmen Schaufeln und Hauen auf und kletterten aus der Höhle heraus.

Als sie den Kraterrand erreicht hatten, sahen sie einen großen, fetten Menschen eilig über das rauhe Feld auf sie zustreben. Dennoch kam er in der Hitze nur langsam vorwärts, und sein hellblaues Hemd klebte schweißig an Brust und Bauch. Er stolperte hilflos über den zerklüfteten Erdboden, unfähig, bis auf die eigenen Füße zu sehen.

Ty Ty hob die Hand und winkte ihm zu.

«Nanu, das ist ja Pluto Swint!» sagte er. «Hast du 'ne Ahnung, was Pluto hier draußen sucht?»

«Ich hab Pluto in der noblen Aufmachung gar nicht erkannt», sagte Shaw. «Absolut nicht zu erkennen ist er.»

«Was wird's schon sein – faule Fische, wie gewöhnlich», gab Buck dem Vater zur Antwort. «Er ist immer hinter Hirngespinsten her – hat man je etwas anderes von ihm gehört?»

Pluto kam näher, und sie gingen hinüber und setzten sich in den Schatten der immergrünen Eiche.

«Eine Gluthitze, Ty Ty», keuchte Pluto, heranstolpernd. «Hallo, Junge! Na, wie geht's, Ty Ty, kommt ihr vorwärts? Ihr solltet eine Straße bauen, hier heraus zu den Gruben, damit ich mit dem Wagen bis hierher fahren kann. Hört ihr noch nicht auf mit der Arbeit für heute?»

«Du solltest in der Stadt die Abendkühle abwarten, bevor du herauskommst, Pluto», sagte Ty Ty.

«Ich hatte Lust, herauszufahren und mich nach euch umzusehn.»

«War's etwa nicht heiß bei euch?»

«Wenn irgendeiner, so kann ich's aushalten, mein ich. Wie kommt ihr vorwärts, heute?»

«Können nicht klagen», sagte Ty Ty.

Pluto saß auf dem Boden, gegen den Stamm der Eiche gelehnt und keuchte wie ein Jagdhund, der im Hochsommer hinter Kaninchen her ist. Schweiß sickerte aus dem fetten Fleisch seines Gesichts und seines Halses und tröpfelte nieder auf sein hellblaues Hemd, das sich um einige Schattierungen dunkler färbte. So saß er eine Weile, zu erschöpft und erhitzt, um zu sprechen oder sich zu rühren.

Buck und Shaw drehten sich Zigaretten und zündeten sie an.

«So, so, ihr könnt nicht klagen», sagte Pluto endlich. «Nun, dafür darf man schon dankbar sein. Mir scheint, es gibt genug zu klagen in diesen Zeiten, wenn einer seinem Herzen Luft machen will. Die Baumwolle lohnt die Arbeit nicht mehr, und unsere Schwarzen fressen die Wassermelonen so schnell, wie sie nur am Stengel reifen. Hat nicht viel Sinn mehr, sich heutzutage aufs Pflanzen zu verlegen, wenn man davon leben muß. Ich jedenfalls hab nie viel Talent zum Farmer gehabt, muß ich sagen.»

Pluto streckte sich aus und verschränkte die Arme hinter dem Kopf. Langsam begann er sich im Schatten zu erholen.

«Gibt's was Neues bei euch?» fragte er.

«Nichts von Bedeutung», erwiderte Ty Ty. «Die Jungen plagen mich, sie wollen eine neue Grube in Angriff nehmen; aber ich kann mich noch nicht dazu entschließen. Wir sind zwanzig Fuß tief gegangen in der jetzigen, und die Seitenwände drohen einzubrechen. Na, mir scheint, wir könnten schließlich zur Abwechslung ebensogut woanders arbeiten. Eine neue Grube braucht am Ende nicht schlechter zu sein als eine alte.»

«Was ihr Leutchen brauchtet wäre ein Albino, der euch aus der Patsche hilft», meinte Pluto. «Die Leute sagen, daß man hier ohne Albino nicht mehr Chancen hat als ein Schneeball in der Hölle.»

Ty Ty richtete sich auf und sah Pluto an.

«Ohne was – Pluto?»

«Ohne Albino.»

«Was zum Teufel ist denn ein Albino? In meinem Leben hab ich nichts von einem Albino gehört, Pluto. Wo hast du das gehört?»

«Du weißt ganz gut, was ich meine. Du hast oft genug davon gehört. Du weißt es.»

«Dann ist es mir gänzlich entfallen. Ich weiß wirklich nicht.»

«Das ist so ein ganz und gar weißer Mensch, einer von denen, die aussehen, als wären sie aus Kalk oder aus sonst was Weißem. Ein Albino ist einer dieser kalkweißen Menschen, Ty Ty. Alles an diesen Albinos ist weiß: Haar, Augen – überhaupt alles, sagt man.»

«Ach so!» meinte Ty Ty und lehnte sich wieder zurück. «Ich habe zuerst nicht verstanden, wovon du sprachst. Ja, natürlich, davon weiß ich. Die Schwarzen reden von Albinos, das hab ich gehört; aber ich achte nicht auf das Geplapper der Farbigen. Mir scheint schon, daß ich einen solchen Kerl brauchen könnte, wenn ich nur wüßte, wo ihn hernehmen. In meinem ganzen Leben ist mir so ein Bursche nicht begegnet.»

«Ihr müßtet einen hier haben, Leute.»

«Ich sage immer, ich falle nicht auf diesen Unsinn herein, Pluto, auf all das Zeug mit Aberglauben und Beschwörung. Aber ich habe mir schon die ganze Zeit gedacht: so ein Albino, das wäre gerade, was wir brauchen. Du verstehst natürlich, ich sehe die Sache durch und durch wissenschaftlich an. Mit Beschwörungszauber will ich absolut nichts zu tun haben. Wenn's ein Ding auf Erden gibt, von dem ich mich nicht zum Narren machen lasse, so ist es das. Lieber will ich eine Klapperschlange im Bett haben, als diese blöden Beschwörungspossen mitmachen.»

«Ein Bursche hat mir erzählt, daß er neulich einen gesehen habe», berichtete Pluto. «Das steht einmal fest.»

«Wo?» Ty Ty sprang auf die Füße. «Wo hat er ihn gesehen, Pluto? Hier herum – in unserer Gegend?»

«Dort irgendwo, wo das Land ganz flach ist. Nicht so weit weg. Du könntest losgehn und ihn herbringen – in zehn, zwölf Stunden höchstens wärst du wieder hier. Ich meine, du wirst gewiß keine Umstände haben, wenn du ihn einfängst, aber es wäre vielleicht ganz gut, wenn du ihn ein bißchen bändest für die Rückfahrt. Das kann nichts schaden. Er lebt in einem Sumpf, und vielleicht behagt ihm der feste Erdboden nicht.»

Shaw und Buck drängten sich näher an den Baum, an dem Pluto saß.

«Wirklich und wahrhaftig – ein echter Albino?» fragte Shaw.

«So wahr wie der Tag.»

«Lebendig? Geht er herum?»

«So hat mir der Bursche berichtet», gab Pluto zur Antwort. «Das steht fest.»

«Und wo ist er jetzt?» wollte Buck wissen. «Meinst du, daß wir ihn leicht fangen können?»

«Ich weiß nicht, ob ihr ihn so ganz leicht erwischt;

vielleicht werdet ihr Mühe genug haben, bis ihr ihn aus dem Sumpf heraus auf den festen Erdboden lockt. Aber dann wißt ihr schon, wie ihr seiner habhaft werdet, sollt ich meinen.»

«Wir fesseln ihn», sagte Buck.

«So weit möchte ich nicht gehen, mehr brauch ich wohl nicht zu sagen; aber ich denke, ihr habt mich schon verstanden. Ich kann natürlich nicht herumlaufen und den Leuten Ratschläge zum Bruch der Gesetze erteilen. Wenn ich euch schon einen Wink gebe, so erwarte ich, daß ihr mich hinterher aus dem Spiel laßt.»

«Wie groß ist der Kerl?» erkundigte sich Shaw.

«Das wußte mein Gewährsmann nicht mehr.»

«Groß genug, daß er was taugt, will ich hoffen», sagte Ty Ty.

«Oh sicher. Aber schließlich: es kommt nicht auf die Größe an. Nur auf das Weiße – über und über weiß muß er sein.»

«Wie heißt er?»

«Daran konnte sich der Bursche nicht erinnern», sagte Pluto. «Das steht einmal fest.»

Ty Ty brach eine Doppelportion Kautabak ab und machte die Hosenträger fest. Er fing an, im Schatten hin und her zu gehen, den Blick auf den Boden unter seinen Füßen geheftet. Er war zu erregt, er konnte nicht länger stillsitzen.

«Hört mal», sagte er, indes er unablässig vor ihnen hin und her ging, «das Goldfieber hat mich wieder mit Siedehitze gepackt. Geht ins Haus, macht das Auto für die Fahrt bereit. Gebt acht, daß die Reifen hart und fest aufgepumpt sind und füllt ordentlich Wasser in den Kühler. Wir machen uns sofort auf den Weg.»

«Nach dem Albino, Vater?» fragte Buck.

«Du bist ein heller Junge, mein Sohn», sagte Ty Ty und beschleunigte den Schritt. «Wir fangen den Weißling – und wenn ich dort alles in Stücke schlagen muß. Aber kommt mir nur nicht mit diesen Beschwörungs-Hokuspokus dazwischen. Das gibt's nicht. Wir gehen der Sache streng wissenschaftlich zu Leibe.»

Buck machte sich sogleich auf den Weg zum Haus, aber Shaw wandte sich noch einmal um und kam zurück.

«Wie steht's mit dem Futter für die Schwarzen, Pa?» wollte er wissen. «Der schwarze Sam sagte schon um die Mittagszeit, daß er keinen Bissen Fleisch oder Maisgrütze mehr im Haus habe, und Onkel Felix sagt, er habe heute noch kein Frühstück gehabt. Ich mußte ihnen versprechen, daß ich es dir bestimmt sage, damit sie am Abend etwas zu essen haben. Sie sind mir beide schon etwas hohläugig vorgekommen.»

«Mein lieber Junge, du weißt ganz gut, daß ich keine Zeit habe, mich um das Essen der Schwarzen zu kümmern», sagte Ty Ty. «Was in drei Teufels Namen fällt dir ein, mich damit zu behelligen, wenn ich in solcher Eile bin, gerade im Aufbruch zur Jagd auf den Weißling? Wir müssen schleunigst hinunter zu den Sümpfen und den Albino fangen, bevor er entwischen kann. Sag du dem schwarzen Sam und Onkel Felix, daß ich versuchen will, ihnen etwas zum Kochen zu verschaffen, sobald wir den Albino gefunden und hergebracht haben.»

Shaw ging noch immer nicht. Er warf dem Vater einen Seitenblick zu und wartete ein paar Minuten.

«Der schwarze Sam sagt, er schlachte den Maulesel, mit dem er pflügt, und er frißt ihn, wenn du ihm nicht bald was zu essen gibst. Er zeigte mir heute morgen seinen Bauch: er ist eingefallen, die Rippen stehen heraus.»

«Du gehst und sagst dem schwarzen Sam: wenn er das Maultier umbringt und frißt, kann er sich auf was gefaßt machen; ich schlage seinen Esel zu Fetzen, bevor ich abfahre. Das fehlte mir noch – Schwarze, die mich in einer solchen Stunde mit ihrem Futter anöden. Geh und sag

Sam, er soll den Mund halten, das alte Maultier nicht anrühren und das Baumwollfeld pflügen!»

«Ich will's ihm sagen», meinte Shaw. «Aber er ist imstande und frißt trotzdem den Maulesel. Er ist so hungrig, sagt er, daß er gar nicht mehr weiß, was er tut.»

«Jetzt geh und bestell ihm, was ich gesagt hab, ich will mich nachher um ihn kümmern, wenn wir diesen Albino eingefangen haben.»

Shaw zuckte die Achseln und ging hinter Buck auf das Haus zu.

Die beiden Neger pflügten Neuland. Von dem ganzen Boden der Farm war nur noch wenig bestellt worden. Sieben bis acht Hektar hatte man für die Gruben gebraucht, die etwa vier bis zwölf Meter tief und doppelt so breit waren. In diesem Jahr waren über zehn Hektar für eine Baumwollpflanzung gerodet worden, weil sie sonst nicht genug Kulturland für die beiden Feldarbeiter gehabt hätten. Von Jahr zu Jahr war das bebaute Land eingeschrumpft – im selben Maßstab, wie die großen Gruben im Erdboden sich vermehrten. Im kommenden Herbst mußten sie wohl entweder im Neuland zu graben anfangen oder aber nahe am Haus.

Pluto schnitt sich einen neuen Priem von dem langen Stück gelben Kautabak, den er in seiner Hüfttasche trug.

«Woher wißt ihr Leute, daß hier Gold im Boden steckt, Ty Ty?» fragte er. «Ihr habt nun die ganzen letzten fünfzehn Jahre hier herumgewühlt – aber auf eine Ader seid ihr bisher noch nicht gestoßen, was?»

«Aber jetzt dauert's nicht mehr lange, Pluto. Mit dem Weißling kann's nicht fehlen; der spürt das Gold in der Erde auf, das ist so gut wie sicher. Ich fühl's schon deutlich in den Knochen.»

«Aber woher wißt ihr denn, daß Gold hier im Boden der Farm steckt? Ihr schürft doch schon weiß Gott wie lang an dieser Stelle und habt doch noch nie was gefunden.

Jeder Mensch zwischen unserem Distrikt und dem Savannah River spricht über das Goldschürfen; aber gesehen hab ich noch nichts.»

«Du bist eben schwer zu überzeugen, Pluto.»

«Ich hab noch nie was davon gesehen», beharrte Pluto. «Das steht fest.»

«Na schön, ich will nicht behaupten, daß ich geradezu auf eine Ader gestoßen bin», meinte Ty Ty, «aber wir sind doch schon ganz hübsch nahe dabei. Ich fühl's in meinen Knochen, es wird warm und wärmer, wir kommen immer näher. Mein Daddy hat's mir schon gesagt: es steckt Gold hier im Boden; und fast jeder Mensch in Georgia hat mir noch dasselbe gesagt. Und erst letzte Weihnacht holten die Jungen einen Klumpen heraus – groß wie ein Perlhuhn-Ei. Das beweist doch, daß hier Gold im Boden steckt, da gibt's gar keinen Zweifel! Und du kannst dich drauf verlassen, ich bring's raus, bevor ich sterbe. Ich denke nicht dran, die Suche aufzugeben. Wenn wir diesen Albino finden und einfangen können, gibt's gar keinen Zweifel: wir stoßen auf die Mine. Die Schwarzen graben immerzu nach Gold, im ganzen Land, selbst da oben in Augusta, hör ich; und das ist ein ganz gutes Anzeichen dafür, daß es hier herum Gold gibt.»

Pluto klemmte den Mund zusammen und spie einen Strahl goldgelben Tabaksaft nach einer Eidechse unter einem abgebrochenen Ast, mehr als drei Meter weit. Es war ein Volltreffer. Mit Augen, die von Plutos Tabaksaft brannten, schoß die scharlachrote Eidechse aus dem Blickfeld.

2. Kapitel

Ich weiss nicht», sagte Pluto, während er nachdenklich über seine Schuhspitzen weg nach einem neuen Ziel für seinen Tabaksaft-Strahl ausblickte. «Ich weiß nicht. Irgendwie kommt's mir vor wie Zeitvergeudung, daß ihr diese großen Höhlen hier in den Erdboden grabt, immer auf der Suche nach Gold. Vielleicht kommt's nur daher, daß ich so träge bin. Wenn ich das Goldfieber hätte wie ihr, Leute – kann sein, ich würde das Land ebenso durchwühlen wie die andern auch. Aber das Goldfieber hat keine Macht über mich, scheint's, es kann mich nicht verzehren wie euch. Ich kann's loswerden, brauch mich nur hinzusetzen und ein wenig darüber nachzudenken.»

«Wenn dich das richtige, ehrliche, rechtschaffene Goldfieber erwischt, Pluto, kannst du's nicht abschütteln, nicht, wenn's deine Seele gälte. Vielleicht kannst du froh sein, daß du's nicht hast. Ich beklage mich nicht, daß ich's im Blut hab – oh, keine Spur! Aber ich schätze, ich bin anders als du. Ein Mensch kann nicht zu gleicher Zeit träge sein und das Goldfieber haben. Es fährt dem Menschen in die Knochen und treibt ihn zum Handeln.»

«Ich hätte gar keine Zeit, im Boden herumzuwühlen», gab Pluto zur Antwort. «Ich käm gar nicht dazu.»

«Wenn du das Fieber hättest, bliebe dir keine Zeit für irgend etwas anderes», erwiderte Ty Ty. «Das kriegt einen Mann unter wie der Alkohol oder die Weiber. Wenn du einmal auf den Geschmack gekommen bist, kannst du nicht mehr stillsitzen, bis du es immer stärker hast. Das bricht nicht ab, das hält immer so an und wird immer mächtiger.»

«Mir scheint, ich versteh es jetzt schon ein wenig besser», meinte Pluto. «Aber es packt mich noch immer nicht.»

«Ich glaube nicht, daß du's überhaupt kriegen kannst; erst müßtest du etwas von deinem Fett wegtrainieren, damit du arbeiten kannst.»

«Mein Umfang hindert mich nicht. Manchmal ist er mir im Weg, aber ich komme schon drum rum.»

Pluto spie aufs Geratewohl nach links. Die Eidechse war nicht zurückgekehrt, und er fand kein geeignetes Ziel.

«Mein einziger Kummer sind die Kinder, sie wollen nicht alle hierbleiben und helfen», sagte Ty Ty langsam. «Buck und Shaw helfen mir noch, auch Bucks Frau und Darling Jill; aber mein anderes Mädchen ist hinauf nach Augusta und hat in der Baumwollfabrik überm Fluß im Horse Creek Valley Arbeit gefunden und geheiratet. Und was Jim Leslie anbelangt – mir scheint, du weißt über ihn alles, was ich dir erzählen könnte. Er ist jetzt ein großer Mann in der Stadt und so reich wie nur irgendeiner.»

«Ja, ja», flocht Pluto ein.

«Irgend etwas ist schon frühzeitig in Jim Leslie gefahren. Er wollte nie viel mit uns anderen zu tun haben, er will's jetzt noch ebensowenig. Gerade jetzt tut er, als ob er nicht wüßte, wer ich bin. Kurz bevor seine Mutter starb, fuhr ich sie in die Stadt, sie wollte ihn besuchen. Sie wollte ihn noch einmal sehen vor ihrem Tod, sagte sie. Na, da brachte ich sie denn in die Stadt, und wir kamen bis an sein großes weißes Haus auf dem Hügel; und als er sah, wer an der Tür stand, schob er den Riegel vor und wollte uns nicht einlassen. Ich schätze, daß sein Benehmen den Tod der Mutter beschleunigt hat, denn sie wurde richtig krank und starb, noch bevor die Woche zu Ende war. Er hat sich ja benommen, als ob er sich unser schämte oder Gott weiß was. Und so treibt er's noch immer. Aber mein zweites Mädchen ist nicht so. Die ist grad so wie wir alle. Die freut sich immer, wenn wir nach Horse Creek Valley auf Besuch kommen. Ich hab's immer gesagt, Rosamond war von jeher ein ordentliches, feines Mädchen. Aber was Jim Leslie anbelangt – nein, von dem läßt sich nicht viel Gutes sagen. Der schaut gleich auf die andere Seite, wenn ich ihm zufällig auf der Straße in der Stadt begegne. Er benimmt sich, als ob er sich meiner schäme. Zwar – ich kann nicht verstehen, wie das möglich sein sollte – denn ich bin doch sein Vater.»

«Ja, ja», meinte Pluto.

«Ich begreife nicht, wieso mein ältester Junge sich so entwickelt hat. Ich war immer ein gottesfürchtiger Mensch, mein Leben lang. Ich hab immer mein Bestes getan, und was mir auch an Kränkungen widerfahren ist, ich hab mich nicht daran gekehrt – und ich hab meine Jungen und Mädchen angehalten, so zu handeln wie ich. Siehst du das Stück Land da drüben, Pluto? Nun, das ist Gottes kleiner Acker. Als ich vor 27 Jahren die Farm hier kaufte, hab ich einen Acker abgetrennt für den lieben Gott, und jedes Jahr geb ich den ganzen Ertrag dieses Feldes der Kirche. Wenn's Baumwolle ist, so bekommt die Kirche das ganze Geld, das die Baumwolle auf dem Markt einbringt. Ebenso, wenn ich Schweine auf dem Grund züchte oder wenn ich Mais pflanze. 's eben Gottes kleiner Acker. Ich bin stolz darauf, das Wenige, das ich habe, mit dem lieben Gott zu teilen.»

«Was wächst denn dieses Jahr darauf?»

«Was darauf wächst? Nichts, Pluto. Hühnerdarm vielleicht, Kornrade. Ich hab nicht einmal Zeit für Baumwolle gefunden dies Jahr. Ich und die Jungen und die Schwarzen, wir haben so viel zu tun gehabt, daß ich bis jetzt Gottes kleinen Acker brachliegen lassen mußte.»

Pluto richtete sich auf und sah über die Felder hin bis zum Kieferngehölz hinüber. Überall lagen so hohe Haufen von Sand und Lehm, daß man kaum 100 Meter weit Sicht hatte, wenn man nicht einen Baum erkletterte.

«Wo, sagst du, ist dieser kleine Acker, Ty Ty?»

«Da drüben, am Saum der Wälder. Von hier aus kannst du nicht viel davon sehn.»

«Warum hast du ihn so weit drüben angelegt? Ist das nicht ein gar zu abgelegener Platz für den Zweck, Ty Ty?»

«Ja, siehst du, das will ich dir erklären, Pluto. Er war nicht immer da, wo er heute liegt. Ich mußte ihn gezwungenermaßen in diesen 27 Jahren viele Male verlegen. Wenn die Jungen einen neuen Schürfgrund ausknobelten, so fiel er, wer weiß wie oft, auf den Gottesacker. Ich weiß gar nicht, wie das zugeht. Ich bin aber gegen das Graben auf seinem Grund, und so mußte ich ihn über die ganze Farm von einer Stelle zur andern verlegen, nur um ihn vor dem Durchlöchern zu beschützen.»

«Hast du Angst, auf dem Acker zu schürfen und auf eine Goldader zu stoßen? Wie, Ty Ty?»

«Nein, das will ich nicht sagen, aber es wäre scheußlich, wenn ich zuerst auf dem Gottesacker auf eine Mine stoßen würde und ich müßte den ganzen Ertrag der Kirche abliefern. Der Pfarrer bekommt sowieso alles, was er braucht. Es wäre mir schrecklich, wenn ich ihm das ganze Gold abgeben müßte. Nein, das könnte ich nicht ertragen, Pluto.»

Ty Ty hob den Kopf und warf einen Blick über das mit Löchern übersäte Land. An *einer* Stelle konnte er fast eine Viertelmeile weit sehen, in gerader Linie zwischen den Erdwällen hindurch. Dort drüben pflanzten Onkel Felix und der schwarze Sam Baumwolle. Ty Ty brachte es immer fertig, sie im Auge zu behalten, denn wenn sie weder Mais noch Baumwolle zogen, so gab's diesen Herbst und Winter kein Geld und wenig zu essen – darüber war er sich klar. Man mußte diese Neger ständig bewachen, denn sonst entschlüpften sie bei der ersten Gelegenheit und gruben in den Löchern hinter ihren Baracken.

«Da ist etwas, worüber ich dich gern befragen möchte, Ty Ty.»

«Deswegen bist du in der heißen Sonne herausgekommen, Pluto?»

«Scheint so. Ich möchte dich was fragen.»

«Was hast du im Sinn, Pluto? Schieß los, sag's schon.»

«Dein Mädchen», kam es schwächlich aus Plutos Mund, und er verschluckte sich am Tabaksaft.

«Darling Jill?»

«Mhm. – Deshalb bin ich herausgekommen.»

«Und was gibt's mit Darling Jill?»

Pluto nahm den Priem aus dem Mund und legte ihn beiseite. Er hüstelte ein wenig, um den Geschmack des gelben Kautabaks aus der Kehle zu vertreiben.

«Ich möchte sie heiraten.»

«Das möchtest du, Pluto? Wirklich?»

«So wahr Gott lebt, Ty Ty. Ich könnte hingehn und meine rechte Hand abschneiden, wenn sie mich nur heiratet.»

«Du hast dich in sie verliebt, Pluto?»

«So wahr Gott lebt», sagte er. «Das steht fest.»

Ty Ty dachte eine Weile nach; es gefiel ihm nicht übel, daß seine jüngste Tochter so jung schon einen Mann mit ernsten Absichten angezogen hatte.

«Hat gar keinen Sinn, sich die Hand abzuschneiden, Pluto. Geh geradewegs zu ihr und heirate sie, wenn sie bereit ist dazu. Ich schätze, du bist vielleicht einverstanden, sie hierzulassen, damit sie uns beim Schürfen hilft, wenn ihr verheiratet seid, ja, vielleicht kommst du dann selbst und hilfst ein bißchen. Je mehr Hände uns beim

Schürfen helfen, desto eher stoßen wir auf die Ader, Pluto. Sicher wirst du nichts dagegen einzuwenden haben, du wirst uns schon helfen, wenn du erst einmal zur Familie gehörst.»

«Diese Arbeit hat mir nie gelegen», gab Pluto zu bedenken. «Das steht fest.»

«Na schön, darüber wollen wir jetzt nicht mehr sprechen. Das hat Zeit bis ihr einmal verheiratet seid.»

Pluto fühlte, wie ihm das Blut ins Gesicht strömte, dicht unter die Haut. Er zog sein Taschentuch und wischte lange über sein Gesicht.

«Aber, da gibt's noch etwas zu bedenken –»

«Was wäre das, Pluto?»

«Darling Jill sagt, sie mag mich nicht mit diesem dicken Bauch. Ich kann's aber doch nicht ändern, Ty Ty.»

«Was in drei Teufels Namen hat dein Bauch damit zu tun?» sagte Ty Ty. «Darling Jill ist ein bißchen verdreht, Pluto. Gib nichts auf das, was sie sagt, hör gar nicht darauf. Geh einfach hin und heirate sie und frag nicht danach. Sie kommt ganz in Ordnung, wenn du sie für eine Weile fortbringst. Darling Jill ist manchmal verrückt, und wegen nichts.»

«Ja, und dann ist da noch etwas», sagte Pluto und wandte sein Gesicht ab von Ty Ty.

«Und was ist das?»

«Ich mag nicht gern davon anfangen.»

«Vorwärts, raus damit, Pluto, wenn's mal draußen ist, wird dir leichter und es drückt dich nicht mehr.»

«Ich hab gehört, sie ist manchmal nicht besonders vorsichtig in ihrem Benehmen.»

«Wieso, was meinst du, zum Beispiel.»

«Na ja – sie hänselt die Männer und macht Dummheiten mit ihnen.»

«Ist über meine Tochter geklatscht worden, Pluto?»

«Na ja, über Darling Jill.»

«Was sagen die Leute?»

«Nicht viel – bloß daß sie sich mit den Männern herumtreibt und herumneckt und Dummheiten macht.»

«Ich fühle mich höchst befriedigt, wenn ich das höre. Darling Jill ist das Nestküken der Familie, aber schließlich macht sie sich doch. Es freut mich wirklich, das zu hören.»

«Sie muß Schluß machen damit, denn ich will sie heiraten.»

«Mach dir nichts draus, Pluto», begütigte Ty Ty. «Kümmere dich gar nicht drum. Schau gar nicht hin. Sie ist unbedacht, das ist sicher; aber sie meint's nicht bös. Das ist eben ihre Art. Es tut niemand schaden, jedenfalls nicht so, daß du's merkst. Mir scheint, daß eine Menge Frauen so sind, mehr oder weniger auf die Art, je nach ihrer Veranlagung. Darling Jill plagt die Männer gerne, aber sie meint's wirklich nicht bös. Ein hübsches Mädchen wie Darling Jill kann alles haben, was ihr in den Weg läuft, nicht wahr, und sie weiß es. Es liegt an dir, sie zufriedenzustellen, Pluto, sie muß sich eben bei dir so wohl fühlen, daß sie die andern stehn läßt und nur mehr dich will. Sie treibt's nur so, weil sie die Eierschalen abgestreift hat und bis jetzt noch keiner Manns genug gewesen ist, um sie unterzukriegen. Du bist Manns genug, du kannst ihr geben, was sie braucht. Das kann ich dir an den Augen absehn, Pluto. Mach dir gar keine Sorgen mehr darüber.»

«Ein wahres Unglück, daß der liebe Gott nicht ein Weib wie Darling Jill schaffen und dann aufhören kann, bevor Er zu weit geht. Das ist Ihm nämlich bei ihr passiert. Er hat nicht verstanden, daß Er des Guten schon genug getan hatte; Er hat einfach immer weitergemacht – und nun seh sich einer das Mädchen an! Sie steckt voll Übermut und sonstigem Unfug, ich weiß gar nicht, ob ich je wieder eine friedliche, ruhige Nacht haben werde, wenn wir erst verheiratet sind.»

«Na ja, es mag Gottes Schuld sein, daß Er nicht rechtzeitig gestoppt hat, Pluto, aber das kommt auf eins heraus, Darling Jill ist nicht das einzige Mädchen, das Er so geschaffen hat. Zu meiner Zeit sind mir haufenweise Mädchen in die Quere gekommen, die gerade so waren. Und ich brauchte keine tausend Meilen von zu Hause zu gehen, um dir eine vorzuführen. Sieh dir mal Bucks Frau an – Pluto, ich erkläre dir, ich stehe sprachlos vor einem so entzückenden Mädchen wie Griselda.»

«Ja, das sagst du so, aber ich begreife das nicht recht, Ty Ty. Ich hab 'ne Menge Weiber gesehen – ein bißchen wie Darling Jill, ja, aber bis jetzt ist mir noch keine begegnet, die so verrückt ist wie sie. Wenn ich Sheriff werden sollte, möchte ich nicht, daß sie sich immer so herumtreibt wie jetzt. Das würde meiner politischen Karriere schaden, das darf ich nicht außer acht lassen.»

«Bis jetzt bist du noch nicht gewählt, Pluto.»

«Bis jetzt noch nicht, aber alles weist darauf hin. Ich habe eine Menge Freunde, die Tag und Nacht im ganzen Distrikt für mich arbeiten. Wenn da nicht jemand mit einer Schiebung dazwischenfunkt, bekomm ich das Amt ohne weiteres.»

«Sag ihnen nur, daß sie nicht hierher in mein Haus kommen, Pluto. Ich verpfände dir mein Wort, daß du meine Stimme bekommst, überhaupt alle Stimmen auf der Farm. Du kannst ganz sicher sein, aber laß keinen von deinen Leuten hierherkommen und mit dem Händeschütteln hier anfangen. Ich erkläre dir, es waren in diesem Sommer nicht weniger als hundert Kandidaten hier. Ich will mit keinem von ihnen zu tun haben, und ich hab's meinen Jungen und Darling Jill und Griselda auch verboten. Hat nicht viel Zweck, wenn ich dir sage, warum ich die Kandidaten nicht hier haben will, Pluto. Da gibt's solche, die verbreiten die Krätze, wohin sie immer kommen, und das hält dann sieben Jahre an. Ich will nicht sagen, daß du die

Krätze hast, aber ein Haufen Kandidaten hat sie. Da sind so viele Fälle im Distrikt vorgekommen in diesem Herbst und Winter – bevor die sieben Jahre herum sind, wird es nicht ungefährlich sein, in die Stadt zu gehen.»

«Es gäbe nicht so viele Bewerber für die paar offenen Stellen, wenn die Zeiten nicht so schlecht wären. Harte Zeiten treiben die Kandidaten hervor wie Lauge die Flöhe auf einem Hunderücken.»

Drüben im Hof neben dem Haus hatten Buck und Shaw den Wagen aus der Garage gerollt und pumpten eifrig die Reifen auf. Bucks Frau, Griselda, stand im Schatten des Eingangstors und plauderte mit ihnen. Darling Jill war nicht in Sicht.

«Ich muß machen, daß ich fortkomme», sagte Pluto. «Ich bin schon den ganzen Nachmittag unterwegs. Ich muß bei allen Wählern zwischen hier und dem Kreuzweg vorsprechen, das muß bis zum Sonnenuntergang erledigt sein. Ich muß machen, daß ich weiterkomme.»

Pluto saß noch immer an den Stamm der Eiche gelehnt und wartete, bis ihm die Lust zum Aufstehn kam. Er saß da ganz behaglich im Schatten; draußen im freien Feld gab's keinen Schatten, und die Sonne brannte unbarmherziger herunter denn je. In der beharrlichen Glut fing selbst das Unkraut an, sich ein wenig zu kräuseln.

«Wo können wir diesen Albino ausfindig machen, von dem du vorhin gesprochen hast, Pluto?»

«Ihr fahrt unterhalb Clarks Mill, dann nehmt ihr den Weg rechts am Bach entlang. Etwa eine Meile hinter der Gabelung hat ihn der Bursche gesehen. Am Rand des Sumpfs, in einem Dickicht habe er Holz geschnitten, sagte der Junge. Dort steigt ihr aus und seht euch mal um. Er muß sich dort irgendwo herumtreiben, denn in dieser kurzen Zeit kann er nicht weit gekommen sein. Wenn ich nicht soviel zu tun hätte, ginge ich mit euch und hülfe euch, so gut ich's eben kann. Aber die Jagd nach dem Sheriff-Posten wird täglich heißer, und ich muß meine ganze Zeit ans Stimmen-Sammeln wenden. Ich weiß gar nicht, was ich tu, wenn ich nicht gewählt würde.»

«Ich denke, wir werden ihn schon finden», meinte Ty Ty. «Ich nehm die Jungen mit, sie können auf den Wegen nach ihm spüren, während ich im Wagen sitzen bleibe und auf die Anzeichen achte. Es wird ganz schlau sein, ein paar Pferdeleinen mitzunehmen, damit wir ihn einfangen können, wenn wir ihn aufgespürt haben. Ich schätze, er wird ziemlich um sich schlagen, wenn ich verlange, daß er mitkommt. Aber wir kriegen ihn schon, wenn er noch im Distrikt ist. Gerade so was, wie er ist, haben wir die längste Zeit nötig gebraucht. Die Schwarzen sagen, so ein Weißling fühle, wo die Adern liegen, und mir scheint, sie wissen, was sie sagen. Sie schürfen fleißiger als ich und die Jungen, und wir sind doch meist von Sonnenaufgang bis -untergang an der Arbeit. Wenn Shaw es sich nicht vorhin in den Kopf gesetzt hätte, aufzuhören und in die Stadt zu gehen, wären wir noch immer dabei, dort drüben in der großen Grube.»

Pluto machte Anstalten sich zu erheben, aber die Anstrengung entmutigte ihn. Schwer atmend setzte er sich wieder hin, um noch ein wenig länger zu bleiben.

«Ich würde an deiner Stelle nicht allzu rauh mit diesem Albino verfahren, Ty Ty», gab er zu bedenken. «Ich weiß nicht, auf welche Weise du ihn einzufangen gedenkst, und so kann ich nicht viel darüber sagen; aber ich rate dir entschieden ab, mit dem Gewehr auf ihn zu schießen. Das wäre gegen das Gesetz, wenn du ihn verletztest, und wenn ich an eurer Stelle wäre, würde ich ein bißchen aufpassen und ihn nicht mehr verletzen als unbedingt nötig. Ihr braucht ihn hier sehr nötig, aber vergeht euch nicht unnötig gegen das Gesetz, wenn ihr ihn am Wickel habt, was ihr gerade jetzt am dringendsten braucht. Packt ihn so vorsichtig ihr nur könnt, damit er keine Verletzung davonträgt, die er vorweisen könnte.»

«Er wird keine Verletzung davontragen», versprach Ty Ty. «Ich werde so sachte mit ihm umgehen wie mit einem neugeborenen Kindchen. Ich brauche den Albino zu nötig, als daß ich ihn rauh anfassen dürfte.»

«Ich muß jetzt machen, daß ich weiterkomme», sagte Pluto, ohne sich zu rühren.

«Ist es nicht noch immer zu heiß?» sagte Ty Ty und sah hinaus in die Hitze über der hartgebackenen Erde.

Pluto brach schon bei der bloßen Vorstellung in Schweiß aus. Er schloß die Augen, aber davon wurde ihm nicht kühler.

«Es ist zu heiß, um heute Stimmen zu werben», sagte er. «Das steht fest.»

Sie blieben noch eine Weile sitzen und sahen zu, wie Buck und Shaw sich an dem großen Auto im Hof neben dem Haus zu schaffen machten. Griselda hockte auf den Stufen unter dem Vordach und betrachtete sie. Darling Jill war noch immer nicht zu sehen.

«Wir werden soviel Hilfe brauchen, wie wir nur auftreiben können, wenn wir den Albino erst einmal eingefangen und heraufgebracht haben», sagte Ty Ty. «Mir scheint, ich muß Darling Jill und Griselda auch zum Schürfen heranziehen. Ich wünschte nur, Rosamond wäre hier. Die könnte uns tüchtig helfen. Was meinst du – könntest du herkommen und ein, zwei Tage lang ein wenig mit uns graben? Das wäre eine große Hilfe für uns, Pluto, wenn du das tun wolltest. Ich kann gar nicht sagen, wie dankbar ich dir wäre, wenn du hier Hand anlegen würdest, grad wie's dir paßt.»

«Ich muß mich draußen um die Wahl kümmern, Ty Ty.» Pluto schüttelte den Kopf. «Diese anderen Burschen, die sich auch um den Sheriff-Posten bewerben, machen die ganze Gegend Tag und Nacht verrückt mit ihrer Wahlpropaganda. Ich muß jede Minute, die ich nur aufbringen kann, hinter den Stimmberechtigten her sein. Diese Wähler sind ein verdrehtes Volk, Ty Ty: einer verspricht dir seine Stimme – und dann erfährst du, daß er dem ersten Besten, der nach dir des Wegs gekommen ist, dasselbe versprochen hat. Ich kann mir nicht leisten, bei dieser Wahl durchzufallen. Ich wüßte sonst absolut nicht, wie ich mir eine Existenz schaffen könnte.»

«Wieviel Leute hast du gegen dich?»

«Du meinst, wie viele für das Amt des Sheriffs kandidieren?»

«Das wollte ich sagen.»

«Soviel ich zuletzt gehört habe, lagen heute morgen elf im Rennen; heute abend werden es möglicherweise zwei, drei mehr sein. Aber die Zahl der augenblicklichen Kandidaten ist gering neben all den Wahlhelfern, die für sie Stimmen sammeln, in der Erwartung, daß sie zu Deputierten gewählt werden. Wenn du jetzt zu einem Wähler gehst und ihn um seine Stimme bittest, setzt du ihm damit nur einen Floh ins Ohr: an der nächsten Ecke erfährst du, daß er selbst auf irgendein Amt aus ist. Wenn sich diese schweren Zeiten vor dem Herbst nicht bessern, haben wir so viele Bewerber um die öffentlichen Ämter im Distrikt, daß kaum mehr ein gewöhnlicher Wähler übrigbleibt.»

Pluto wünschte jetzt, er hätte die schattigen Straßen der Stadt nicht verlassen, um hier in der glühenden Sonne zu rösten. Er hatte auf den Anblick von Darling Jill gehofft, aber jetzt, da sie nicht zu finden war, erwog er die Rückkehr zur Stadt; die Wähler wollte er gar nicht mehr aufsuchen.

«Wenn du ein bißchen Zeit dafür übrig hättest, könntest du wahrhaftig in ein, zwei Tagen wieder herauskommen, Pluto, und uns beim Schürfen hilfreiche Hand leisten! Das brächte uns mächtig vorwärts. Und wenn du an der Arbeit bist, brauchst du deshalb die drei, vier Wähler hier am Ort nicht zu vergessen! Du brauchst nun einmal jetzt nichts so nötig wie Stimmen.»

«Ich will's versuchen, vielleicht kann ich bald ein bißchen herauskommen, und dann will ich auch ein wenig für euch schürfen, wenn die Grube nicht zu tief ist. Ich mag in nichts hinuntersteigen, aus dem ich nicht wieder heraus kann. Zwar – wenn ihr erst den Albino habt, werdet ihr nicht mehr so hart arbeiten müssen. Alle Plagen haben ein Ende, wenn du erst den Weißling eingefangen hast, Ty Ty. Dann brauchst du nur zu graben und stößt geradewegs auf die Goldader.»

«Ich wünschte, es wäre so», antwortete Ty Ty. «Nun grab ich doch seit fünfzehn Jahren, ich könnte schon eine kleine Ermutigung gebrauchen.»

«Ein Albino kann die Stelle ermitteln», sagte Pluto. «Das steht fest.»

«Die Jungen sind fertig mit dem Wagen.» Ty Ty stand auf. «Wir müssen losfahren und auf dem Weg sein, ehe die Nacht einfällt. Ich will den Weißling noch vor Tagesanbruch fangen.»

Ty Ty ging auf das Haus zu, wo seine Söhne warteten. Er sah nicht zurück nach Pluto, er war in großer Eile. Pluto richtete sich schwerfällig auf und folgte Ty Ty den Pfad hinunter zwischen tiefen Gruben und hohen Erdhügeln, er wollte zu seinem Wagen, den er zwei Stunden vorher auf dem Weg vor dem Haus hatte stehen lassen. Er hoffte noch auf den Anblick von Darling Jill, ehe er gehen mußte. Aber sie war nirgends zu erblicken.

3. Kapitel

Als Ty Ty und Pluto beim Haus ankamen, fanden sie die Burschen, die sich von getaner Arbeit ausruhten. Die Reifen waren fest und hart aufgepumpt, und der Kühler floß über. Alles schien fertig für die Fahrt. Während sie auf den Vater warteten, saß Shaw auf dem Trittbrett und rollte sich eine Zigarette; Buck saß auf den Stufen neben seiner Frau, den Arm um sie geschlungen. Griselda zerzauste spielerisch sein Haar mit beiden Händen.

«Da kommt er endlich», sagte sie, «aber das will noch nicht besagen, daß an Aufbruch zu denken ist.»

«Jungen», sagte Ty Ty, schritt auf den Stumpf der Sykomore zu und ließ sich dort zur Ruhe nieder, «wir müssen jetzt machen, daß wir fortkommen und daß etwas geschieht. Ich beabsichtige, den Weißling morgen früh vor Tagesanbruch einzufangen. Ist er im Distrikt, so haben wir ihn um diese Zeit – wenn wir ihn nicht schon ein gut Teil früher erwischen.»

«Du mußt gut auf ihn aufpassen, wenn ihr ihn herbringt, weißt du, Väterchen?» sagte Griselda. «Vielleicht versuchen die Schwarzen, ihn vom Wagen zu holen, wenn sie hören, daß wir einen Zauberer bei uns haben.»

«Jetzt sei aber still, Griselda», erboste sich Ty Ty. «Du könntest gut und gern wissen, daß ich nichts von Aberglauben und Zauberei und Beschwörungskünsten halte. Wir machen da ein wissenschaftliches Experiment und keine Albernheiten und keinen Beschwörungs-Hokuspokus. Es braucht einen Mann der Wissenschaft, um auf eine Mine zu stoßen. Hast du je etwas von Farbigen gehört, die viele Klumpen Gold hervorgeholt hätten – mit all ihrem schlauen Geschwätz von Hexerei? So was gibt's nicht. Ich gehe der Sache von Anfang an klar und wissenschaftlich zu Leibe. Und jetzt red nicht mehr solches Zeug, Griselda.»

«Die Farbigen kriegen ihre Nuggets von irgendwoher», warf Buck ein. «Ich hab sie massenhaft gesehen, sie kommen irgendwie aus dem Erdgrund. Die Schwarzen würden den Albino schon fangen, wenn sie wüßten, daß es einen in der gleichen Gegend oder doch in der Nähe gibt. Sie würden versuchen, ihn einzufangen, wenn sie nicht zu große Angst vor ihm hätten.»

Ty Ty wandte sich ab, zu müde zum Streiten. Er wußte, was er vorhatte; aber er war zu erschöpft nach seinem harten Tagewerk in der großen Höhle, er versuchte gar nicht mehr, ihnen seinen Standpunkt zu der Sache klarzumachen. Er kehrte sich ab und sah in entgegengesetzter Richtung vor sich hin.

Es war spät am Nachmittag, aber die Sonne stand hoch, eine Meile hoch, schien es, und es war keine Spur weniger heiß als sonst.

«Tut mir leid, daß ich so plötzlich auf und davon muß, Leute», sagte Pluto und setzte sich auf die Stufen im Schatten des Vordachs. «Wir haben da eine Wahlurne voll mit Stimmzetteln zwischen hier und dem Kreuzweg, und ich muß sie alle noch heute vor Sonnenuntergang gezählt haben. Man soll seine Pflichten nie aufschieben. Darum muß ich jetzt in der vollen Tageshitze so davonstürzen.»

Shaw und Buck sahen einen Augenblick zu Pluto und dann zu Griselda hinüber. Sie lachten laut heraus. Pluto hätte es gar nicht bemerkt, wenn sie nicht immer weitergelacht hätten.

«Was ist da so spaßig, Buck?» fragte er. Er sah sich im

ganzen Hof um, und schließlich blickte er an seinem überquellenden Bauch hinunter.

Griselda brach wieder in Lachen aus, als sie diesen Blick auffing, den er an sich herabgleiten ließ.

Buck puffte sie mit dem Ellbogen und drängte sie zu einer Antwort.

«Mr. Swint», begann sie, «es sieht so aus, als müßten Sie mit dem Stimmensammeln bis morgen warten. Darling Jill ist vor einer Stunde weggefahren, und bis jetzt ist sie noch nicht zurückgekommen. Sie hat Ihren Wagen genommen.»

Pluto schüttelte sich wie ein Hund im Regen. Er machte eine Bewegung, als wollte er sich aufrichten, aber er konnte sich nicht von den Stufen erheben. Er sah sich im Hof um, wo er seinen Wagen am frühen Nachmittag hatte stehen lassen: der Wagen war fort, nirgends zu erblicken.

Ty Ty lehnte sich vornüber und hörte auf das Gespräch.

Pluto hätte reichlich Zeit für irgendeine Antwort gehabt, aber bis jetzt war noch kein verständlicher Laut hervorgekommen. Er war in einer Lage, aus der heraus er weder etwas zu tun noch zu sagen wußte.

«Mr. Swint», wiederholte Griselda, «Darling Jill ist mit Ihrem Auto davongefahren.»

«Es ist fort», sagte er jämmerlich. «Das steht fest.»

«Kümmere dich gar nicht um Darling Jill, Pluto», sprach ihm Ty Ty tröstend zu. «Darling Jill ist manchmal toll wie der Leibhaftige – und wegen nichts und wieder nichts.»

Pluto sank auf die Stufen zurück, sein Bauch floß auseinander, als er sich bequem hinsetzte. Er nahm einen frischen Priem von seinem gelben Kautabak. Das war das einzige, was er tun konnte.

«Wir sollten losfahren, Pa», meinte Shaw. «Es wird spät.»

«Aber Sohn, ich dachte, du hättest vor ein, zwei Stunden die Arbeit niedergelegt, um in die Stadt zu gehen. Was wird nun aus deiner Billardpartie?»

«Ich wollte nicht wegen des Billards zur Stadt. Ich möchte lieber heute nacht zum Sumpf hinunter.»

«Schön also, wenn's dir nicht ums Billardspielen zu tun war – was ist's dann mit der Frau, hinter der du her bist?»

Shaw ging ohne Antwort davon. Wenn Ty Ty sich über ihn lustig machte, blieb ihm nichts anderes übrig. Gewisse Dinge konnte er dem Vater nicht erklären, und so ließ er ihn schon seit langem so weitermachen und nach Herzenslust schwatzen.

«'s Zeit zur Abfahrt», sagte Buck.

«Wird schon stimmen –» und Ty Ty ging hinüber zur Scheune.

Bald darauf kehrte er mit ein paar Pferdeleinen über dem Arm zurück. Er stopfte die Taue in den Hintersitz des Wagens und setzte sich wieder auf den Baumstumpf.

«Junge», sagte er, «mir ist gerade ein Einfall gekommen. Ich schicke nach Rosamond und Will, sie sollen zu uns kommen. Wir brauchen sie zur Hilfe beim Schürfen, jetzt wo uns der Albino die Mine anzeigen kann; und Rosamond und Will haben jetzt nicht viel zu tun. Die Fabrik da drüben in Scottsville ist wieder gesperrt, und Will rührt keinen Finger. Ebensogut kann er uns auch beim Graben helfen. Rosamond und Griselda können mächtig zugreifen, und vielleicht auch Darling Jill. Ich versuche es mal und rede ihr zu, daß sie hier draußen in den Gruben etwas für uns tut. Ich mag nicht gern, daß in meinem Haus ein Mädchen arbeitet wie ein Mann, aber ich will mein möglichstes tun, damit Darling Jill sich von selbst bereit erklärt, zu helfen.»

«Das möchte ich sehen, wie du Will Thompson zum Graben herumbringst», sagte Shaw und stieß den Kopf gegen den Vater vor. «Dieser Will Thompson ist der faulste Weiße auf dieser Seite von Atlanta. Ich hab ihn niemals arbeiten sehen, jedenfalls nicht hier. Ich weiß nicht, was er da drüben in der Baumwollspinnerei macht, wenn sie in Betrieb ist, aber ich wette, es ist nichts Nennenswertes. Will Thompson wird nicht viel schürfen, selbst wenn er in eine Grube hinuntersteigt und die Haue in die Hand nimmt.»

«Ihr Jungen versteht nicht Will zu behandeln wie ich. Nun, Will ist ein ebenso zäher Arbeiter wie sonst einer. Warum er nicht gern für uns in den Gruben werkt, das will ich euch sagen: er fühlt sich hier nicht zu Hause. Will ist ein Fabrikmensch, er fühlt sich nicht wohl in einer Farm auf dem Land. Aber vielleicht gräbt er diesmal doch ein wenig. Will kann so gut schürfen wie irgendeiner, wenn er Lust hat. Vielleicht erwischt ihn diesmal das Goldfieber, wenn er herüberkommt, dann verbeißt er sich in den Erdboden und geht los wie der Teufel. Man kann nie voraussagen, was geschieht, wenn das Fieber einen Mann erwischt; du kannst eines Tages aufwachen und herauskommen und Will bei der tollsten Buddelei antreffen. So was kommt vor. Ich hab noch keinen Mann und keine Frau gesehen, die es nicht mit Macht in den Schacht zieht, wenn das Goldfieber sie packt. Du stellst dir vor, wie das wäre, wenn vielleicht beim nächsten Spatenstich so eine Handvoll von den kleinen gelben Klumpen vor dir liegt und – Menschenskind! – du gräbst und gräbst und gräbst! Deshalb will ich gleich nach Rosamond und Will schicken. Wir werden so viel Hilfe brauchen wie nur zu haben ist, Sohn. Vielleicht ist die Mine 30 Meter tief im Boden, und an einer Stelle, wo wir bisher noch nicht gegraben haben.»

«Sie könnte schließlich auch in Gottes kleinem Acker liegen», überlegte Buck. «Was tätest du dann? Du wirst doch keine Nuggets herausholen, wenn sie alle an den Pfarrer und an die Kirche gehen? Oder doch? Ich tät's nicht, ich nicht. Alles Gold, das ich finde, geht in meine

Tasche, wenigstens mein Anteil daran. Ich gäbe dem Pfarrer und der Kirche nichts.»

«Wir müssen dieses Stück Land aufgeben, bis wir dort für uns graben können und sehen, was los ist», sagte Shaw. «Gott braucht den kleinen Acker nicht, und du wirst sehen: dort werden wir auf die Ader stoßen. Ich will ein krummer Hund sein, wenn ich mich nach Goldklumpen abschinde und dann zusehe, wie sie der Pfaffe in die Tasche steckt. Ich schlage vor, wir durchsuchen das Land erst und sehen erst mal, was drinsteckt.»

«Schön», gab Ty Ty bereitwillig zu, «also will ich ihn nochmals verlegen; aber aufgeben will ich den Gottesacker deshalb nicht. Er gehört Ihm, und ich kann Ihm den nicht nach 27 Jahren wegnehmen. Das wäre nicht recht. Aber wenn's nottut, können wir ihn ein wenig verschieben, es ist nichts Böses dabei. Es wäre ja eine Schande, wenn wir ausgerechnet dort auf die Ader stoßen würden; ich meine, wir verlegen lieber Gottes kleinen Acker, dann gibt's keinen Verdruß.»

«Warum tust du ihn nicht hierher, wo Haus und Scheune stehen, Pa?» schlug Griselda vor. «Unter dem Haus ist doch nichts, jedenfalls kannst du nicht unter dem Haus graben.»

«Daran hab ich noch nie gedacht, Griselda», meinte Ty Ty. «Aber es leuchtet mir ein, es gefällt mir. Ich denke, ich tu's. Oh, ich bin so froh, daß ich diese Sorge los bin.»

Pluto wandte den Kopf und sah Ty Ty an.

«Aber du hast den Acker vorläufig doch noch nicht verschoben, wie, Ty Ty?» fragte er.

«Noch nicht verschoben? Aber gewiß doch: da, wo wir jetzt sitzen, genau da ist Gottes kleiner Acker. Ich hab ihn von da drüben hierher geschafft.»

«Du bist wahrhaftig ein Mann der Tat, der flinkste, den ich kenne», sagte Pluto kopfschüttelnd. «Das steht fest.»

Buck und Griselda gingen um die Ecke des Hauses und

waren außer Sicht. Shaw machte Miene, ihnen zu folgen; doch änderte er seine Absicht und rollte sich statt dessen eine Zigarette. Er war bereit zum Aufbruch und wollte die Abfahrt nicht länger hinauszögern. Aber er wußte wohl, daß Ty Ty nicht eher gehen würde, ehe er des Sitzens hier überdrüssig war.

Pluto saß auf den Stufen, er dachte an Darling Jill und erging sich in Vermutungen über ihren Verbleib. Wenn sie nur zurückkommen wollte, so daß er neben ihr sitzen und die Arme um sie schlingen konnte. Manchmal ließ sie ihn neben sich sitzen, manchmal nicht. Sie war darin ebenso unberechenbar wie in allen anderen Dingen. Pluto wußte sich nicht zu helfen: sie gehörte nun mal zu dieser Sorte Mädchen, und er kannte kein Mittel, sie zu ändern. Aber solange sie nur still saß und sich hätscheln ließ, war er vollkommen zufrieden; nur wenn sie ihn ins Gesicht schlug und mit den Fäusten in den Bauch stieß, war er ganz unglücklich.

Ein Auto fuhr in einer Wolke von rotem Staub am Haus vorbei und überpuderte die Straßenseite, so daß Unkraut und Bäume lebloser aussahen als je. Pluto schielte nach dem Wagen, aber als er merkte, daß Darling Jill nicht darin saß, erlosch sein Interesse sogleich. Der Wagen kam an der Wegbiegung außer Sicht, aber der Staub hielt sich noch lange in der Luft, als er schon längst verschwunden war.

Als er Darling Jill das letzte Mal besuchte, hatte sie ihn nach fünf Minuten weggeschickt. Es hatte ihm weh getan, und er war heimgefahren und hatte sich ins Bett gelegt. Damals wollte er den Abend mit ihr verbringen, er erwartete vertrauensvoll wenigstens ein paar Stunden ihrer Gesellschaft; aber fünf Minuten nach seiner Ankunft war er schon wieder auf dem Heimweg. Darling Jill gebot ihm, mit seinem «Faß» abzuziehen. Dazu schlug sie ihn ins Gesicht und stieß ihn mit den Fäusten in den Wanst. Nun hoffte er auf eine ausgleichende Gerechtigkeit; dann mußte diese Begegnung ganz anders ausfallen. Diesmal wird sie sich über meinen Anblick freuen, wenn es so etwas wie Gerechtigkeit gibt. Sie wird ihm sogar erlauben, sie zu liebkosen, und um die Ereignisse bei seinem letzten Besuch wettzumachen, wird er sie sogar ein paarmal küssen dürfen. So *sollte* sich Darling Jill wenigstens verhalten; aber ob sie es tun würde oder nicht? Er wußte es nicht. Darling Jill war so unberechenbar wie seine Chancen für die Sheriff-Wahl im kommenden Herbst.

Der Gedanke an die bevorstehende Wahl beunruhigte Pluto. Er machte eine Bewegung, als ob er aufstehen wollte, aber er rührte sich nicht von seinem Sitz. Er konnte nicht in die Tageshitze hinausgehen und auf staubiger Straße zu den Wählern tippeln.

Buck und Griselda kamen mit zwei großen Wassermelonen von der Sorte *Senator Watson* zurück. Sie brachten auch einen Salzstreuer mit, und Buck trug ein Schlächtermesser in der Hand. Beim Anblick der großen Melonen vergaß Pluto seine Kümmernisse und setzte sich auf. Ty Ty richtete sich aus seiner Zusammengesunkenheit hoch. Buck und Griselda legten die Melonen auf die Schwelle, und Ty Ty kam herüber und schnitt sie in Halbmonde.

Griselda brachte Pluto seine Portion, und er dankte ihr immer wieder für die Aufmerksamkeit. So brauchte er also nicht aufzustehen und seine Scheibe Wassermelone zu holen, denn Griselda stand ja ohnedies. Und wenn sie sie ihm nicht gebracht hätte – er wußte nicht, ob er sie hätte holen können. Griselda setzte sich neben ihn und beobachtete, wie er sein Gesicht in das kühle Fruchtfleisch senkte. Die Melonen lagen seit zwei Tagen zum Kühlen auf dem Grund des Brunnens, und sie waren eiskalt.

«Mr. Swint», sagte sie und sah zu Pluto auf, «Ihre Augen sehen aus wie die Samen der Wassermelone.»

Alle lachten. Pluto wußte, daß sie recht hatte. Er konnte sich in diesem Augenblick fast selbst sehen.

«Na, Griselda», sagte er, «machen Sie sich wieder einmal über mich lustig?»

«Ich konnt's mir nicht verkneifen, Mr. Swint. Ihre Augen sind so klein und schwarz und Ihr Gesicht ist so rot, daß Sie genauso aussehen wie eine Scheibe Wassermelone mit zwei schwarzen Kernen darin.»

Ty Ty lachte von neuem noch lauter als zuvor.

«Einmal spaßt man, einmal arbeitet man», sagte er, einen Mundvoll Samen ausspuckend. «Und jetzt kommt die Zeit zum Arbeiten. Wir müssen machen, daß wir weiterkommen, Jungens, wir sind lange genug hier ums Haus gesessen, jetzt müssen wir uns auf den Weg machen. Ich will den Albino vor Tagesanbruch morgen einfangen. Kommt, wir wollen auf und fort.»

Pluto wischte sich die Hände und das Gesicht und legte die Schale beiseite. Er hätte Griselda gerne zugeblinzelt und die Hand auf ihr Knie gelegt. In ein, zwei Minuten brachte er den Mut auf, ihr mit den Wassermelonen-Samen zuzublinzeln; aber so sehr er sich auch anstrengte – er gewann es nicht über sich, sie zu berühren. Die Vorstellung, ihr seine Hand auf die Knie zu legen, und vielleicht versuchsweise die Finger zwischen ihre Beine zu schieben, trieb ihm das Blut in Gesicht und Hals. Er trommelte mit den Fingern im Sieben-Achtel-Takt auf die Stufen und blies unterdrückt vor sich hin – in Todesangst, daß einer seine Gedanken lesen könnte.

«Buck hat doch wahrhaftig eine entzückende Frau erwischt, was, Pluto?» meinte Ty Ty und spuckte eine weitere Tracht Melonenkerne aus. «Gibt es im ganzen Land ein schöneres Mädchen als Griselda? Sieh dir bloß diese rahmweiße Haut an und das Gold in ihrem Haar, gar nicht zu reden von ihren leuchtenden blauen Augen. Und wenn ich schon dabei bin, ihren Ruhm zu singen, kann ich auch das übrige an ihr nicht übersehen. Griselda ist doch die Hübscheste von allen, denk ich. Griselda hat das schönste

Paar schwellender Herrlichkeiten, das ein Mann je zu erblicken hofft. Ein reines Wunder, daß der liebe Gott soviel Schönheit in das Haus mit dem widerborstigen alten Hahn beschert hat. Vielleicht verdiene ich diesen Anblick gar nicht; aber hier stehe ich und sage dir: ich fülle mich bis zum Rand mit ihrem Anblick, wo ich nur kann.»

Griselda ließ den Kopf hängen und errötete.

«Aber nein, Pa!» bettelte sie.

«Hab ich nicht recht, Pluto?»

«Sie ist ein vollkommenes kleines Weib», bestätigte Pluto. «Das steht fest.»

Griselda warf von unten her einen scheuen Blick auf Buck und errötete wieder. Buck lachte ihr zu.

«Sohn!» sagte Ty Ty und wandte sich Buck zu. «Wo zum Kuckuck hast du sie aufgestöbert, du glücklicher Hund, du?»

«He, dort ist nichts Ähnliches mehr aufzutreiben, sie war der Glanzpunkt des Vorrats.»

«Und ich bin sicher, sie haben dort aufgegeben, weitere Erhebungen zu machen, nachdem du einfach gekommen bist und dir die Schönste von allen weggeholt hast.»

«Jetzt hör aber auf, Pa, und du auch, Buck!» Griselda legte das Gesicht in die Hände, damit sie sie nicht mehr anstarren konnten.

«Ich möchte dich um alles in der Welt nicht ärgern, Griselda», sagte Ty Ty entschlossen. «Aber wenn ich einmal von dir angefangen habe, kann ich kein Ende finden. Ich *muß* dich einfach rühmen. Und ich denke, das müßte jeder Mann, der dich so gesehen hat wie ich. Zum erstenmal hab ich dich gesehen, als Buck dich von Gott weiß wo herbrachte – mir war, als müßte ich geradewegs niederfallen und den Staub lecken. Es ist ein seltenes Gefühl für einen Mann, und wenn es mich überkommt, macht's mich stolz, vor dir davon zu sprechen.»

«Bitte, Pa!» sagte sie.

Ty Ty fand kein Ende, aber niemand konnte hören, was er sagte. Er saß auf dem Baumstumpf und sprach zu sich selbst, den Blick auf den weißen Sand zu seinen Füßen geheftet.

Pluto bewegte schwach die Hand. Er wäre gern näher an Griselda herangerückt, aber er wagte es nicht. Er drehte schwerfällig den Kopf, um sich zu vergewissern, daß keiner nach ihnen hinsah. Sie taten es nicht, und so legte er schnell seine Hand auf ihre Beine und lehnte sich an sie. Griselda drehte sich um und schlug so schnell nach ihm, daß er nicht wußte, wie ihm geschah. Er fühlte das Blut rauschend in seine brennenden Wangen strömen, und in seinen Ohren läutete es. Als er die Augen zu öffnen vermochte, stand Griselda vor ihm, und Buck und Shaw krümmten sich vor Lachen.

«Ich will Sie lehren, Sie dickes Bierfaß! Mir werden Sie nicht frech kommen!» schrie sie wütend. «Verwechseln Sie mich nicht mit Darling Jill! Die wird Sie vielleicht nicht immer schlagen, aber ich bestimmt! Sie werden sich so was ein zweites Mal überlegen!»

Ty Ty stand auf und kam quer über den Hof; er sah nach, ob sie Pluto schlimm zugerichtet hatte.

«Pluto hat's nicht bös gemeint, Griselda», versuchte Ty Ty sie zu beruhigen, «Pluto würde dir nichts Böses tun, wenigstens nicht, wenn Buck in der Nähe ist.»

«Sie täten besser daran, aufzubrechen und Ihre Stimmen zu zählen, Mr. Swint», sagte Griselda.

«Na aber, Griselda, du weißt doch ganz gut, daß Pluto nicht fortkann, ehe Darling Jill mit seinem Wagen zurückkommt!»

«Er kann doch gehen, oder nicht?» Sie lachte Pluto ins Gesicht. «Es wird ihn doch nicht so angegriffen haben, daß er nicht einmal mehr gehen kann?»

Pluto sah in panischer Angst um sich, als suche er irgendwo einen Halt. Die Vorstellung, daß er in die glühende Sonne hinaus und durch den roten Staub marschieren sollte, entsetzte ihn. Er klammerte sich mit beiden Händen an dem Rand der Stufen fest.

Shaw sah einen Mann von der Scheune her auf das Haus zukommen. Einen Augenblick später erkannte er den schwarzen Sam. Als der Farbige näher kam, stand Shaw auf und ging ihm entgegen.

«Mr. Shaw», sagte der schwarze Sam und nahm seinen Hut ab, «ich möchte so gerne ein Wort mit Ihrem Pa sprechen. Ich muß zu ihm.»

«Wozu mußt du mit ihm sprechen? Ich hab dir doch berichtet, was er über deine Ration gesagt hat.»

«Ich weiß schon, Mr. Shaw, aber ich bin noch immer hungrig. Ich möchte zu Ihrem Pa; bitte, Sir, bitte, Boss.»

Shaw rief Ty Ty an die Hausecke.

«Mr. Ty Ty, im ganzen Haus bei mir gibt's kein Krümelchen mehr zu essen, und wir haben den ganzen Tag noch nichts gehabt. Meine alte Frau ist elend hungrig, sie hat nichts zu essen.»

«Was in drei Teufels Namen fällt dir ein, daß du hier ins Haus kommst und mich anödest, schwarzer Sam?» brüllte Ty Ty. «Ich hab dich doch wissen lassen, daß ich dir was schicken werde, wenn ich zurückkomme. Du kannst doch nicht einfach so ins Haus fallen und mich belästigen! Mach jetzt, daß du heimkommst und hör auf mit diesem lästigen Geplärre. Ich muß jetzt fort und einen Weißling einfangen, ich kann mich jetzt nicht mit anderen Sachen befassen. Das nimmt mich ganz in Anspruch. Der Weißling wird mir helfen, er wird die Goldader feststellen.»

«Sie sprechen doch nicht von einem Zauberer, wie, Mr. Ty Ty?» fragte der schwarze Sam ängstlich. «Mr. Ty Ty, ach bitte, Sir, ach ihr weißen Männer, bringt keinen Zauberer her!»

«Halt's Maul, kusch!» sagte Ty Ty. «Es geht dich nichts an, was ich tue. Und jetzt geh heim und komm nicht zu mir ins Haus, wenn ich zu tun hab.»

Der Farbige wich zurück. Er vergaß im Augenblick sogar seinen Hunger. Der Gedanke, einen Albino hier im Haus zu sehen, verschlug ihm den Atem.

«Du, wart mal einen Augenblick!» sagte Ty Ty. «Wenn du das Maultier schlachtest und frißt, während ich fort bin – du wirst mir dafür bezahlen, und zwar nicht mit Geld, denn ich weiß sehr gut, daß du keinen Cent hast.»

«Nein, Sir, Mr. Ty Ty, nein, so was tu ich nicht. Ich könnte Ihr Maultier nicht aufessen, Boss. Nie, nie hab ich so was gedacht. Aber bitte, Sir, weißer Häuptling, bringen Sie keinen Beschwörer hierher.»

Der schwarze Sam wich immer weiter zurück vor Ty Ty. Seine Augen waren unnatürlich vergrößert und übermäßig weiß.

Als Ty Ty sich abgekehrt hatte und zum Hof zurückgegangen war, trat Shaw auf den Farbigen zu.

«Wenn wir fort sind», sagte er, «komm an die Hintertür, und Miss Griselda wird dir etwas aus der Küche geben. Sag's auch dem Onkel Felix, er soll kommen und sich was holen.»

Der schwarze Sam dankte ihm, aber er behielt kein Wort von dem, was Shaw sagte, im Gedächtnis. Er machte kehrt und rannte leise wimmernd zur Scheune zurück.

4. Kapitel

Buck ging ungeduldig zwischen dem Eingang und dem Wagen hin und her.

«Laß uns losfahren, Pa», sagte er. «Wir werden die ganze Nacht im Sumpf herumtappen, wenn wir nicht rechtzeitig aufbrechen. Ich mag den Sumpf nicht gern nach Dunkelheit, irgendwie –»

«Ich dachte, ihr wollt nach Rosamond und Will schicken», fiel Griselda ein, und sah ihren Schwiegervater an. «Besser, ihr schreibt den Brief jetzt und steckt ihn in den Kasten, wenn ihr durch die Stadt kommt.»

«Ich schicke Briefe nicht gern durch die Post», sagte Ty Ty. «Ein Brief braucht zu viel Zeit. Eigentlich möchte ich sie holen lassen. Am besten, Darling Jill fährt hinüber nach Scottsville und bringt sie gleich mit. Ich schicke sie mit dem Bus nach Augusta, dann ist sie noch zeitig am Abend dort. Morgen früh können sie dann alle miteinander mit dem Autobus zurückfahren, vielleicht kommen sie noch rechtzeitig, so daß sie gleich nach Tisch mit dem Graben anfangen können.»

«Darling Jill ist nicht hier», sagte Buck. «Wer weiß, wann sie heimkehrt! Wenn wir auf sie warten sollen, kommen wir niemals in den Sumpf.»

Pluto richtete sich auf und sah die Straße entlang. Wenn er so weitermachte, kam es wohl nie zu dem beabsichtigten Rundgang bei seinen Wählern.

«Sie muß jetzt jeden Augenblick da sein», versicherte Ty Ty mit Überzeugung. «Wir wollen auf sie warten und sie nach Marion mitnehmen. In der Stadt setzen wir sie dann an der Autobus-Haltestelle ab und fahren weiter – ins Sumpfland, hinter dem Albino her. So muß die Sache angepackt werden. Darling Jill muß jetzt gleich da sein. Hat doch keinen Sinn, wenn wir jetzt losfahren, wo sie doch jeden Augenblick hier sein kann.»

Buck zuckte die Achseln und ging verärgert im Hof auf und ab. Zwei Stunden hatten sie jetzt schon vergeudet, und nichts war bei der Verzögerung herausgekommen.

«Ich möchte –» begann Pluto, und dann stockte er.

«Du möchtest – was möchtest du?» fragte Ty Ty.

«Tja, ich wollte nur sagen –»

«*Was* sagen? Vorwärts, Pluto, raus mit der Sprache. Wir sind doch hier unter uns in der Familie.»

«Wenn sie nichts dagegen hätte – ich dachte –»

«Was in drei Teufels Namen ist in dich gefahren, Pluto?» Ty Ty wurde jetzt böse. «Erst legst du los und willst etwas sagen, dann wirst du rot bis über die Ohren, und man möchte meinen, du fürchtest dich, etwas zu sagen und fürchtest dich doch nicht. Vorwärts, spuck's schon aus.»

Abermals übergoß Röte Plutos Gesicht. Er sah von einem zum andern, dann zog er sein Taschentuch und breitete es übers Gesicht; er tat, als ob er sich den Schweiß abwische. Als die brennende Hitze zurückging, steckte er das Tuch wieder in die Tasche.

«Ich wollte nur sagen – ich möchte so gern Darling Jill heute abend hinüber nach Horse Creek Valley fahren, wenn sie meinen Wagen zurückbringt. Ich meine, ich möchte sie so gern mitnehmen, wenn's ihr recht wäre.»

«Bravo, du bist wirklich ein guter Nachbar, Pluto», sagte Ty Ty begeistert. «Jetzt kannst du wirklich mit unseren Stimmen rechnen, ich bürge dafür. Wenn du sie hinüberfährst, spare ich Geld bei der Sache. Ich werde ihr sagen, sie soll mit dir fahren. Was soll sie dagegen haben?

Gar nichts. Warum sagst du: wenn's ihr recht wäre? Ich werde ihr zureden, Pluto. Vielen Dank für das Anerbieten. Bei dem Handel spar ich ein schönes Stück Geld.»

«Was meinst du, wird sie mit mir gehen – ich meine: wird sie einverstanden sein, daß ich sie hinüberfahre, wenn sie meinen Wagen zurückbringt?»

«Ich schätze, sie wird einverstanden sein, wenn ich es ihr sage, und sie wird noch ordentlich froh sein, daß du sie rüberbringst», sagte Ty Ty mit großem Nachdruck. Er spie auf den Stengel einer wilden Zwiebel zu seinen Füßen. «Du befindest dich in einem gewaltigen Irrtum, Pluto, wenn du meinst, daß ich nicht Herr bin über meine eigenen Kinder. Wenn ich sie gehen heiße, wird sie gehen, darauf kannst du dich verlassen, ohne den geringsten Einwand zu erheben.»

«Wenn Pluto sie mitnimmt, so laß uns doch nach dem Sumpf aufbrechen, Pa», sagte Buck. «Es wird spät. Ich möchte möglichst um Mitternacht wieder zurück sein.»

«Ihr Burschen», sagte Ty Ty, «ich bin mächtig stolz, wenn ich euch so höre – ihr wollt fort, ihr seid Tatmenschen! Also los, brechen wir auf. Pluto, du fährst Darling Jill hinüber nach Scottsville und setzt sie bei Rosamond und Will ab. Furchtbar nett von dir. Ich bin dir wirklich sehr dankbar, Pluto.»

Ty Ty lief die Stufen zum Eingang hinauf, dann kam er wieder zurück. Einen Augenblick hatte er seine eigene Aufregung im Hinblick auf den Albino vergessen.

«Griselda, wenn Darling Jill zurückkommt, soll sie gleich hinüber nach Horse Creek Valley fahren und morgen bei der Heimkehr Rosamond und Will mitbringen. Sie muß ihnen erklären, wozu wir sie brauchen – du kannst ihr auseinandersetzen, was sie ihnen sagen soll. Sie müssen uns beim Graben helfen. Sag Darling Jill, daß ich mit den Jungen im Sumpf hinter dem weißen Mann her bin, und sag ihr auch, daß wir dann ohne weiteres auf die Mine stoßen. Sie muß Rosamond und Will klarmachen, wie schrecklich nötig wir sie brauchen, damit sie morgen kommen und helfen. Morgen nach Tisch legen wir alle los – und graben, graben, graben.»

Ty Ty wühlte einen Augenblick lang in seiner Tasche herum, dann zog er einen Vierteldollar hervor und reichte ihn Griselda.

«Nimm das und kauf dir was Hübsches dafür, wenn du nächstens mal in die Stadt kommst», drängte er. «Ich wünschte, ich könnte dir mehr geben, weil du so ein süßes Ding bist, und wenn ich dich so ansehe, kann ich mich gar nicht losreißen; aber wir haben die Ader ja noch nicht.»

«Laß uns doch endlich gehen, Pa», sagte Shaw.

Buck kurbelte den großen Siebensitzer an, während sein Vater Griselda noch die letzten Anweisungen für Darling Jill erteilte. Gerade als Buck meinte, Ty Ty wäre soweit und käme nun in den Wagen, wirbelte der Vater wieder herum und rannte in die Scheune. Einen Augenblick später kam er mit drei, vier weiteren Pflugseilen wieder heraus und stopfte sie zu den andern im Rücksitz.

Jetzt stand Ty Ty auf den Stufen und sah minutenlang eindringlich forschend zu Pluto hinunter, mit gerunzelten Brauen, als ob er versuchte, sich, ehe er aufbrach, an etwas Wichtiges zu erinnern, was er zu sagen vergessen hatte. Er kam nicht darauf, und so wandte er sich und kletterte zu Buck und Shaw in den Wagen. Buck setzte den Wagen in Bewegung, und eine Wolke schwarzen Rauchs kam aus dem Auspuff. Ty Ty drehte sich auf seinem Sitz zurück und winkte Griselda und Pluto zum Abschied.

«Vergeßt ja nicht, Darling Jill alles so zu sagen, wie ich's euch aufgetragen hab!» rief er zurück. «Und daß sie ja morgen früh gleich zurückkommt! Unbedingt!»

Shaw mußte seinen Vater zurückziehen und die Tür schließen: Ty Ty hatte sie vor lauter Aufregung zu schließen vergessen. Mit Getöse und Gestank schoß der mächtige Wagen jetzt aus dem Hof und rumpelte hinaus auf die Landstraße. Einen Augenblick später war er außer Sicht.

«Hoffentlich finden sie diesen Albino», sagte Pluto vor sich hin. Er sprach nicht eigentlich zu Griselda. «Wenn sie ihn nicht finden, wird Ty Ty beim Nachhausekommen fluchen, er wird glauben, ich hätte ihn angelogen. Und ich kann bei Gott schwören, der Bursche sagte, daß er ihn dort unten gesehen hätte. Ich hab nicht gelogen. Der Bursche hat ihn im Dickicht am Rand des Sumpfs gesehen, wie er mannshohe Stämme zersägte. Wenn Ty Ty ihn nicht findet und heimbringt, entzieht er mir seine Stimme. Das wäre wirklich Pech. Aber – das steht nun einmal fest.»

Während Pluto vor sich hin sprach, war Griselda zum Eingang gegangen. Erstens konnte sie nicht hören, was er murmelte, und zweitens mochte sie nicht bei ihm im Hof stehen. Sie setzte sich in einen Schaukelstuhl und sah auf Plutos Nacken nieder. Von ihrem Platz aus hatte sie einen besseren Ausblick auf die Straße, und sie spähte nach Darling Jill aus.

Pluto saß allein auf den Stufen und redete mit sich selbst. Er gab sich gar nicht die Mühe, so laut zu sprechen, daß Griselda ihn hören konnte. Er dachte nur daran, was Ty Ty wohl sagen würde, wenn er den Albino nicht finden könnte. Jetzt fing er an zu bereuen, daß er den Albino überhaupt erwähnt hatte. Es wurde ihm erst jetzt klar, daß er lieber den Mund hätte halten sollen über eine Sache, deren er nicht sicher war.

Griselda stand auf und sah die Landstraße hinunter.

«Ist das Ihr Wagen, Pluto?» fragte sie und wies über seinen Kopf weg auf eine rote Staubwolke, die vom Weg aufstieg. «Mir kommt vor, Darling Jill sitzt am Steuer.»

Mühsam kam Pluto auf die Füße. Jetzt stand er aufgerichtet und machte ein paar Schritte in der Richtung, die Griselda andeutete. Er wartete neben dem Baumstumpf der Sykomore, bis das Auto näher kam. Es machte einen fürchterlichen Krach, aber es sah aus wie sein Wagen. Er wunderte sich über den Lärm. Woher mochte er kommen? Er hatte nie etwas davon bemerkt, wenn er den Wagen fuhr.

«Ja», sagte Griselda, «das ist Darling Jill, Pluto. Erkennen Sie Ihr eigenes Auto nicht?»

Ohne die Fahrt zu verlangsamen, bog Darling Jill in den Hof ein. Die schwere Limousine schleuderte zehn, zwölf Fuß weiter, dann drehte sie sich jählings halb herum und stand plötzlich im Hof still. Eines der Hinterräder war so flach wie ein Brett, und der Schlauch hing in Fetzen von den Felgen. Pluto sah auf den Pneu, und ein Gefühl großer Erschöpfung überkam ihn. Hinter sich auf der Treppe hörte er Griseldas Schritt, und er rückte ein wenig zur Seite vor ihr.

«Sie haben ein Loch im Pneu gehabt», sagte Darling Jill. «Sehen Sie?»

Pluto versuchte, etwas zu sagen, aber die Zunge wollte sich nicht vom Gaumen lösen. Als er sie endlich freibekam, fiel sie zwischen die Lippen und hing aus dem Mund.

«Was ist los mit Ihnen?» fragte sie und sprang aus dem Wagen. «Können Sie's nicht sehen? Sie sind doch nicht blind, oder?»

«Wer hat ein Loch im Pneu?» brachte Pluto endlich heraus. Erst nachdem es heraus war, merkte er, wie schwach seine Stimme klang. «Wer?»

«Na Sie, Sie großer Maulesel!» sagte Darling Jill. «Was ist denn los mit Ihnen? Sehen Sie's denn nicht?»

Jetzt kam Griselda herangelaufen.

«Scht, Darling Jill», sagte sie. «Sprich nicht so.»

Sobald Pluto sich einigermaßen erholt hatte, machte er sich über das Rad her und wechselte den Reifen aus. Keuchend und pustend befestigte er den Ersatzreifen, aber er fand kein Wort, um Darling Jill vorzuhalten, daß sie ihm einen funkelnagelneuen Pneu ruiniert und einen Zwei-

Dollar-Schlauch zuschanden gefahren hatte. Darling Jill sah ihm einen Augenblick zu, wie er sich abmühte, sie lachte ihn aus und ging mit Griselda zum Eingang.

«Wer hat hier Melonen gegessen und nicht daran gedacht, mir ein paar Schnitten aufzuheben?»

«Es ist noch genug da», sagte Griselda. «Ich hab dir zwei große Stücke in der Küche aufgehoben.»

«Warum treibt sich Pluto Swint hier herum?»

«Du sollst hinüber zu Rosamond und Will, läßt dir Pa sagen, und beide hierherbringen», berichtete Griselda Ty Tys Auftrag schnell anbringend. «Pa und Buck und Shaw sind in den Sumpf, sie wollen einen Albino fangen, damit er ihnen die Ader herausfinde; und er sagt, daß er Rosamond und Will zum Schürfen brauche. Pluto wird dich zu ihnen hinüberbringen, und du und Rosamond und Will, ihr sollt dann morgen früh mit dem ersten Bus zurückkommen, sagt Pa. Ich wollte, ich könnte mitfahren.»

«Los, komm doch mit. Warum kannst du nicht?»

«Buck wollte um Mitternacht zurück sein, und ich möchte zu Hause sein, wenn er heimkommt. Ich fahre ein andermal hinüber. Aber jetzt beeile dich und zieh dich um.»

«Ich bin in einer Minute fertig», sagte Darling Jill. «Aber zuerst muß ich baden. Laß nur Pluto nicht fort, sonst sitz ich da. Ich bin im Handumdrehen fertig. Das ist schnell geschehen.»

«Oh, der wartet schon auf dich», sagte Griselda und folgte ihr ins Haus. «Und ob der wartet. Den werden wir nicht los, bevor du nicht fertig bist und mit ihm gehst.»

Darling Jill und sie gingen ins Haus. Pluto blieb allein beim Reifenwechsel zurück im Hof. Er hatte den kaputten Pneu schon vom Rad gestreift, jetzt zog er gerade die Schrauben des neuen an. Er rackerte sich in der Gluthitze ab und merkte gar nicht, daß Griselda und Darling Jill ihn im Hof alleingelassen hatten.

Als er fertig war und den Wagenheber sowie den Schraubenschlüssel unter dem Sitz verstaut hatte, stand er auf und säuberte seinen Anzug vom Staub. Gesicht und Arme waren mit Schmutz und Schweiß bedeckt, und seine Hände schwarz. Eine Zeitlang versuchte er, sie mit dem Taschentuch zu säubern. Aber als er die Hoffnungslosigkeit dieser Bemühung einsah, gab er sie auf. Er ging ums Haus herum in den hinteren Hof, wo er sich Gesicht und Hände im Brunnen baden konnte.

Pluto erreichte das Haus, ohne die Augen vom Erdboden zu heben. Aber als er um die Ecke trat, schaute er auf und erblickte Darling Jill im Hof.

Zuerst wich er einen Schritt zurück; dann trieb es ihn wieder vor, und er sah sie zum zweitenmal an. Dann wußte er nicht mehr aus und ein.

Griselda saß oben auf der Treppe zum rückwärtigen Hauseingang und sprach mit Darling Jill. Sie hatte Pluto nicht kommen sehen. Das Mädchen stand an einer großen weißen Emailwanne, die die Mädchen rasch aus dem Haus gebracht und zwischen Brunnen und Eingang aufgestellt hatten. Darling Jill sprach eifrig auf Griselda ein und seifte dabei ihre Arme, als Pluto sie erblickte.

Erst in diesem Augenblick wurde Pluto die Situation ganz klar. Er wollte nicht umkehren und zurückgehen; aber er wagte sich nicht näher heran.

«Da will ich doch in der Hölle braten!» sagte Pluto und der Mund blieb ihm offenstehen.

Darling Jill hörte ihn und sah auf. Mit dem seifigen Lappen auf der Schulter hielt sie an und sah noch aufmerksamer zu ihm hin. Griselda wandte sich um, neugierig, was Darling Jills Blick so lange auf sich zog.

Eine Zeitlang dachte Pluto: Sie will mich mit dem starren Blick in Verlegenheit bringen, ich soll die Fassung verlieren; oder sie will mich hinter das Haus zurückscheuchen. So stand er ein paar Minuten und wußte noch immer nicht, was sie eigentlich vorhatte. Jetzt, nachdem er schon so lange hier stand, war er entschlossen, ihr den ersten Schritt zu überlassen. Darling Jill machte keinen Versuch, aus seinem Blickfeld zu entkommen; sie versuchte auch nicht, sich mit einem Handtuch oder sonst etwas zu bedecken. Sie stand nur über der weißen Emailschüssel und starrte ihn an. «Da will ich doch in der Hölle braten!» sagte Pluto abermals. «Und das steht fest.»

Darling Jill tauchte beide Hände hinunter in die Wanne, schöpfte sie so voll wie möglich mit Seifenlauge und schleuderte den ganzen Schaum zu Pluto hin. Pluto stand nur wenige Fuß entfernt, er sah die Flocken auf sich zukommen; aber er konnte seinen Körper nicht beiseite zwingen. Als er sich endlich ein paar Schritte fortbewegen konnte, hatte er schon die stechende Seifenlauge in den Augen, sie rann ihm an Kragen und Hemd herunter. Er konnte nichts mehr sehen. Irgendwo in seiner Nähe hörte er Griselda und Darling Jill lachen, aber er war wie gelähmt, er konnte sich nicht wehren. Wenn er den Mund öffnete und etwas sagen wollte, schmeckte er Seife auf der ganzen Zunge, sein ganzer Mund und Rachen brannten. Er beugte sich so weit wie möglich vor und versuchte, den Seifengeschmack auszuspucken.

«Das wird ihm schon den Mund stopfen», hörte er Darling Jill sagen. «Vielleicht wirst du dir's in Zukunft zweimal überlegen, bevor du dich heranschleichst, wenn ich nackt bin. Was kannst du jetzt sehen, Pluto? Siehst du irgendwas, Pluto? Warum schaust du mich jetzt nicht an – guck doch, es lohnt sich!»

Von der Treppe her lachte Griselda ihn aus.

«Ich wünschte, ich könnte ihn so fotografieren», sagte sie zu Darling Jill. «Das gäbe ein reizendes Plakat für die Wähler am Wahltag ab, findest du nicht, Darling Jill? Ich würde darunter schreiben: ‹Der eingeseifte Sheriff des Bezirks von Wayne beim Stimmenzählen.›»

«Wenn er jemals wieder versucht, sich heranzupirschen, während ich nackt bin, tauch ich ihn in die Wanne voll Seifenschaum, bis er das Vaterunser in drei Sprachen heruntergebetet. So einen Menschen hab ich mein Lebtag nicht gesehen. Immer fummelt er mit den Händen an mir herum und will mich zwicken; oder er schleicht sich heran und grapscht nach mir, wenn ich nackt bin. So ein Mensch ist mir noch nicht vorgekommen.»

«Vielleicht hat er nicht gewußt, daß du im Hinterhof badest, Darling Jill. Vielleicht hat er's erst gemerkt, als er um die Ecke kam und dich plötzlich vor sich sah.»

«Ach, glaub bloß *das* nicht. Wenn es so wäre, dann erkläre mir nur, wieso er immer dann um die Ecke kommt, wenn ich ein Bad nehme. Pluto ist nicht so dumm, wie er ausschaut. Der hält einen nur zum Narren mit seinem Getue.» Danach trat Stille ein, und Pluto begriff: sie hatten den Hof verlassen, sie waren ins Haus gegangen. Wieder wand er sein Taschentuch aus und versuchte sich die Seife aus den Augen zu wischen. Tastend fand er sich zurück, rund um das Haus. Er erreichte die Stufen und setzte sich nieder. So wartete er, bis Darling Jill sich angekleidet hatte und herauskam. Er war nicht böse auf sie, weil sie den Seifenschaum nach ihm geschleudert hatte; es gab nichts, was ihn gegen sie hätte erzürnen können. Sie hatte ihm schon oftmals üblere Streiche gespielt. Und sie belegte ihn mit den schlimmsten Schimpfworten, die sie nur ausdenken konnte.

Als er endlich glücklich die Seife abgetrocknet und die letzten Schaumblasen aus Gesicht und Haar gewischt hatte, sah er auf und merkte mit Erstaunen, daß die Sonne fast untergegangen war. Heute konnte er keinen seiner Wähler mehr aufsuchen, darüber war er sich klar. Aber wenn er nur Darling Jill nach Scottsville bringen durfte, bedauerte er das nicht. Lieber mit ihr zusammen sein, als eine Wahlschlacht gewinnen.

Die Gittertür hinter ihm knarrte, und Darling Jill und Griselda kamen aus dem Haus.

Sie standen hinter ihm im Eingang, sie sahen auf seinen Scheitel hinunter und kicherten leise. Er konnte sich nicht umdrehen und sie ansehen, ohne aufzustehen, und so beschloß er zu warten: er wollte sie erst ansehen, wenn sie die Treppe herunterkamen.

«Na, brätst du nun in der Hölle?» fragte Darling Jill. «Das hättest du tun sollen, bevor du in den Hinterhof geschlichen bist.»

5. Kapitel

Als sie an jenem Abend Scottsville erreichten, war es schon nach zehn Uhr. Pluto fühlte sich verloren in dem Labyrinth von Fabrikstraßen, aber Darling Jill war schon oft hier gewesen, und sie erkannte das Haus schon von weitem. Rosamonds und Wills Haus unterschied sich äußerlich in nichts von allen anderen, aber Rosamond hatte gewöhnlich blaue Vorhänge an den Fenstern, und danach hatte Darling Jill ausgespäht. Pluto hielt den Wagen an, aber er stellte den Motor nicht ab. Darling Jill drehte den Umschalter und zog den Schlüssel heraus.

«Warten Sie doch einen Augenblick», sagte Pluto aufgeregt. «Lassen Sie das bleiben, Darling Jill.»

Sie ließ den Schlüssel in ihr Portemonnaie fallen und lachte zu Plutos Einwänden. Ehe er sie daran hindern konnte, hatte sie die Tür geöffnet und war aus dem Wagen gesprungen. Pluto kam ihr nach und folgte ihr bis an die Haustür.

«Ich höre nichts von Will», sagte sie. Sie blieb stehen und spähte durchs Fenster.

Dann öffneten sie die Tür und traten in den Flur. Das Licht brannte, und alle anderen Türen standen offen. Aus einem der Zimmer drang Weinen. Darling trat in den dunklen Raum und drehte das Licht an.

Rosamond lag quer über dem Bett, das Laken übers Gesicht gezogen. Sie schluchzte laut.

«Rosamond!» rief Darling Jill. «Was in aller Welt geht hier vor?»

Sie lief und warf sich neben die Schwester aufs Bett.

Rosamond richtete sich auf den Ellbogen hoch und sah sich rings im Zimmer um. Sie trocknete die Tränen und versuchte ein Lächeln.

«Ich hab dich nicht erwartet», sagte sie. Sie schlang die Arme um Darling Jill und brach abermals in Tränen aus. «Ich bin froh, daß du gekommen bist, da du nun einmal hier bist. Mir war, als ob ich sterben müßte. Ich muß ein bißchen den Verstand verloren haben.»

«Was hat Will dir getan? Wo steckt er?»

Pluto war ratlos im Flur stehen geblieben. Er wandte krampfhaft den Blick von Rosamond ab, bis sie selbst ihn erspäht hatte.

«Hallo, Pluto!» lächelte sie. «Ich freue mich, Sie wieder einmal zu sehen. Nehmen Sie meine Kleider vom Stuhl und machen Sie sich's gemütlich.»

«Wo ist Will?» fragte Darling Jill abermals. «Erzähle, was geschehen ist, Rosamond.»

«Wahrscheinlich steckt er draußen irgendwo auf der Straße», gab Rosamond zur Antwort. «Ich weiß nicht recht, wo er ist.»

«Aber was war denn los?»

«Er hat sich die ganze Woche hindurch betrunken», sagte Rosamond. «Und er will nicht bei mir zu Hause bleiben. Wenn er betrunken ist, spricht er davon, daß er Webstühle in der Fabrik in Gang setzen will, und wenn er nüchtern ist, sagt er überhaupt nichts. Als er zum letztenmal nach Hause kam, hat er mich geschlagen.»

Ihr Gesicht war arg verschwollen. Ein Auge war bläulich verfärbt, und sie hatte aus der Nase geblutet.

«Arbeitet er denn nicht?»

«Nein, natürlich nicht. Die Fabrik ist noch immer geschlossen. Ich weiß nicht, wann sie wieder in Gang gesetzt werden soll. Manche Leute sagen, überhaupt nie mehr. Ich weiß nicht.»

Pluto drehte seinen Hut in den Händen. Jetzt stand er auf.

«Ich muß nach Hause zurück», sagte er. «Das steht fest.»

«Setzen Sie sich, Pluto», sagte Darling Jill zu ihm. «Und verhalten Sie sich still.»

Er setzte sich wieder, legte den Hut unter den Stuhl und faltete die Hände im Schoß.

«Ich bin herübergekommen, um dich und Will nach Hause zu holen», sagte Darling Jill. «Pa sagt, er brauche dich und Will zur Hilfe. Will soll ihm beim Schürfen helfen, und du könntest machen, was du willst. Pa hat sich etwas in den Kopf gesetzt, diesmal ist er sicher, daß er Gold findet. Ich weiß nicht, was in ihn gefahren ist.»

«Oh, der hat immer neue Seifenblasen im Kopf», meinte Rosamond. «Es gibt doch kein Gold auf dem Terrain, nicht wahr? Wenn's dort Gold gäbe, hätten sie es schon längst finden müssen. Warum hört er denn nicht endlich auf mit diesem Wühlen zwischen den Löchern und baut etwas an?»

«Ich weiß nicht», sagte Darling Jill. «Er und die Jungen glauben, daß sie jetzt bald auf eine Ader stoßen werden. Deshalb bleiben sie so lange bei der Stange. Ich wünschte, es wäre soweit.»

«Die Waldens sind schlimmer als die Schwarzen; immer meinen sie, das Gold falle ihnen in den Schoß.»

«Mag sein, auf alle Fälle sollt ihr hinüberkommen, sagt Pa.»

«Will mag nicht graben. Das könnte Pa allmählich gemerkt haben. Will ist immer ruhelos, wenn er von zu Hause fort ist.»

«Pa hat sich's nun mal in den Kopf gesetzt: ihr müßt kommen, du und Will. Du weißt doch, wie er ist.»

«Heut abend geht's nicht mehr. Will ist nicht hier, und ich weiß nicht, wann er zurückkommt.»

«Morgen ist's noch früh genug. Wir bleiben über Nacht hier. Pluto kann bei Will schlafen, und ich schlafe bei dir.»

Pluto machte vergebliche Anstrengungen, sich gegen dieses Arrangement zu wehren, er mußte noch heute abend zurück nach Marion. Aber niemand beachtete ihn.

«Ihr seid willkommen bei uns», sagte Rosamond, «aber das Bett ist nicht breit genug für Will und Pluto. Einer von den beiden muß auf der Erde schlafen.»

«Pluto natürlich», sagte Darling Jill. «Gib ihm nur ein Kissen und eine Decke, er wird sich schon im Flur ein Lager zurechtmachen. Das macht ihm nichts aus.»

Rosamond stand auf, machte sich das Haar zurecht und puderte sich das Gesicht. Jetzt sah sie schon besser aus.

«Ich weiß nicht, wann Will heimkommt. Vielleicht bleibt er die ganze Nacht fort. Das kommt manchmal bei ihm vor.»

«Er wird sicher nüchtern, wenn er mit uns kommt und ein, zwei Tage schürft. Pa wird ihn schon nüchtern halten.»

Sie wandten alle den Kopf und horchten. Vom Eingang her kam ein Geräusch; dann schlug jemand die Tür zu.

«Aha – das ist er», sagte Rosamond. «Und dazu ist er noch immer betrunken. Ich kann's merken.»

Sie saßen wartend da, bis er durch den Flur kam und in der Tür erschien.

«Na, Gott sei Dank!» sagte Will. «Da bist du ja wieder.»

Er starrte Darling Jill sekundenlang an und ging auf sie los, als ob seine Hände ihn zu ihr hinleiteten. Sie trat zur Seite, und er prallte gegen die Wand.

«Will!» mahnte Rosamond.

«Und da ist ja auch der alte Pluto! Ist denn ganz Marion in diesen Tagen unterwegs?»

Pluto stand auf und versuchte Will die Hand zu schütteln; aber Will ging zur Seite und steuerte nach der entgegengesetzten Richtung.

Er setzte sich in die Ecke, mit dem Rücken zur Wand, und legte den Kopf auf die Arme. Dann schwieg er so lange, daß alle glaubten, er sei eingeschlafen. Sie wollten sich eben auf den Fußspitzen aus dem Zimmer schleichen, sie waren schon an der Tür – da sah Will auf und rief sie zurück.

«Ihr wollt mir schon wieder entwischen, was? Kommt nur zurück, ihr alle, und leistet mir Gesellschaft.»

Rosamond machte eine Geste der Hilflosigkeit und sank schwach auf das Bett. Pluto und Darling Jill lachten über Will und setzten sich nieder.

«Wie geht's Griselda?» erkundigte sich Will. «Ist das Mädchen noch immer so schön? Aus welchem Teil des Landes kommt sie eigentlich? Ich ginge gern eines Tages dahin und holte mir auch so eine.»

«Will – bitte –» sagte Rosamond.

«Ich muß das Mädchen jetzt endlich haben», erklärte Will entschlossen und drehte dabei den Kopf von einer Seite zur andern. «Mich verlangt schon seit langer Zeit nach ihr, und ich kann nun nicht mehr länger warten. Jetzt muß ich sie haben.»

«Bitte, halt den Mund, Will», sagte Rosamond.

Er hörte sie nicht, wie es schien.

«Erzähl doch, wie Griselda jetzt ausschaut, Darling Jill. Sieht sie so aus, als ob sie grad reif zum Pflücken wäre? Ich muß sie jetzt endlich haben, helfe mir Gott! Ich hatte ein Auge auf sie – schon seit sie da drüben ins Haus einzog. Griselda hat das süßeste Paar...»

«Will!» sagte Rosamond.

«Zum Kuckuck, was willst du eigentlich von mir?» ereiferte sich Will. «Bleibt doch alles in der Familie, nicht? Warum zum Teufel fängst du zu keifen an, wenn ich von ihr spreche? Buck fragt nicht viel danach, ob ich sie nehme. Er kann sie doch immer haben. Es soll nur keiner kommen und ein Geheul anstimmen um so eine Bagatelle, wo doch niemand dabei zu Schaden kommt. Du tust ja, als ob ich im Begriff wär, die Tochter des Königs von England auf den Rücken zu schmeißen.»

«Bitte, sprich jetzt nicht mehr davon», bettelte Rosamond.

«Jetzt hör mich einmal an», sagte Will. «Griselda *ist* nun einmal das schönste Mädchen hier im Land, dagegen ist nichts zu machen; und mich verlangt's nach ihr, dagegen kann man auch nichts machen. Also, was hat das mit dir zu tun, zum Teufel? Damals hab ich's mir geschworen, daß ich sie mir einmal gönnen werde, damals, als ich sie zum erstenmal in Georgia drüben sah; und verdammt will ich sein, wenn ich meinen Schwur nicht halte. Du bekommst alles, was du beanspruchst. Und wenn du ein Geheul anhebst, kann ich's nicht ändern.»

«Ich will ein andermal darüber reden, Will, wenn du jetzt versprichst, mit der Geschichte aufzuhören. Besinn dich doch, sieh, wer da ist.»

«Bleibt doch alles in der Familie, oder nicht? Was zum Teufel ist schon dabei!»

Darling Jill sah Pluto an und lachte. Pluto fühlte, wie ihm wieder das Blut ins Gesicht stieg, und er drehte den Kopf vor dem Licht zur Wand, in den Schatten. Darling Jill brach abermals in Gelächter aus.

Es konnte kein Gespräch aufkommen, solange Will da war, zwecklos jeder Versuch.

Plötzlich fing Rosamond zu weinen an.

«Hat doch gar keinen Sinn, sich so anzustellen», knurrte Will störrisch. «Bleibt doch alles in der Familie, oder nicht? Was willst du also, zum Teufel! Der olle Pluto da hat seinen Spaß mit Darling Jill, oder er möcht's, wenn er nur könnte; und mir scheint, du kannst dich nicht beklagen, ich nehm dich oft genug, außer wenn du auf dem hohen Roß sitzt und anfängst, was für eine verdammt heilige Sache es sei, sich einem Weibsbild zu nähern, oder so was. Warum also darf ich nicht davon sprechen, daß ich Griselda haben will, wenn's mich doch danach verlangt? Soll sich Griselda etwa einen Zapfen hineinstoßen? Was denn, das wär ja eine Schmach und Schande! Eine gottverdammte Sünde wär das. Das kann ich beschwören! Das wär die verfluchteste Schmach, von der ich je gehört hab!»

Bei dem bloßen Gedanken daran begann er zu weinen. Er stand auf, die Tränen rannen ihm übers Gesicht, und er schluchzte, als ob ihm das Herz brechen wollte. Um den Tränenstrom zu hemmen, stopfte er sich die Fäuste in die Augenhöhlen, aber die Tropfen fielen so schwer wie vorher.

Rosamond stand vom Bett auf.

«Ich bin froh, daß es vorbei ist», sagte sie seufzend. «Jetzt kommt er zu sich. Laßt ihn nur eben einen Augenblick allein, hernach ist er wieder er selbst. Kommt, wir gehen ins andere Zimmer. Ich dreh das Licht ab, es tut ihm weh in den Augen.»

Pluto und Darling Jill folgten ihr. Will blieb weinend in der Zimmerecke zurück. Als sie sich alle im anderen Zimmer niedergelassen hatten, wandte sich Rosamond zu Pluto.

«Ich schäme mich furchtbar über das, was sich nebenan zugetragen hat, Pluto», sagte sie. «Bitte, vergessen Sie es, denken Sie nicht mehr daran. Wenn Will betrunken ist, weiß er nicht, was er spricht. Es ist ihm nicht ernst, kein Wort von alldem. Das weiß ich gewiß. Ich hätte euch um nichts in der Welt dieser Szene ausgesetzt, wenn ich's hätte hindern können. Ich bitte euch, vergeßt alles, was er gesagt hat.»

«Oh, schon in Ordnung, Rosamond», sagte Pluto leicht errötend. «Ich habe nichts gegen Sie oder Will.»

«Das könnte ich mir auch nicht vorstellen», schnitt ihm Darling Jill das Wort ab. «Es geht Sie ja gar nichts an. Sitzen Sie nur ganz still, Pluto, und halten Sie den Mund.»

Und sie begann mit Rosamond über andere Dinge zu

sprechen. Pluto vermochte dem Gespräch nicht zu folgen. Er befand sich fast in der entgegengesetzten Ecke des Zimmers, und sie sprachen mit gedämpfter Stimme. Auf seinem kleinen Stuhl war ihm sehr unbehaglich; lieber hätte er auf dem Fußboden sitzen mögen, wo er es bequemer gehabt hätte.

Jetzt trat Will in die Tür. Er sah erschöpft aus, aber man merkte nichts mehr von Trunkenheit. Offenbar war er jetzt nüchtern.

«Nett, Sie wieder einmal zu sehen, Pluto», sagte er, auf Pluto zutretend, und schüttelte ihm die Hand. «Wir haben uns lange nicht gesehen. Fast ein Jahr nicht, wie?»

«Kommt mir auch so vor, Will.»

Will zog sich einen Stuhl heran und ließ sich nieder; zurückgelehnt betrachtete er Pluto.

«Was treiben Sie jetzt – dasselbe wie gewöhnlich?»

«Oh, ich kandidiere dieses Jahr für den Sheriff-Posten», berichtete Pluto. «Ich suche ein Amt.»

«Sie werden ein Prachtexemplar von einem Riesenlümmel abgeben», sagte Will. «Für den Sheriff-Posten braucht's einen vierschrötigen Kerl. Warum – das weiß ich nicht, aber es ist Tatsache. In meinem ganzen Leben hab ich keinen mageren Sheriff gesehn.»

Pluto lachte gutmütig. Er trat ans Fenster und spuckte Tabaksaft hinaus auf die Erde.

«Ich müßte jetzt daheim sein», sagte er, «und doch freu ich mich über die Gelegenheit, einmal herüberzukommen und Sie und Rosamond wiederzusehn. Aber morgen in aller Frühe muß ich nach Hause und meinen Wahlkreis bearbeiten. Heut bin ich zu gar nichts gekommen. Ich bin früh genug aufgebrochen, aber ich bin nicht weiter gekommen als bis zu den Waldens, und jetzt bin ich gar hier in Carolina gelandet.»

«Graben sie drüben noch immer Löcher in den Boden, der Alte und die Jungen?»

«Tag und Nacht, möchte man sagen. Aber jetzt holen sie sich einen Albino aus dem Sumpf, der findet ihnen die Goldader. Heut nacht sind sie im Sumpf. Sie sind kurz vor uns aufgebrochen.»

Will lachte und schlug sich mit der derben Hand auf den Schenkel. «So ein Beschwörungs-Quatsch, was? Hol mich der Teufel, ich hätte nicht geglaubt, daß Ty Ty Walden auch mit diesem Zauber anfängt, so alt wie er ist. Und dabei hat er mir immer vorerzählt, wie wissenschaftlich er beim Goldgraben zu Werke gehe. Und jetzt fällt er auf den faulen Zauber herein!»

Pluto hätte Ty Ty gern verteidigt, aber Will lachte so gewaltig, daß er kein Wort herausbrachte.

«Na, vielleicht hilft's, vielleicht auch nicht», fuhr Will fort. «Der Alte müßte es zwar wissen; seit bald fünfzehn Jahren treibt er sich auf diesem Grund und Boden herum und gräbt nach Gold – in dem Zeitraum müßte er schließlich Sachverständiger in dieser Sache geworden sein. Ich schätze, es gibt dort irgendwo Gold, nicht wahr, Pluto?»

«Ich möchte um alles in der Welt kein Urteil abgeben», erwiderte Pluto, «aber nach meiner Meinung sollte es so sein, denn im ganzen Land rund herum haben ja die Leute Gold gefunden, so lange ich zurückdenken kann. Es muß da irgendwo Gold geben, denn ich hab die Nuggets selbst gesehen.»

«So oft ich von Ty Ty höre, wie er in diesen Gruben nach Gold stöbert, bekomm ich selbst fast so was wie Goldfieber», sagte Will. «Aber Sie brauchen mich nur hinüberzubringen und in der heißen Sonne dort abzusetzen – und ich verliere jedes Interesse an der Sache. Ich hätte nichts dagegen, dort auf Gold zu stoßen – das ist keine Lüge. Hat nicht viel Zweck, hier herumzulungern und zu warten; sieht nicht so aus, als ob man sich in der Fabrik wieder eine Existenz schaffen könnte. Das heißt – wenn wir die Sache nicht selbst in die Hand nehmen.»

Will wandte sich um und wies aus dem Fenster nach der riesigen Baumwollspinnerei, in der kein einziges Licht brannte, über deren efeuumsponnene Mauern die Bogenlampen unter den Bäumen jedoch eine dünne gelbliche Gluthülle warfen.

«Wann nimmt die Fabrik den Betrieb wieder auf?» wollte Pluto wissen.

«Nie mehr», sagte Will verdrossen. «Nie mehr. Wenn wir sie nicht selbst in Gang bringen.»

«Was ist denn los mit der Fabrik? Warum arbeitet sie nicht?»

Will beugte sich in seinem Sessel nach vorn.

«Wir werden eines Tages selbst hineingehen und die Maschinen anlassen», sagte er langsam. «Wenn die Gesellschaft nicht bald den Anfang macht, nehmen wir selbst die Sache in die Hand. Vor achtzehn Monaten haben sie den Lohn auf einen Dollar herabgesetzt, und als wir daraufhin einen Höllenlärm schlugen, stellten sie die Webstühle ab und jagten uns hinaus. Aber die Miete für diese verdammten Abtritte, in denen wir hausen müssen – die ziehen sie immer noch ein. Jetzt verstehen Sie, warum wir die Fabrik selbst wieder in Gang bringen werden, wie?»

«Aber ein paar Fabriken im Valley sind noch immer in Betrieb», sagte Pluto. «Als wir von Augusta herüberfuhren, kamen wir an fünf, sechs erleuchteten Spinnereien vorbei. Vielleicht nehmen sie auch hier bald wieder die Arbeit auf.»

«Den Teufel werden sie – ja, schon, aber zu einem Dollar zehn. Die anderen Fabriken arbeiten, weil sie die Weber aushungerten, bis sie wieder arbeiten mußten. Das war noch, bevor das Rote Kreuz die Mehlsäcke verteilte. Damals mußten sie entweder zurück an ihre Webstühle zu einem Dollar zehn – oder verhungern. Aber, weiß Gott, wir hier in Scottsville, wir werden das nicht tun. Solang wir nur hie und da einen Sack Mehl bekommen, können wir aushalten. Und der Staat gibt jetzt Bierhefe aus. Tun Sie mal ein Stück Bierhefe in ein Glas Wasser, rühren Sie's gut um und trinken Sie's – da fühlen Sie sich eine ganze Weile ordentlich erfrischt. Mit der Bierhefe haben sie angefangen, weil alle Leute im Valley in diesen Tagen vom Hunger Pellagra bekamen. Wir gehen nicht in die Spinnerei zurück, bevor sie uns nicht die Arbeitszeit kürzen oder keine unbezahlten Überstunden mehr verlangen. Sonst müssen sie uns wieder den alten Lohn auszahlen. Verdammt will ich sein, wenn ich neun Stunden am Tag für einen Dollar zehn arbeite, während diese reichen Hurensöhne, denen die Fabrik gehört, das Tal rauf und runter fahren in ihren Fünftausend-Dollar-Autos.»

Will hatte sich beim Sprechen erhitzt; einmal losgelassen, konnte er nicht stoppen. Und so erzählte er Pluto von den Plänen der Fabrikarbeiter: sie wollten die Spinnerei von den Besitzern übernehmen und selber führen. Die Fabrikarbeiter von Scottsville wären schon seit anderthalb Jahren ohne Arbeit, sagte er, der Mangel an Nahrung und Kleidung brächte die Leute allmählich zur Verzweiflung. Während der Arbeitslosigkeit sei ein Abkommen zwischen den Webern getroffen worden: Mann, Weib und Kind hätten sich verpflichtet, der Spinnerei gegenüber nicht nachzugeben. Die Spinnerei hatte sie wegen nichtbezahlter Mieten aus ihrem Heim jagen wollen, aber die Ortsverwaltung für Armenwesen hatte bei dem Richter in Aiken einen Beschluß erwirkt, demzufolge die Fabrik ihr Vorhaben nicht ausführen konnte. Die Arbeiter durften nicht aus der Siedlung geworfen werden, die der Gesellschaft gehörte. Und so, meinte Will, können sie ihre Forderungen aufrechterhalten, so lange die Fabrik in Scottsville stand.

Rosamond kam herüber zu Will und legte ihm ihre Hand auf die Schulter. Schweigend stand sie neben ihm, bis er zu Ende gesprochen hatte. Pluto war froh, daß sie kam. Er fühlte sich so unbehaglich in Scottsville; nach Wills Äußerungen zu schließen, konnten Gewalt und Unruhen jeden Augenblick losbrechen.

«'s ist Zeit zum Schlafengehn, Will», sagte Rosamond sanft. «Wenn wir morgen früh mit Darling Jill und Pluto hinüberfahren wollen, müssen wir ein wenig schlafen. Jetzt ist Mitternacht vorüber.»

Will schlang den Arm um sie und küßte sie auf die Lippen. Sie lag mit geschlossenen Augen in seinen Armen, ihre Finger mit den seinen verflochten.

«Schön», sagte er und schob sie von seinen Knien. «'s ist Zeit, denk ich.»

Sie küßte ihn abermals und ging zur Tür. Dort stand sie einen Augenblick halb zurückgewandt und sah Will an.

«Komm jetzt zu Bett, Darling Jill», sagte sie dann.

Sie gingen ins Schlafzimmer jenseits des Flurs und schlossen die Tür. Pluto nahm seine Krawatte ab und zog das Hemd aus. Nachdem er sie zur Seite gelegt hatte, band er seine Schuhe auf. Nun war er bereit, sich auf dem Fußboden zum Schlaf auszustrecken. Will brachte ein Kissen und eine Decke und warf sie zu Plutos Füßen auf den Boden. Dann verließ er ihn und ging über den Flur ins Schlafzimmer. Er schloß die Tür hinter sich.

«Wo soll ich schlafen?» fragte er. Er stand mitten im Zimmer und heftete die Augen auf Darling Jill, die sich entkleidete.

«Im andern Bett, Will», sagte Rosamond. «Und jetzt geh, Will, bitte. Laß Darling Jill in Ruhe. Sie schläft bei mir. Brich nicht wieder einen Streit vom Zaun, sei gut, ja? Es ist furchtbar spät. Mitternacht ist schon vorbei.»

Wortlos öffnete er die Tür und ging in den anschließenden Raum. Er legte die Kleider ab und ging zu Bett. Für Schlafanzüge war es zu heiß, selbst für Unterzeug. Er streckte sich im Bett aus und schloß die Augen. Noch immer fühlte er sich ein wenig beduselt, und jetzt begann sein

Kopf hinter den Schläfen zu schmerzen. Er wußte wohl: wenn er sich nicht gerade jetzt so schlecht gefühlt hätte – er wäre aufgestanden und hätte mit Rosamond Streit angefangen, weil er im anderen Zimmer schlafen sollte.

Als Darling Jill und Rosamond ausgezogen waren, drehte Rosamond das Licht ab und öffnete alle Zimmertüren um des Luftzugs willen. Will konnte noch hören, wie sie seine Tür aufklinkte, aber er war schon zu müde und zu schläfrig, er konnte die Augen nicht mehr öffnen, konnte sie nicht mehr rufen. Es war fast ein Uhr nachts, ehe sie alle zum Schlafen kamen, und der einzige Laut, der sich jetzt noch hören ließ, war Plutos Schnarchen auf seinem Lager im Flur.

Gegen Morgen erwachte Will und ging in die Küche, um einen Schluck Wasser zu trinken. Jetzt war es kühler, aber immer noch zu heiß, um sich zuzudecken. Er kam zurück und sah Pluto auf dem Fußboden liegen; er betrachtete ihn im flackernden Licht, das von der Straße durch die Fenster fiel. Im anderen Zimmer trat er ans Bett und sah auf Rosamond und Darling Jill nieder. Hellwach stand er ein paar Minuten neben dem Bett und sah herab auf ihre weißen Körper im schwachen Schein des Lichts von der Straßenecke. Einen Augenblick dachte er daran, Darling Jill zu wecken, aber er fühlte sich noch ein wenig elend, und seine Schläfen begannen wieder zu klopfen. Will wandte sich ab, ging zurück in sein Zimmer und schloß die Augen. Er erinnerte sich an nichts mehr – bis die Sonne ihm ins Gesicht schien und ihn weckte. Da war es fast neun Uhr und kein Laut im ganzen Haus zu hören.

6. Kapitel

Will lag auf der Seite und sah durchs Fenster hinaus auf das gelbe Siedlungshaus der Gesellschaft nebenan, da fühlte er etwas Warmes an seinem Rücken, etwas wie ein schnurrendes Kätzchen drückte sich gegen seine nackte Haut. Er kehrte sich um, hellwach, stützte sich halb auf die Ellbogen.

«Du meine Güte!» rief er aus.

Darling Jill setzte sich auf und fing an, ihn zu zausen. Sie zog ihn an den Haaren und fuhr ihm mit der Hand ziemlich unsanft übers Gesicht und quetschte seine Nase.

«Du wirst doch nicht böse mit mir, Will?»

«Böse», sagte er, «ich fühle mich höchst gebauchpinselt.»

«Pinsle du mich mal ein bißchen, Will», sagte sie.

Er packte zu, und sie entwand sich seinem Griff. Er wollte sie so fest umklammern, daß sie nie wieder entweichen konnte. Will stürzte sich über sie, kriegte ihren Arm zu packen und zog sie zurück neben sich. Darling Jill kuschelte sich in seine Arme und küßte seine Brust, während er über sie lachte.

Plötzlich fiel ihm etwas ein. «Wo ist Rosamond?» fragte er.

«Sie ist in die Stadt gegangen, Haarnadeln holen.»

«Seit wann ist sie fort?»

«Seit einer Minute oder so was.»

Will hob den Kopf und versuchte übers Fußende des Bettes hinauszuspähen.

«Wo ist Pluto?»

«Sitzt vorn am Eingang.»

«Teufel», sagte Will und ließ den Kopf aufs Kissen zurückfallen, «der ist zu faul, der steht nicht auf.»

Sie drängte sich dichter an ihn und schlang die Arme eng um ihn. Will preßte ihre Brüste fest mit der Hand.

«Nicht so fest, Will. Du tust mir weh.»

«Ich werde dir noch viel mehr tun, eh ich mit dir fertig bin.»

«Küß mich erst ein wenig, Will. Das hab ich so gern.»

Er zog sie fester an sich und küßte sie. Darling Jill schlang die Arme um Will und drängte sich immer enger an ihn. Will küßte sie, er geriet immer mehr außer sich.

«Nimm mich, Will», bettelte Darling Jill. «Bitte, Will, jetzt – jetzt –»

Die Frau im nächsten Reihenhaus lehnte sich aus dem Fenster und schüttelte ihren Staubwischer aus. Sie klopfte ihn ein paarmal gegen die Mauer, damit er sauber werde.

«Nimm mich, Will – ich kann nicht warten», sagte sie.

«Du nicht und ich auch nicht», sagte er.

Will stützte sich auf Hände und Knie, hob Darling Jills Kopf und holte ihr Haar darunter hervor. Er drückte das Kissen nieder, und ihr langes braunes Haar hing über das Bett und berührte fast den Fußboden. Er sah auf sie nieder: sie hatte sich hochgehoben und berührte ihn fast.

Als er erwachte, hörte er Darling Jills Schrei in seinem Ohr. Er wußte nicht, wie lange sie schon schrie. Alles war untergegangen in der vollkommenen Lust dieses Augenblicks.

Nach einer Weile hob er den Kopf und sah ihr ins Gesicht. Sie öffnete weit ihre Augen und lächelte ihm zu.

«Das war wundervoll, Will», flüsterte sie. «Tu's noch einmal.»

Er versuchte sich loszumachen und zu erheben, aber sie

ließ nicht locker. Er wußte, sie wollte eine Antwort von ihm.

«Will, tu's noch einmal.»

«Verdammt noch einmal, Darling Jill, ich kann jetzt nicht.»

Er wollte sich loswinden und aufrichten. Sie hielt ihn eisern fest.

«Wenn wir drüben in Georgia sind?»

«Wenn es in Georgia ebensogut schmeckt wie in Carolina, hast du verdammt recht, Darling Jill.»

«In Georgia ist es besser», lächelte sie.

«Hol's der Teufel.»

«Ich sagte, in Georgia sei es besser.»

«Es muß besser sein. Wenn's nicht besser ist, hol ich dich schnurstracks nach Carolina zurück.»

«Aber deshalb bleib ich doch ein Georgia-Mädel, selbst wenn du mich geradewegs nach Carolina zurückbringst.»

«Na schön, du sollst recht behalten», sagte er. «Aber wenn alle Mädchen von Georgia so gut schmecken wie du, will ich ganz drüben bleiben.»

Darling Jill hob den Arm und rieb die Spuren, die von seinem Biß zurückgeblieben waren. Will hätte sich gern losgemacht, er wollte sich auf dem Rücken ausstrecken, aber sie gab ihn noch immer nicht frei. Eine Zeitlang lag er still mit geschlossenen Augen, vom Kopf bis zu den Zehen in tiefes Wohlgefühl versenkt.

Plötzlich – wie ein Blitzstrahl aus wolkenlosem Himmel – fuhr ein schrecklicher Hieb auf sein Hinterteil nieder. Will stieß einen gellenden Schrei aus und drehte sich in der Luft herum, bis er auf den Rücken fiel. Die Augen sprangen ihm fast aus dem Kopf. Ein Blitzstrahl hätte ihn nicht mehr erschrecken können.

Ehe er etwas äußern konnte, sah er Rosamond am Bettrand stehen. In der einen Hand hielt sie drohend die Haarbürste hoch, und mit der andern versuchte sie aus aller

Kraft Darling Jill auf den Bauch zu legen. Es gelang ihr, die Schwester umzudrehen, und sie ließ die Haarbürste fünf-, sechsmal schnell heruntersausen, ehe Darling Jill entwischen konnte.

Will machte sich klar, daß ein Versuch, aufzustehen, jetzt sinnlos war; so blieb er ruhig liegen und beobachtete die Bürste in Rosamonds Hand; er schickte ein Stoßgebet zum Himmel, daß sie nicht auch ihn umkehren und noch einmal mit der Bürste bearbeiten möge.

Darling Jill lachte zuerst, aber sie war arg zerstochen, und die Stiche taten so weh, daß sie zu weinen begann. Will faßte mit der Hand unter sich und befühlte die große Beule, die an seinem Körper schwoll. Er rieb sie, um den stechenden Schmerz zu vertreiben. Darling Jills Hinterteil war überall rot wie Feuer, und scharlachfarbene Striemen zogen sich über ihr zartes Fleisch. Will sah genauer hin – auf den Beulen oben bildeten sich wieder neue Beulen, sie hoben sich wie längliche Blöcke in der Größe und Form von Rosamonds Haarbürste.

Pluto stand hinter Rosamond und sah mitleidvoll auf Darling Jills bebenden nackten Körper und auf das zitternde, blasenbedeckte Gesäß.

«Jesus», sagte Will und berührte die wunde Haut.

«Ist das alles, was du zu sagen hast?» fragte Rosamond. «Ich gehe die Straße hinunter in einen Laden – fünfzehn, zwanzig Minuten war ich fort. Und so treibst du's, während ich fort bin! Was denkst du, würde Pluto sagen, wenn er sprechen könnte? Weißt du nicht, daß er sie heiraten will? Der Anblick muß ihm ja das Herz brechen! Stell dir vor, du wärst zur Stadt gegangen und zurückgekommen – und hättest mich mit Pluto im Bett gefunden –, was hättest du getan? – Kannst du gar nichts anderes sagen als ‹Jesus›?»

Darling Jill brach plötzlich in Gelächter aus. Sie sah auf Rosamond und Pluto, und sie lachte immer lauter.

«Nicht mit diesem Wanst, Rosamond!» sagte Darling Jill. «Wie soll er das fertigbringen – mit so einem Bauch?»

Rosamond unterdrückte ein Lächeln, aber Plutos Gesicht lief rötlich an. Er wandte den Kopf und drückte sich gegen die Mauer, als ob er hineinverschwinden wollte; am liebsten hätte er sich vor ihren Blicken in einem Mauseloch verkrochen. Darling Jill legte ihre Hand auf die Blasen und weinte wieder drauflos.

«Jetzt wart einen Augenblick, Rosamond», sagte Will.

Rosamond sah auf Will herab; ihre Hand mit der Haarbürste ruhte auf dem Fußende des Bettes.

«Wie manches Mal muß ich dich bitten, mit mir zu schlafen, aber Darling Jill brauchte nur auf eine Nacht ins Haus zu kommen und du nimmst sie. Sie ist nicht schöner als ich, Will.»

Ihm fiel kein Wort ein. Nicht ein einziges, das er zur Antwort hätte geben können. Und Rosamond sah noch immer auf ihn nieder. Er wußte, er mußte irgend etwas äußern, früher ließ sie nicht von ihm ab. «Ich hab's nur einmal getan, das ist doch kein Unrecht, wie, Rosamond?»

«Nur einmal! Das sagst du immer; weiter weißt du nichts. Du hast jedes Mädchen in der Stadt gehabt – einmal. Es kann ebensogut hundertmal sein. Denkst du nie daran, wie mir dabei zumute ist, wenn du dich irgendwo mit so einem fremden Mädchen herumtreibst, das dich nichts angeht, und ich sitz hier zu Hause und zerbrech mir den Kopf, wo du bist und was mit dir los ist?»

Will wandte ein klein wenig den Kopf, gerade nur so viel, daß er Darling Jill aus den Augenwinkeln erspähen konnte. «Vielleicht, weil sie ein Georgia-Mädchen ist, Rosamond. Ich denk, *darum*.»

«Das ist keine Entschuldigung – nicht einmal eine richtige Entschuldigung hast du dafür. Ich bin doch auch ein Georgia-Mädchen, wenigstens war ich mal eins, bevor ich dich heiratete und nach Carolina kam.»

Will sah Pluto an, aber Pluto hatte offenbar keinen nennenswerten Vorschlag zu machen. Er starrte bestürzt auf Will.

«Rosamond, Schätzchen», sagte er sanftmütig, «ich spürte sie, und ich küßte sie ein bißchen, und dann – ehe ich recht wußte, wie mir geschah – mußte ich es einfach tun. Ich hatte nichts Böses im Sinn. So war's und nicht anders.»

«Wenn ich ein Baseball-Schlagholz bei der Hand hätte, könntest du jetzt etwas erleben», erwiderte Rosamond.

Allmählich faßte Will etwas Vertrauen zu sich selbst, er wagte es, Rosamond die Stirn zu bieten. Er fürchtete sich nicht länger vor ihr, er wußte: jetzt konnte er ihr die Bürste aus der Hand nehmen, falls sie ihn noch einmal damit hätte bearbeiten wollen.

«Jetzt hör einmal, Rosamond», sagte er. «Ein Mädchen wie Darling Jill muß immer auf jemand stoßen, der sie nimmt. Die ist von Anfang an dazu bestimmt.»

Rosamond machte eine Geste, als ob sie nach der Haarbürste greifen und beide noch einmal gründlich bearbeiten wollte; aber statt dessen machte sie kehrt und stürzte zur Kommode in der Ecke, wo Pluto stand. Sie riß die oberste Schublade auf und zog einen kleinen Zweiunddreißiger-Revolver mit perlenbesetztem Handgriff heraus, den sie dort aufbewahrte. Die Waffe in der ausgestreckten Hand, rannte sie zum Bett zurück.

«Um Himmels willen!» schrie Will. «Rosamond! Liebling, was fällt dir ein!»

Darling Jill sah in dem Augenblick vom Kissen auf, als der Abzugshahn zurückschnappte; sie hörte das Klicken. Will saß aufrecht im Bett und hielt das Kissen schützend vor seinen Körper gepreßt.

«Wenn ich dich prügle, so vergehen die Prügel; aber wenn ich schieße, dann hast du deinen Denkzettel, Will Thompson.»

«Liebling», bettelte er, «wenn du das Zeug hinlegst, will ich's niemals wieder tun. Ich schwör's dir bei Gott, Schätzchen. Wenn je ein Mädchen mich dazu bringen will, schmeiß ich es in den Horse Creek. Ich schwör's dir bei Gott, ich tu's nicht wieder, so lang ich lebe, Rosamond, Goldschatz.»

Rosamond ließ den Hahn zuschnappen, und der Raum füllte sich mit weißem Rauch. Sie hatte auf Wills Füße gezielt, aber gefehlt. Will sprang auf Rosamond zu, die Hand nach dem Revolver ausgestreckt. Rosamond schoß zum zweitenmal. Die Kugel fuhr zwischen seinen Beinen durch, und er erschrak zu Tode. Er sah an sich herab, voll Angst vor einer Wunde; aber er war zu entsetzt, um genauer hinzusehen. Er stürzte zum Fenster und sprang hinaus, auf Brust und Händen landend. Eine Sekunde später – kaum, daß er den Erdboden berührt hatte – sprang er auch schon wieder hoch und war außer Sicht.

Die Frau im gelben Reihenhaus nebenan rannte ans Fenster und streckte den Kopf hinaus. Sie sah Will nackt durch den Vorgarten stürzen, die Straße entlang, so schnell seine Füße ihn tragen wollten. Als er aus ihrem Gesichtsfeld verschwunden war, wandte sie sich und sah Rosamond mit dem kleinen, perlengeschmückten Revolver, den sie in der Hand hielt, am Fenster stehen.

«War das Will Thompson?» fragte die Frau.

Rosamond lehnte aus dem Fensterrahmen und sah die Straße hinauf und hinab.

«Wohin ist er gelaufen?» fragte Rosamond zurück.

«Dorthin – die Straße entlang», erwiderte die Frau, unfähig, das Gelächter noch länger zu unterdrücken. «Das hat er noch nicht erlebt, der gute Will Thompson, mit dem Revolver aus dem eigenen Haus herausgefeuert zu werden! Was –? Das muß ich Charlie erzählen, wenn er heimkommt. Der stirbt vor Lachen, wenn er das hört. Und dazu war Will Thompson noch so nackt wie ein neugeborener Spatz – das auch noch. Na, das ist doch ’ne Sache, will ich meinen!»

Rosamond kehrte sich ab und ging ins Zimmer zurück; sie legte den kleinen Revolver wieder in die Kommodenschublade und schloß sie. Dann ließ sie sich in einen Sessel gleiten und schluchzte.

Pluto wußte nicht, was anfangen. Er wußte nicht: sollte er hinter Will herlaufen und ihn zurückzubringen versuchen, oder sollte er hier im Zimmer bleiben und Rosamond und Darling Jill besänftigen. Darling Jill hatte sich unterdes etwas beruhigt, sie schluchzte nicht mehr so laut. Aber dafür weinte Rosamond um so leidenschaftlicher. Pluto lehnte sich vor, er legte seine Hand auf ihren Arm und klopfte sie beruhigend. Rosamond schüttelte seine Hand ab und schluchzte nur noch wilder. Nach einiger Überlegung fand Pluto heraus: das beste, was er im Augenblick tun konnte, war, *nichts* zu tun. So setzte er sich wieder zurück und wartete.

Plötzlich sprang Rosamond auf und stürzte zum Bett, in dem ihre Schwester lag. Darling Jill mit den Armen zärtlich umschlingend, warf sie sich übers Bett und brach von neuem in Tränen aus. So lagen sie beide da und trösteten sich gegenseitig. Pluto sah beängstigt auf die Szene. Er hatte erwartet, daß sie mit Fingernägeln aufeinander losgehen würden, haarraufend, spektakelnd. Aber sie taten nichts dergleichen. Sie wiegten sich zärtlich in den Armen und mischten ihre Tränen. Pluto begriff nicht, warum Rosamond nicht auf Darling Jill schoß, oder wieso sie ihr nicht wenigstens böse war. Wenn er die Schwestern jetzt so vor sich sah, verstand er nicht, warum Rosamond noch vor ein paar Minuten gehandelt hatte, wie sie getan. Jetzt benahmen sie sich, als ob sie gemeinsam einen schweren Verlust zu beklagen hätten.

Als Rosamonds Schluchzen allmählich verebbte, richtete sie sich auf und sah auf die Schwester nieder. Die roten

Schwellungen auf Darling Jills Hinterteil brannten noch immer und verursachten so durchdringenden Schmerz, daß sie nicht auf dem Rücken liegen konnte. Rosamond berührte sie ganz zart mit den Fingerspitzen, als ob sie dadurch das Brennen ein wenig hätte lindern können.

«Bleib so liegen, bis ich zurückkomme», redete Rosamond der Schwester zu. «Ich bin gleich wieder da.»

Sie lief in die Küche und kam mit einer Tasse voll Schmalz und einem großen Badetuch zurück. Auf der Bettkante sitzend, tauchte sie die Finger in das Fett.

«Kommen Sie her, Pluto», sagte sie, ohne sich nach ihm umzuwenden, «Sie können mir helfen.»

Pluto trat ans Bett; er errötete bis über die Ohrläppchen beim Anblick von Darling Jill, die nackt vor ihm hingestreckt dalag.

«Heben Sie sie vorsichtig hoch, Pluto, und legen Sie sie über Ihre Knie», bestimmte Rosamond. «So – ganz vorsichtig. Geben Sie nur gut acht auf die Schwellungen, was Sie auch tun.»

Pluto schob die Hände unter Darling Jill, seine Handflächen lagen flach unter ihren Brüsten und Schenkeln. Die Hände zuckten zurück, indes ihm Gesicht und Nacken in Feuer standen.

«Was ist denn nun los?»

«Vielleicht ist es besser, wenn Sie sie hochheben.»

«Seien Sie doch nicht albern, Pluto. Wie soll ich das machen? Ich bin nicht stark genug.»

Abermals schob er die Hände unter Darling Jills Körper, mit geschlossenen Augen und zusammengepreßten Lippen.

«Machen Sie schnell, Pluto – ich muß das Schmalz auf die Schwellungen tun, bevor sie blau werden.»

Pluto hob Darling Jill vom Bett hoch und kehrte sich um. Jetzt saß er auf der Bettkante vor Rosamond, Darling Jill lag über seinen Knien. Sofort strich Rosamond das

Schmalz auf. Pluto wollte ihr zusehen, aber er konnte seine Augen nicht von Darling Jills langem braunem Haar abwenden, das zum Fußboden niederflutete. Er hob sie ein wenig hoch, damit das Haar den Boden nicht berührte. Sie zuckte ein-, zweimal vor Rosamonds Berührung zurück, aber sie leistete keinen Widerstand, sie versuchte nicht, aufzustehen. Als das Schmalz sorglich verstrichen war, wischte sich Rosamond die Finger an einem Tuch ab und faltete das Badelaken zusammen, bis es einen langen, dicken Verband bildete. Pluto blickte auf Darling Jills zartes Hinterteil – der Wunsch, ihre Schenkel zu berühren und ihren Schmerz zu lindern, erfüllte ihn. Jedesmal, wenn er auf sie niederblickte, wie sie in seinem Schoß dalag, stieg ihm das Blut hoch, und er errötete über und über.

«Helfen Sie ihr auf die Füße, Pluto», sagte Rosamond. «Heben Sie sie hoch und stellen Sie sie auf den Boden.»

Darling Jill stand jetzt vor Pluto und ihrer Schwester. Rosamond wickelte sorgfältig das Badetuch um sie herum. Plutos Blick heftete sich fest auf den Punkt ihres Körpers, der ihm zufällig am nächsten war. Er sah starr vor sich hin, ohne die Augen nach rechts oder links zu wenden. Er wußte, daß Darling Jill auf ihn niederblickte; aber er brachte es nicht fertig, den Kopf zu heben und aufwärts in ihr Gesicht zu schauen.

Er war nicht ganz sicher, aber er glaubte, sie hätte sich nach vorn gegen ihn gelehnt.

«Gefalle ich Ihnen, Pluto?» fragte Darling Jill lächelnd.

Plutos Gesicht erzitterte, ein jäher Blutstoß fuhr ihm schmerzhaft in den Nacken; er versuchte aufzublicken und ihr in die Augen zu schauen. Es kostete ihn große Anstrengung, den Kopf aufwärts zu bewegen und zurückzulegen, aber er zwang sich dazu.

«Ich werde jetzt böse, wenn Sie nicht sagen, daß ich Ihnen so gefalle», schmollte sie.

«Ich bin verrückt nach Ihnen, Darling Jill», erwiderte er, halb erschrocken. «Das steht fest.»

«Warum werden Sie ganz rot im Gesicht und am Hals, wenn Sie mich so vor sich sehen, Pluto?»

Zu seiner qualvollen Verlegenheit fühlte er, wie das Blut ihn von neuem übergoß. Er zupfte an einem losen Faden der Steppdecke, ohne zu wissen, was er tat.

«Und doch – ich mag's gern», gab er zur Antwort.

«Was, mich heiraten, Pluto?»

«Sofort – oder zu jeder Stunde, die Ihnen recht ist», sagte er. «Und das steht fest.»

«Aber Ihr Bauch ist zu dick, Pluto.»

«Ach Gott, Darling Jill, das soll kein Hindernis zwischen uns sein.»

«Wenn er nicht so dick wäre, könnten Sie näher bei mir stehn.»

«Ach Gott, Darling Jill.»

«Und das steht fest», spottete sie ihm nach.

«Ach Gott, Darling Jill», machte er und streckte seine Arme nach ihrer Mitte aus.

Sie ließ sich so nahe heranziehen, daß er sie küssen konnte. Pluto zog sie zwischen seine Beine und streckte seinen Kopf so hoch er konnte; aber ihre Lippen waren hoch über ihm, ganz außer Reichweite; wenn er nicht aufstand oder wenn sie sich nicht niederbeugte, konnte er sie unmöglich küssen, das merkte er. Es war viel leichter für sie, sich zu ihm niederzubeugen, als für ihn auf die Füße zu kommen, überlegte er; und er wußte, daß sie sich darüber klar war. Aber sie blieb hochaufgerichtet in seinen Armen stehen und überließ ihn der Tantalusqual, indem sie sich weigerte, sich herabzuneigen und ihre Lippen auf die seinen zu legen. Er wußte nicht mehr, was anfangen – höchstens hätte er jetzt aufstehen und sich neben das Mädchen stellen können –, da beugte sich Darling Jill über ihn und wand ihren Körper ein wenig. Ehe er noch wußte, wie ihm geschah, fühlte er ihre warmen Brüste an seinem Gesicht, und er küßte sie wie ein Verrückter.

«Augenblicklich hörst du auf, Darling Jill!» sagte Rosamond; sie stand auf und riß die beiden auseinander. «Laß Pluto in Ruhe, hör auf mit diesem Unfug! Eine Schande, den armen Burschen so zu behandeln, wie du es seit jeher tust. Eines Tages wird's ihm zu bunt werden, und Gott weiß, was dir dann noch passiert.»

Darling Jill machte sich mit einem Ruck aus seiner Umklammerung frei und lief durch die Tür ins nächste Zimmer; das Badetuch hielt sie fest um die Hüften, Pluto saß betäubt wie in einem Nebel da, seine Hände hingen leblos an den Seiten herab, der Mund stand offen. Rosamond wandte sich um und sah ihn an. Er tat ihr so leid, daß sie zurückkam und zärtlich seine Wangen streichelte.

7. Kapitel

Um die Mittagszeit verkündeten die Fabriksirenen der Baumwollspinnereien talauf, talab die Arbeitspause. Überall trat plötzlicher Stillstand des schwirrenden Brausens ein, Männer und Frauen strömten aus den Fabriken und nahmen die Watte aus den Ohren. Nur in der Arbeitersiedlung von Scottsville rührte sich niemand von seinem Stuhl unterm Hauseingang. Es war Mittag, es war Essenszeit; aber in Scottsville saßen die Leute mit zusammengekrampften Eingeweiden da und warteten auf das Ende des Streiks.

Die Frau im gelben Reihenhaus nebenan machte Feuer im Küchenherd und setzte einen Wasserkessel auf. Was es da zu essen gab, konnten Mann und Kinder verschlingen, ohne daß sie danach die scharf eingegrabenen Linien ihrer Mundwinkel verloren. Jeder neue Tag bedeutete Kampf und Sieg. Seit achtzehn Monaten standen sie im Streik gegen die Fabrik, und niemals wollten sie klein beigeben, solange noch ein Funken Hoffnung glomm.

Rosamond wollte eine Eiscreme zubereiten. «Wenn Will zurückkommt, wird's ihm schmecken», meinte sie.

Pluto wurde nach Eis ausgeschickt. Er holte es aus dem Laden an der Straßenecke. So schnell er nur konnte, stolperte er hin und zurück, während Rosamond die Eismaschine ausbrühte und die Pfirsiche schälte. Pluto kam nicht aus dem Schrecken heraus, solange er sich im Valley aufhielt. Er bebte vor Angst, es könnte plötzlich einer hinter einem Baum hervorspringen und ihm den Hals von einem Ohr zum andern aufschlitzen; ja selbst im Haus erfüllte ihn Furcht, wenn er mit dem Rücken gegen die Tür oder das Fenster saß.

Während Rosamond die Eiscreme zubereitete, kam Darling Jill aus dem hinteren Eingang heraus und setzte sich in den Schatten eines Pfeilers. Sie hatte sich das Haar gekämmt, aber nicht aufgesteckt. Es hing ihr den Rücken hinunter, überflutete ihre Schultern und reichte fast bis auf den Fußboden. Rosamond hatte ihr einen Schlafrock geliehen, den sie über dem Badetuch trug; ihre schwarzen Seidenstrümpfe wurden von kanariengelben Strumpfbändern festgehalten.

Als Pluto mit dem Eis zurückkehrte, war die Creme fertig, jetzt brauchte sie nur noch in die Eismaschine, um zu gefrieren. Ihm oblag es, die Kurbel zu drehen, das merkte er wohl.

Jetzt, da die Sonne das Haus nicht mehr bestrahlte, war es kühl unter dem schattigen Dach des hinteren Eingangs. Hie und da spürte man einen leichten Wind, und die Mittagshitze war hier erträglich. Der breite grüne, kühle Horse Creek dort unten sah aus wie ein langhingestreckter See, der sich meilenweit durch das Valley zog.

«Jetzt muß ich aber wirklich nach Hause», sagte Pluto. «Das steht fest.»

«Die Wähler werden Sie nicht vermissen», meinte Darling Jill. «Sie werden froh sein, wenn Sie sie heute einmal in Ruhe lassen. Es geht nicht, wir sind doch noch nicht fertig für die Rückfahrt.»

«Ich habe schon den gestrigen Tag verloren und den vorgestrigen auch; zwei, drei Tage vorher war's auch nichts. Und jetzt verliere ich noch diesen Tag dazu.»

«Wenn wir zurück sind, werde ich für Sie Stimmen sammeln, Pluto», verhieß Darling Jill. «Und ich werde so viel Stimmen bekommen, daß Sie gar nicht wissen werden, was Sie damit anfangen sollen.»

«Ich wünschte nur, ich wäre endlich zurück», sagte er. «Das steht fest.»

Er drehte die Kurbel schneller, in der Hoffnung, damit noch zeitig genug fertig zu werden, so daß er noch in derselben Stunde aufbrechen könnte.

«Und ich wünschte, Will käme zurück», sagte Rosamond. «Was meint ihr, ob er diesmal wirklich wegbleibt – und nie mehr nach Hause kommt?»

Darling Jill seufzte und sah durchs Fenster in die Nachbarküche des gelben Reihenhauses nebenan. Da drüben aßen die Leute belegte Brote und tranken geeisten Tee dazu. Darling Jill verspürte bei diesem Anblick ein wenig Hunger.

Jetzt mochte die Creme allmählich fest genug sein, meinte Rosamond. Nur mit Anstrengung drehte Pluto die Kurbel noch im selben Tempo, mit dem er begonnen hatte; der Schweiß rann von seiner Stirn, und sein Mund stand vor Erschöpfung offen. Mit der einen Hand hielt er die Eismaschine fest, mit der andern drehte er verbissen weiter.

Zufällig sah niemand in diese Richtung, als Will seinen Kopf um die Hausecke streckte und die Szene ein paar Minuten lang beobachtete. Als er Pluto an der Eismaschine sah, kam er hinter der Ecke hervor und ging langsam über den Pfad zur Treppe.

«Na guck, da ist ja Will», sagte Darling Jill, die ihn zuerst erblickte.

Will blieb wie angenagelt stehen und sah auf Rosamond.

«Will!» schrie sie auf.

Sie sprang empor und lief die Stufen hinunter und auf ihn zu, sie warf die Arme um seinen Hals und küßte ihn stürmisch.

«Will, fühlst du dich wohl?»

Er klopfte ihr auf die Schulter und küßte sie. Am Leib trug er nichts als eine Khakihose, die er sich irgendwo ausgeborgt hatte; sonst war er barfuß und ohne Hemd.

Rosamond zog ihn über die Treppe und drückte ihn in ihren Sessel. Pluto ließ die Kurbel fahren und starrte ihn an. Er hatte nicht geahnt, daß er Will so schnell wiedersehen würde. Gott weiß wann, hatte er gedacht.

«Jetzt ist die Creme gut genug, Pluto», sagte Rosamond. «Nehmen Sie den Deckel ab, wir legen inzwischen Teller und Bestecke auf. Und geben Sie acht mit dem Salz. Nehmen Sie lieber vorher etwas Eis heraus, ehe Sie's vergessen.»

Sie blieb nur einen Augenblick fort. Darling Jill nahm den großen Löffel, füllte die Teller und reichte sie herum. Rosamond wich nicht von Will, sie wollte keinen Augenblick von ihm fort. Er nahm einen Löffel voll Pfirsichcreme und lächelte ihr zu.

«Hast du etwas über die Wiederaufnahme der Arbeit in der Fabrik gehört?» fragte sie ihn.

«Nein», gab er zur Antwort.

In all den gelben Reihenhäusern stellten die Hausfrauen täglich dieselbe Frage, und die Männer gaben täglich dieselbe Antwort: «Nein. Nichts.»

«Aber die anderen Fabriken arbeiten alle noch, nicht?»

«Vermutlich.»

«Wann nimmt unsere Spinnerei die Arbeit wieder auf?»

Der Gedanke an die anderen Fabriken mit ihrer regelmäßigen Arbeit verdüsterte Will. Er saß steif aufgerichtet da und sah hinunter auf das breite grüne Wasserband. Der Horse Creek lag still wie ein regloser See. Der Gedanke an die anderen Baumwollspinnereien im Valley, die Tag und Nacht in Betrieb standen, rief ein lebendiges Bild in ihm wach, das jetzt vor seinen inneren Augen abzurollen begann. Er sah die efeuumsponnenen Fabrikgebäude neben dem grünen Wasser. Es war am frühen Morgen, die Sirene heulte, sie rief die eifrigen Mädchen ans Werk. Jetzt gab's dort keine Männer mehr unter den Scharen, die nun in die Spinnerei strömten: die Fabrik wollte nurmehr Mädchen beschäftigen, weil sie nie gegen die härtere Arbeit aufbegehrten, nicht gegen die größeren Spinnrahmen, nicht gegen die unbezahlten Überstunden, nicht einmal gegen die Lohnkürzungen. Will sah vor seinen inneren Augen die Mädchen am frühen Morgen in die offenen Fabriktore strömen, während die Männer in den Straßen herumstanden und hilflos zusahen.

Jetzt aber lag den ganzen Tag Totenstille um die efeuumsponnenen Fabrikgebäude. Die Maschinen surrten nicht so laut, wenn die Mädchen sie bedienten. Die Männer erfüllten die Säle mit lautem Gelärm, wenn sie dort arbeiteten. Aber wenn der Abend kam, sprangen die Türen auf, und die Mädchen stürzten schreiend und lachend heraus. Wenn sie die Straße erreichten, liefen sie zurück zu den efeubehangenen Mauern, sie drückten ihre Körper dagegen und berührten sie mit ihren Lippen. Die Männer, die den ganzen Tag über müßig hier vor den Mauern herumgelungert hatten, kamen jetzt heran, sie schleppten die Frauen heim und prügelten sie erbarmungslos für ihre Untreue.

Will riß sich aus seinen Träumen und sah Pluto, Rosamond und Darling Jill vor sich. Er war fort gewesen, und da er zurückkehrte, wunderte er sich über ihren Anblick. Er rieb sich die Augen und fragte sich, ob er geschlafen habe. Aber er hatte wohl nicht geschlafen – sein Teller war leer. Er lag schwer und hart in seinen Händen.

«Christus», murmelte er.

Er dachte an die Zeit, wo die Spinnerei da unten Tag und Nacht in Betrieb stand. Die Männer, die in der Fabrik arbeiteten, sahen müde und abgespannt aus, aber die Mädchen waren verliebt in die Spinnrahmen und Spindeln und in die fliegenden Schiffchen. Die wildäugigen Mädchen und Frauen da drinnen hinter den efeuumsponnenen Fabrikmauern sahen aus wie Blüten von Topfpflanzen.

Talauf, talab im Valley lagen die Arbeitersiedlungen der Gesellschaft und die efeuumsponnenen Fabrikgebäude mit ihren kraftvoll blühenden Mädchen, deren Augen wie Morgenlicht glänzten; und die Männer standen in den heißen Straßen, sie sahen einander an und spien ihre Lungen in den tiefen gelben Sand von Carolina. Will wußte: nie konnte er fort von den nächtlich blau erleuchteten Spinnereien, von den Männern mit den blutigen Lippen in den Straßen und von der Unrast der Fabriksiedlungen. Nichts vermochte ihn von hier wegzuziehen. Vielleicht könnte er sich einmal losreißen und eine Weile fortbleiben; aber Unrast und Friedlosigkeit würden ihn plagen, bis er zurück wäre. Hier mußte er aushalten und seinen Freunden zu einer Existenzmöglichkeit verhelfen. Ohne ihn konnten die Fabrikstraßen nicht bestehen. Hier mußte er ausharren, auf diesen Straßen mußte er gehen und des Abends den Sonnenuntergang hinter der Baumwollspinnerei betrachten und den Sonnenaufgang am Morgen. In den Fabrikstraßen der Valley-Ortschaften gab es Mädchen mit festen, hohen Brüsten. Der Stoff, den sie unter den blauen Lichtern woben, umspannte ihre Körper; aber das Sichregen der festen Brüste unter der Hülle glich den raschen Bewegungen unruhiger Hände. In den Fabrikstädten des Valley ging die Schönheit betteln, und der Hunger der starken Männer war wie das Wimmern geschlagener Frauen.

«Jesus Christus», murmelte er erstickt.

Er blickte auf und sah, wie Darling Jill seinen leeren Teller mit pfirsichgesprenkelter Eiscreme füllte. Ehe sie sich abwenden und weitergehen konnte, packte er ihren Arm und zog sie an sich. Oftmals küßte er ihre Wangen und preßte dabei ihre Hand.

«Um Gottes willen, komm du nur ja nicht hier herüber in eine Fabrik», flehte er. «Das wirst du nicht tun, nicht wahr, Darling Jill?»

Sie wollte loslachen; aber als sie ihm ins Gesicht sah, wurde sie ängstlich. «Was ist los, Will? Bist du krank?»

«Oh, nichts ist los», gab er zur Antwort. «Aber um Himmels willen, geh du niemals in eine Baumwollspinnerei zur Arbeit.»

Rosamond legte ihre Hand auf die seine und mahnte ihn zum Essen, ehe die Eiscreme schmolz.

Er schloß die Augen und sah die gelben Häuserreihen, wie sie sich endlos durch Scottsville hin dehnten. Im Innern der Häuser sah er schmallippige Frauen an den Küchenfenstern sitzen mit dem Rücken zu ihrem kalten Herd. In den Straßen vor den Häusern sah er Männer mit blutigen Lippen ihre Lungen in den gelben Staub speien. So weit das Auge reichte standen Reihen efeuumsponnener Fabriken neben dem breiten, kühlen Horse Creek, und darinnen sangen die Mädchen, und in ihrem Gesang ertrank das Dröhnen der bewegten Maschinerie. Endlos streckten sie sich hin, die Baumwollspinnereien, die Kattunfabriken und die Bleichereien; und die munteren Mädchen mit steilen Brüsten und Augen wie Morgenlicht liefen ein und aus – endlos.

«Pluto fährt uns hinüber nach Georgia», sagte Rosamond sanft. «Du wirst dich da drüben zu Hause gut erholen, Will. Und wenn wir zurückkommen, wirst du dich viel besser fühlen.»

Will freute sich auf den Besuch bei Ty Ty; und doch mochte er nicht fort, der Gedanke, die anderen hier im Widerstand gegen die Fabrik sitzen- und warten zu lassen, war ihm verhaßt. Ja, nach der Rückkehr, das stand fest, würde er sich wohler fühlen. Vielleicht konnten sie dann die mit Stahl verbarrikadierten Tore der Fabrik aufbrechen und die Maschinen anlassen. Schön wär's zurückzukommen ins Valley, wieder in der Spinnerei zu stehen und das Surren der Maschinen zu hören, selbst wenn es nicht so bald gewebten Stoff geben sollte.

«All right», sagte er. «Wann gehn wir los, Pluto?»

«Ich bin bereit», erwiderte Pluto. «Sofort. Ich möchte gern so früh wie möglich zurück sein und mit dem Stimmenzählen vor dem Abendbrot beginnen.»

Rosamond und Darling Jill gingen ins Haus und kleideten sich an. Will und Pluto saßen und blickten hinab in das grüne Wasser. Es sah kühl aus, und die Brise, die darüber hinwehte, nahm etwas von dieser frischen Kühle mit. Aber die Temperatur unter dem wolkenlosen Himmel blieb sich gleich. Gras und Kraut welkten in der Sonne, und der Staub, der von den Äckern des Hochlands herunterblies, bedeckte den Boden und die Gebäude wie Farbpuder.

Will ging ins Haus; er streifte die Khakihose ab und zog seinen eigenen Anzug an.

Jetzt waren sie fertig zum Aufbruch, das Haus war abgesperrt, da sah Will jemand die Straße heraufkommen.

«Wohin, Will?» fragte der Mann. Er blieb stehen und sah sich die kleine Gesellschaft und Plutos Wagen an.

«Nur eben hinüber nach Georgia, für ein, zwei Tage, Harry.»

Will fühlte sich wie ein Verräter, daß er so auf und davon ging. Er wartete auf Rosamond und ließ ihr den Vortritt. «Ganz sicher, Will? Nicht etwa für immer?» fragte der Mann mißtrauisch.

«In ein paar Tagen bin ich wieder in der Stadt, Harry. Und wenn ich wieder da bin, laß ich dich's wissen.»

«*All right*. Aber vergiß das Wiederkommen nicht. Wenn alle davonlaufen, holt sich die Gesellschaft im Handumdrehn eine neue Belegschaft herein und eröffnet die Fabrik ohne uns. Wir müssen alle hierbleiben und durchhalten. Wenn die Spinnerei jemals wieder ohne uns die Arbeit aufnimmt, haben wir keine Aussichten mehr in dieser Welt. Das weißt du, Will.»

Will stieg vor Rosamond wieder aus dem Wagen. Er

schlenderte mit dem anderen Mann die Straße hinunter und sprach mit leiser Stimme auf ihn ein. Ein paar Meter weit blieben sie stehen und begannen zu streiten. Will sprach ein Weilchen und tippte dabei dem anderen mit dem Zeigefinger auf die Brust; der Mann nickte mit dem Kopf und warf einen Blick auf die efeuumsponnene Spinnerei dort unten. Sie machten kehrt und gingen wieder weiter; jetzt sprachen beide gleichzeitig. Als sie wieder stehen blieben, fing der Mann von neuem an, auf Will einzureden; jetzt tippte er Will mit dem Zeigefinger auf die Brust. Will nickte, schüttelte heftig den Kopf, nickte wieder.

«Wir können niemand hinein- und die Maschinerie kaputtmachen lassen», sagte Will. «Das will keiner von uns.»

«Das ist es ja gerade, was ich dir auseinandersetzen möchte, Will. Was wir wollen ist folgendes: hineingehen und die Maschinen anlassen. Wenn dann die Gesellschaft kommt und sieht, was vorgeht, wird sie uns entweder hinauszujagen versuchen oder sie läßt uns die Arbeit wieder aufnehmen.»

«Nun hör einmal, Harry», gab Will zur Antwort. «Wenn die elektrische Kraft wieder angelassen ist, wird kein Mensch auf Gottes Erdboden sie wieder zum Stillstand bringen. Dann bleibt sie im Fluß. Wenn sie versuchen, den Strom abzustellen, dann werden wir – jawohl, hol mich der Teufel, Harry –, dann wird die Maschinerie in Gang bleiben.»

«Ich war immer dafür, sie anzulassen, niemals hätte sie stillstehen dürfen. Das hab ich doch immer dem Lokalverband klarzumachen versucht. Aber was kannst du bei diesem gottverdammten AFL ausrichten? Sie beziehen ihre Gehälter, damit sie uns von der Arbeit abhalten. Wenn wir zu arbeiten anfangen, dann kommt kein Geld mehr für sie ein. Verflucht noch mal, Will, wir sind schön dumm, wenn wir auf ihr Geschwätz vom Schiedsspruch hören.

Laß doch die Fabrik mit drei Schichten arbeiten, meinetwegen mit vier Schichten, wenn wir die Maschinerie wieder angelassen haben, dann soll sie in Betrieb bleiben. Wir können ebensoviel bedruckten Stoff herausbringen wie die Gesellschaft, vielleicht noch mehr. Aber dann haben wir doch alle wieder Arbeit, das ist die Hauptsache. Wir können mit Hochdruck schaffen, wenn nur erst alle wieder eingestellt sind. Jetzt heißt's vor allem wieder die Maschinen anzulassen. Und wenn sie versuchen, den Strom abzustellen, dann dringen wir ein und – hol's der Teufel, Will, der Strom wird nicht mehr abgestellt, wenn wir die Maschinen einmal angelassen haben. Siehst du, Will, ich bin nie dafür gewesen, die Sachen kaputtzuschlagen. Das weißt du, und jedermann weiß das. Dieser gottverdammte AFL hat das aufgebracht, als sie Wind davon bekamen, daß wir die Maschinen wieder anlassen wollen. Alles, was mir am Herzen liegt, ist, daß die Fabrik wieder in Betrieb kommt.»

«Das hab ich doch bei jeder Lokalversammlung gesagt, seit die Fabrik geschlossen ist», stimmte Will zu. «Der Lokalverband muß nach der Pfeife des AFL tanzen. Sie sagen, wir könnten unsere Arbeit nur durch Schiedsspruch zurückbekommen, anders nicht. Das hat mir nie gefallen. Du kannst nicht mit der Gesellschaft sprechen, du bringst nichts heraus als eine einseitige Antwort. Die sagen schon nichts, da heißt's immer nur ‹ein Dollar zehn›. Das weißt du so gut wie ich. Und wie zum Kuckuck soll ein Mensch von diesem ‹Dollar zehn› die Miete für die stinkenden Abtritte zahlen, in denen wir leben? Erklär mir mal, wie man das machen kann – und ich bin der erste, der für den Schiedsspruch eintritt. *No, Sir.* Das ist nicht zu machen.»

«Nun, ich bin dafür, daß wir eindringen und die Maschinen anlassen. Das hab ich schon die ganze Zeit über gesagt. Nie hab ich was andres gesagt, und nie werd ich was andres sagen.»

Rosamond kam ihnen entgegen und rief Will. Er wandte sich von dem Mann ab und fragte, was sie wolle. Die Fahrt nach Georgia hatte er ganz vergessen.

«Komm jetzt, Will!» mahnte Rosamond. «Pluto ist schon ganz verzweifelt, daß er so lange warten muß. Er will doch daheim Sheriff werden, er ist zur Wahl aufgestellt und muß Wähler werben. Du und Harry, ihr könnt eure Auseinandersetzung in ein, zwei Tagen beenden, wenn wir heimkommen.»

Die Männer plauderten noch ein paar Minuten, dann verabschiedete sich Will und folgte Rosamond zum Wagen. Darling Jill saß am Steuer, Pluto neben ihr, Will und Rosamond im Rücksitz.

Will lehnte sich aus dem Wagen und winkte Harry.

«Sieh zu, daß sie die Versammlung für Freitagabend einberufen», schrie er hinaus. «Bei Gott, wir wollen der AFL und der Gesellschaft zeigen, was wir vorhaben, wenn wir die Maschinen anlassen.»

Darling Jill raste die ungepflasterte Straße entlang, rücksichtslos schoß sie um die Ecken. In einer Staubwolke, die auffuhr und dick durch die heiße Luft herunterstob, um sich auf Bäume und Gartentore der gelben Reihenhäuser niederzulassen, sausten sie dahin.

Dann ging's über die heiße Betonstraße nach Augusta, vorbei an den fast endlosen Gruppen von Arbeiterhäusern. Sie kamen durch andere Fabrikstädte, fuhren in den Stadtzonen langsamer und hielten Ausschau nach surrenden Spinnereien. Durch die offenen Fenster konnten sie Männer und Frauen an der Arbeit sehen und fast das Summen der Maschinen hinter den efeubedeckten Mauern hören. In den Straßen waren wenige Leute zu sehen. Nicht annähernd so viele wie in den Straßen von Scottsville.

«Macht schnell, daß wir nach Augusta kommen», sagte Will. «Ich will raus aus dem Valley, so schnell uns der

Wagen fortbringen kann. Ich habe den Anblick von Baumwollspinnereien und Siedlungshäusern bei Tag und bei Nacht verdammt satt.»

Es waren nicht die Baumwollspinnereien und das Leben in den Siedlungshäusern, was er satt hatte: er wußte es selbst. Es war der Anblick so vieler Fabriken in vollem Betrieb, der ihn erbitterte.

Graniteville, Warrenville, Langley, Bath und Clearwater lagen schon hinter ihnen, jetzt rasten sie mit 70 englischen Meilen in der Stunde über die heiße Betonstraße aus dem Valley heraus. Als sie auf den Gipfel von Schultz Hill kamen, konnten sie auf die tote Stadt Hamburg und die morastige Savannah hinuntersehen und, auf der Seite von Georgia, über die weithin flutende Ebene, auf der Augusta erbaut war. Über die Stadt erhob sich The Hill, dicht besiedelt mit Wolkenkratzern von Sommerhotels und dreistöckigen weißen Wohnhäusern.

Während sie den langen Hügel gegen die Fifth Street Bridge hinunterglitten, sagte Rosamond etwas über Jim Leslie.

«Er lebt in einem der feinen Häuser auf The Hill», bemerkte Will. «Warum kommt dieser Hundesohn nicht einmal bei uns vorbei?»

«Jim Leslie würde schon kommen, wenn seine Frau nicht wäre», sagte Rosamond. «Aber Gussie hält sich zu gut für uns. Und wenn Jim Leslie uns Strohköpfe nennt, so steckt *sie* dahinter.»

«Ich möchte lieber ein gottverlassener Strohkopf sein und in einem gelben Reihenhaus wohnen, als mit ihr und Jim Leslie tauschen. Ich bin ihm in der Broad Street begegnet, und als ich ihn ansprach, drehte er sich um und lief davon, damit ihn die Leute nicht im Gespräch mit mir sehen.»

«Früher war Jim Leslie nicht so», warf Rosamond ein. «Als Knabe, solange er noch bei uns zu Hause lebte, war er ganz so wie wir anderen. Dann aber heiratete er ein Mädchen aus der Gesellschaft von The Hill – damals verdiente er einen Haufen Geld –, und jetzt will er nichts mehr mit uns zu tun haben. Nun, ein bißchen anders als wir war er doch wohl von Anfang an. Er hat irgend etwas an sich – ich weiß nicht, wie ich's nennen soll –»

«Jim Leslie ist ein Baumwollmakler», sagte Will. «Er ist durch seine Spekulation in Baumwolle reich geworden. Der hat sein Geld nicht verdient, er hat's erspielt. Ihr wißt doch, was ein Baumwollspekulant ist, nicht wahr? Wir nennen sie *Brokers*, diese Halsabschneider. Wißt ihr, warum sie so heißen?»

«Warum?»

«Weil sie den Farmern den Hals abschneiden. Sie borgen ihnen etwas Geld, und hernach nehmen sie ihnen, verdammt, die ganze Ernte weg. Oder sie saugen dem Farmer das Blut aus, indem sie die Preise hochschrauben und senken, um ihn zum Verkauf zu zwingen. Darum nennt man sie *Cotton Brokers*, diese Baumwoll-Hyänen. Und Jim Leslie Walden ist auch nichts anderes. Wenn er mein Bruder wäre, würde ich ihn genau wie einen Streikbrecher in Scottsville behandeln.»

8. Kapitel

Es war noch nicht ganz dunkel, aber die Sterne traten allmählich hervor, und die Lichter in den Häusern am Straßenrand blinkten im späten Zwielicht. Als sie eine halbe Meile von zu Hause entfernt waren, sahen sie schwankende Lichter, es mußten Laternen sein in den Händen von Menschen, die sich bewegten.

Das unruhige, summende Durcheinander um die Farm herum deutete auf ein besonderes Ereignis hin. Darling Jill gab Gas, sie war neugierig und wollte wissen, was vorging. An der Kehre zog sie die Bremse so scharf an, daß die Bänder anbrannten und der Geruch von versengtem Gummi sie in dem Staub umhüllte.

Ty Ty kam gerade aus dem Haus gerannt, er hielt eine rauchende Laterne vor sich hin. Sein Gesicht war von der Tageshitze gerötet und sein Anzug von eingetrocknetem Schlamm verklebt; das Zeug haftete an dem Stoff wie Bettlerläuse. Alle sprangen aus dem Wagen auf ihn zu.

«Was ist los, Pa?» bestürmte ihn Rosamond aufgeregt.

«Große Dinge gehen vor!» sagte er. «Wir schaufeln auf Tod und Leben. Seit heute früh haben wir eine Grube von 20 Fuß Tiefe ausgehoben, ich weiß nicht, es mag auch mehr sein. Wir sind schneller vorwärtsgekommen als jemals vorher in zehn Jahren.»

Er stieß und zog sie drängend hinter sich her. Dann fing er an zu laufen und führte sie über den Hof, um die Ecke des Hauses herum. Jählings zurückprallend, stolperten sie fast über den Rand eines laternenerhellten Kraters an der

Seite des Hauses. Unten auf dem Grund gruben Shaw, Buck und der schwarze Sam im Lehm. Ihnen gegenüber, auf der anderen Seite des Kraters, stand Onkel Felix mit einer zweiten rauchenden Laterne und einem Schießprügel, neben ihm ein Mensch, der in dem flackernden Licht wie ein Geist aussah.

«Wer ist das da drüben?» erkundigte sich Will.

Ty Ty brüllte etwas hinunter zu Buck und Shaw. Plötzlich trat Griselda irgendwoher aus der Dunkelheit ins Blickfeld.

«Jungen!» brüllte Ty Ty hinunter. «Wir haben heute seit dem frühen Morgen gearbeitet, und ich denke, wir hören jetzt auf und ruhen uns aus. Jetzt ist Will hier, und wir wollen lieber alle miteinander morgen früh rechtzeitig beginnen. Kommt herauf und begrüßt die Gäste.»

Buck warf die Schaufel hin, aber Shaw hackte weiter in den hartgebackenen Lehm hinein. Buck fing mit ihm zu streiten an; auch Shaw sollte für die Nacht Schluß machen und Rast halten. Der schwarze Sam kletterte schon aus dem Loch heraus.

Griselda und Darling Jill gingen ins Haus und zündeten die Lampen an.

«Ich habe Hunger wie ein Wolf, Mädchen», sagte Ty Ty.

Onkel Felix nahm die rauchende Laterne vom Boden auf; mit dem Ende seines Gewehres stieß er den anderen Mann vor sich her. Er drängte ihn ums Haus gegen die Scheune zu.

«Wer ist das?» wollte Pluto wissen. «Ist das ein Wähler?»

«Der? Aber Pluto, das ist der kreideweiße Mensch, auf dessen Fährte du mich gebracht hast. Große Sache, Pluto, das ist der Albino, den wir in den Sümpfen mit dem Lasso gefangen haben.»

Sie gingen hinter dem Menschen und Onkel Felix her

ums Haus. Der Farbige drängte den Albino vorwärts, und während er ihn mit dem Ende des Gewehrs antippte, sprach er zu ihm.

«Siehst du, ich hab dich nicht angelogen über den Kreideweißen, wie?» sagte Pluto. «Ich hab dir doch gesagt, er ist da unten im Sumpf, das hab ich doch gesagt, Ty Ty, nicht wahr?»

«Du hast mich nicht angelogen, er war schon dort; aber du hast dir die Sache mit dem Einfangen viel zu schwer vorgestellt. Du lieber Himmel, der Weißling war nicht schwerer heimzubekommen als ein totes Karnickel. So friedfertig ist er mitgekommen, Pluto. Aber ich will kein Risiko eingehen, was ihn anbelangt. Vielleicht tut er nur so unschuldig. Deshalb laß ich ihn von Onkel Felix Tag und Nacht bewachen.»

«Hat er schon was herausgefunden für euch, Ty Ty?»

«So sicher wie zweimal zwei vier ist», erwiderte Ty Ty. «Als wir ihn hatten und ihm sagten, was er zu tun hätte, bezeichnete er sofort den Fleck, wo wir jetzt die neue Grube angelegt haben. Er sagt, das ist der Platz, wo wir nach der Goldader graben müßten. Und so ist es auch.»

«Wie kannst du das wissen? Habt ihr schon Goldklümpchen gefunden?»

«Nun, das nicht gerade. Aber wir kommen der Sache immer näher.»

«Kann er sprechen?» fragte Will.

«Sprechen? Na, mir scheint ja, und nicht zu wenig. Herrgott, der Weißling da schwatzt dir das Blaue vom Himmel herunter, wenn du ihm Gelegenheit gibst. Der kann disputieren wie geschmiert. Mir tun die Kinnbacken ordentlich weh, als ob sie ausgerenkt wären, soviel hab ich mit ihm geschwatzt. Ich hab jetzt auch keine Furcht mehr vor ihm. Er ist ganz so wie ich und du und jeder andere Mensch, Will, nur daß er weiß ist, über und über, samt Haar und Augen. Klar, die Augen sind etwas rötlich, aber selbst die kann man für weiß halten, wenn die Beleuchtung nicht gut ist.»

«Hast du ihm gegenüber erwähnt, daß ich für den Sheriff-Posten kandidiere?» erkundigte sich Pluto.

«Nun sieh mal, Pluto», sagte Ty Ty, «ich habe keine Zeit, um ihn zum Stimmen wegzulassen. Er muß bleiben, wo er ist, Tag und Nacht. Aus dieser Grube müssen wir Gold heraufholen, und wenn wir auch graben, bis wir am anderen Ende bei China wieder herauskommen. Aber jetzt brennt's. Es kann nicht mehr lange dauern, bis wir auf die Ader stoßen und anfangen, die kleinen Goldeierchen herauszuschaufeln.»

Ty Ty blieb am Scheunentor stehen.

«Ich bin jetzt furchtbar hungrig», sagte er. «Komm, wir gehen ins Haus zurück und machen ein wenig Dampf hinter den Mädchen, damit wir was zu essen bekommen; und nach dem Abendbrot bringen wir ihn ins Haus, da kann mal jeder den Albino von nahem betrachten.»

Ty Ty machte kehrt und ging zurück ins Haus. Will und Pluto folgten ihm auf dem Fuß. Sie hätten den Mann in der Scheune fürs Leben gern gesehen; aber ohne Ty Ty mochten sie doch nicht hineingehen.

«Du hättest ihn doch nicht gerade den Platz am Haus bezeichnen lassen sollen», sagte Will. «Das ist doch zu gefährlich, scheint mir. Am Ende wird das Haus noch in die Grube hinunterstürzen.»

«Das hab ich schon bedacht», sagte Ty Ty. «Ich und die Jungen und der schwarze Sam haben das Haus so abgestützt, daß es nicht in die Grube stürzen kann. Und wenn's schon fiele – das macht nicht so viel aus. Wenn wir erst auf die Mine stoßen, sind wir reich genug; da können wir uns so viele schöne Häuser bauen, wie wir wollen, viel schönere als das da.»

«Ich weiß da nicht so genau Bescheid», sagte Pluto, «aber mir scheint, ihr grabt da auf Gottes kleinem Acker.»

«Na, darüber brauchst du dir keine grauen Haare wachsen zu lassen», sagte Ty Ty. «Ich habe Gottes kleinen Acker heute morgen dort hinüber, auf die Rückseite der Farm, verlegt. Für lange Zeit ist keine Gefahr, daß wir in Gottes kleinem Acker auf die Mine stoßen. Gottes kleiner Acker ist da drüben so sicher, als ob er irgendwo unten in Florida läge.»

Ty Ty und Will gingen ins Haus; nur Pluto setzte sich unter dem Eingang nieder, wo es kühler war. Darling Jill deckte den Tisch. Der schwarze Sam hatte einen Armvoll dicker Föhrenknorren hereingeschleppt, und die Platte des Küchenherds glühte rot. Alle hatten Hunger, aber bei der Hitze, die der schwarze Sam geschaffen hatte, würde das Kochen der Grütze und das Backen der süßen Kartoffeln nicht lange dauern. Griselda hatte einen halben Schinken aufgeschnitten, und die Scheiben brutzelten in zwei Pfannen. Kein Mensch dachte an Pluto. Erst als Will und Ty Ty vom Tisch aufstanden, erinnerte sich Darling Jill, daß er noch kein Abendbrot bekommen hatte, und sie lief und suchte ihn. Während sie ihn ins Zimmer brachte, protestierte er laut: er habe keine Zeit mehr, er könne nicht länger bleiben. Immer wieder versicherte er, er müsse hinaus auf die Landstraße und die Wähler werben, bevor sie heute abend zu Bett gingen.

«Nun hör einmal, Pluto», sagte Ty Ty. «Jetzt setzt du dich erst einmal hin und ißt. Und wenn du fertig bist, dann holen wir diesen kreideweißen Menschen aus der Scheune herein, und jeder kann sich ihn bei Licht besehn. Er muß auch essen, grad so wie wir anderen alle, und er kann ebensogut hier bei uns essen wie drüben in der Scheune. Dann kommt auch Onkel Felix einmal zum Aufatmen, er hat ihn bewachen müssen, seit wir ihn letzte Nacht ins Haus gebracht haben.»

Buck und Shaw machten sich fertig, sie wollten nach Marion fahren und ein paar neue Schaufeln holen. Seit sie wieder zu graben angefangen hatten, war eine Schaufelstange zerbrochen und ein Blatt hatte sich verbogen. Ty Ty brauchte eine neue Schaufel für Will, und er meinte, auch er selbst könnte mit einer neuen besser arbeiten. Buck und Shaw wuschen sich, sie wechselten die Anzüge und machten sich zum Aufbruch fertig.

Ty Ty nahm Pluto und Will ins Wohnzimmer hinein; die Mädchen deckten den Tisch ab und stapelten das Geschirr in der Küche auf, wo der schwarze Sam es dann spülte. Ty Ty brannte darauf, die Geschichte vom Fang des Albinos anzubringen.

«Buck sah ihn zuerst», begann er. «Er ist ordentlich stolz darauf, und ich will ihn deshalb gewiß nicht tadeln. Wir hielten da unten am Sumpf, unterhalb von Marion, und spähten nach dem Weißling aus, da kam es Buck in den Sinn, in ein Haus grad am Weg zu gehen und sich nach dem Burschen zu erkundigen. Wir fuhren im Wagen hin und hielten im Hof, und Buck stieg aus und klopfte an die Tür. Ich blickte gerade in die entgegengesetzte Richtung, ich dachte: vielleicht erspähe ich dort in der Ferne irgendein Zeichen von dem Albino. Was Shaw tat, weiß ich nicht. Aber er muß auch nicht aufgepaßt haben, denn eh ich's mich versah, hörte ich Buck aufkreischen: ‹Da ist er!›»

«Wie – er war also in dem Haus?» fragte Pluto.

«Und ob!» sagte Ty Ty. «Jawohl, er muß drin gewesen sein. – Als ich mich umdrehte, stand er – in voller Lebensgröße – im Türrahmen und sah aus, als ob man ihn gerade in ein Mehlfaß gesteckt hätte. Er trug einen Overall und ein blaues Arbeitshemd; aber sonst war er überall weiß, alles, was von ihm zu sehen war.»

«Ist er davongelaufen?»

«Davongelaufen! Keine Spur. Er trat aus der Haustür und fragte Buck, was wir wünschten. Buck packte ihn um die Beine, und Shaw und ich, wir sprangen mit den

Stricken aus dem Auto. Im Handumdrehen hatten wir ihn gefesselt wie ein Kalb, das zum Markt soll. Er schrie ein bißchen und stieß wild mit den Füßen um sich, aber das machte ja auf mich und die Jungen keinen großen Eindruck. Dann kam eine Frau aus dem Haus gelaufen und sah nach, was da für ein Spektakel los war. Eine Frau wie jede andere – ich meine: nicht etwa kreideweiß wie der Albino. Sie sagte zu mir: ‹Was in aller Welt treibt ihr da, Leute?› Und zu dem Albino: ‹Was ist los, Dave?› Der schwieg zunächst. Und auf diese Weise hatten wir seinen Namen erfahren. Dann sagte er ganz einfach: ‹Diese Hurensöhne haben mich rundherum eingeschnürt.› Sofort fing sie an zu kreischen und rannte durchs Haus, und zur Hintertür raus – hinein in den Sumpf. Und mehr hab ich von ihr weder gesehn noch gehört. Wahrscheinlich war sie seine Frau, aber ich verstehe gar nicht – wozu braucht ein Albino zu heiraten? Nur gut, daß wir ihn weggebracht haben. Mir wird übel, wenn ich eine Weiße mit so einem kohlschwarzen Neger sehe; und das hier ist genauso widerlich, weil er so ein Kreideweißer ist.»

«Na, und – jetzt hast du ihn geschnappt; was hast du davon?» erkundigte sich Will.

«Was ich davon hab? Na, der findet uns doch die Goldader heraus, Will!»

«Das ist aber keine wissenschaftliche Methode, von der du doch immer geredet hast», warf Will ein. «Na, jetzt sag einmal ehrlich: ist das wissenschaftlich?»

«Das wird's wohl sein, wenn ich bei Verstand bin. Es gibt da Leute, die behaupten: ein Wünschelrutengänger ist kein Mann der Wissenschaft. Aber ich behaupte das Gegenteil. Und dasselbe muß für einen Goldsucher gelten, dafür steh ich ein.»

«Da ist doch nichts Wissenschaftliches dabei, wenn man einen Weidenzweig vom Baum reißt und damit über Land läuft – auf der Suche nach einem unterirdischen Wasserlauf. Das glückt oder es glückt nicht. Ich habe solche Leute schon sagen gehört: ‹Grabt hier!› – und wenn der Schacht dann ein paar hundert Fuß ausgetrieben war, hing kein Tropfen Wasser an dem Trillbohrer. Ihr könnt ebensogut um eine Quelle würfeln wie mit einem Weidenzweig über Land gehen. Natürlich wird ein Weidenzweig manchmal nach unten wippen und manchmal wieder nach oben. Wenn ich auf diese Weise eine Quelle suchen sollte, würde ich es nicht mit einer Weidenrute versuchen. Ich würde um die Quelle würfeln: wenn ich mich schon zum Narren machen soll, dann richtig.»

«Du hast keinen wissenschaftlichen Verstand mitbekommen», sagte Ty Ty traurig. «Das ist das ganze Malheur mit deinem Gerede. Dagegen – sieh mich einmal an: ich bin streng wissenschaftlich bis ins Mark meiner Knochen, und das bin ich immer gewesen, und das werd ich bleiben bis an mein seliges Ende, schätz ich. Ich lach nicht und mach keine dummen Witze über wissenschaftliche Methoden und Systeme wie du.»

Nach dem herzhaften Abendbrot von Grütze, süßen Kartoffeln, heißen Weizenkuchen und gebratenem Schinken fühlten sich beide so recht wohl, Ty Ty und auch Will. Pluto hatte ebensoviel gegessen wie jeder andere im Haus, wenn nicht mehr; aber er blieb ruhelos. Es plagte ihn, daß er eigentlich fort- und heimgehen sollte, damit er am nächsten Morgen bei Tagesanbruch aufstehen und die Wahlkampagne in Angriff nehmen könnte. Sorgen um den Ausgang der Wahl stiegen jetzt in ihm auf. Wenn er nicht zum Sheriff gewählt wurde, wußte er nicht, was anfangen. Er hatte keinen Beruf, und der farbige Teilhaber, der seine Sechzig-Acre-Farm bestellte, konnte nicht genug Baumwolle anpflanzen, um den Lebensunterhalt für ihn herauszuschlagen. Vielleicht hätte er hausieren können, wenn er irgendeine zügige Neuheit auftreiben könnte. Er hatte schon früher dies und das zu verkaufen versucht, acht, zehn Jahre lang – aber er hatte nie mehr herausschlagen können als die Unkosten für das Auto. Erstens war er nie imstande gewesen, flink herumzukutschieren. Wenn er in der Stadt war, liebte er es, im tiefen Sessel eines Billardzimmers zu sitzen, er rief gern die Stöße aus, um über Politik zu plaudern. Er war sich klar darüber, daß er nicht so viel Zeit im Billardzimmer vergeuden sollte, aber er brachte es nicht fertig, sich Tag für Tag in der heißen Sonne draußen herumzutreiben und den Leuten Waschblau oder Möbelpolitur aufzuschwatzen, die sie gar nicht kaufen wollten; und wenn sie schon kauften, hatten sie oft nicht das Geld dafür. Würde er zum Sheriff gewählt, so wäre das anders. Er würde ein gutes Gehalt beziehen, dazu kämen noch Extrabezüge, und seine Untergebenen mochten dann herumlaufen, Gerichtsbefehle zustellen und Verhaftungen vornehmen. Er aber konnte gemütlich im Billardzimmer sitzen und die Stöße über den Tisch hin ausrufen.

«Ja, jetzt müßte ich eigentlich nach Hause gehen», meinte er.

Er machte keinerlei Anstalten, sich zu erheben, und niemand hörte nach ihm hin.

Jetzt kam Darling Jill mit Griselda und Rosamond herein und patschte auf seinen Kahlkopf. Sie stand dabei aber nicht etwa vor ihm, so daß er seine Hände auf ihre Hüften hätte legen können; er mußte sie gewähren lassen, in der Hoffnung, daß sie sich bald einmal auf seine Knie setzen würde.

«Wann wollt ihr eigentlich den Albino hereinbringen, damit wir ihn uns ansehen können?» fragte Will.

«Sei nur ruhig und zügle deine Ungeduld noch ein wenig», sagte Ty Ty zu ihm. «Erst muß der schwarze Sam mit dem Geschirrspülen fertig sein, dann schick ich ihn hinüber in die Scheune, um den Weißen zu holen. Onkel Felix mag dann sein Abendbrot essen, wenn der Albino hier ist und alle ihn besichtigen.»

«Ich brenne schon darauf, ihn zu sehen», sagte Darling Jill, während sie mit Plutos Schädel spielte.

«Ich muß unter allen Umständen heim», sagte Pluto. «Das steht fest.»

Plutos Feststellung stieß auf taube Ohren.

«Ich möchte ihn auch gern sehen», sagte Rosamond und sah Griselda an. «Wie schaut er eigentlich aus?»

«Er ist groß und stark. Gut sieht er aus, sehr gut.»

«Ach zum Teufel», sagte Will und schnitt ein Gesicht, «sieht er nicht eher wie ein Weibsbild aus?»

«Ich will nicht, daß hier Unfug mit ihm getrieben wird», erklärte Ty Ty würdevoll. «Wenn ihr so was im Sinn habt, könnt ihr Mädchen nur gleich abfahren und draußen Daumen drehn. Der Albino soll von jetzt ab immer für mich arbeiten.»

Darling Jill ließ sich auf Plutos Schoß nieder. Er war überrascht und erfreut. Und als sie ihre Arme um seinen Hals legte und ihn küßte, strahlte er vor Wonne.

«Warum heiratet ihr nicht, du und Pluto?» fragte Ty Ty.

«Ich bin zu jeder Tages- und Nachtzeit bereit», erklärte Pluto eifrig.

«Und ich erkläre, daß diese Heirat eine große Last von meiner Seele nähme.»

«Ich bin zu jeder Tages- oder Nachtzeit bereit», wiederholte Pluto. «Und das steht fest.»

«Du bist bereit – wozu?» erkundigte sich Darling Jill.

«Zu heiraten – wann immer du willst.»

«Heiraten? Mich? Mich zu heiraten?»

«Darauf kannst du Gift nehmen», sagte er, den Kopf nach ihr streckend. «Ich bin verrückt nach dir, Darling Jill. Und ich kann's gar nicht mehr erwarten. Ich möchte am liebsten sofort heiraten.»

«Wenn du diesen Bauch wegbringen könntest, würde ich mir die Sache vielleicht überlegen.» Und sie fing an, seinen Wanst mit den Fäusten zu bearbeiten, ohne Gnade und Barmherzigkeit. «Aber so kann ich dich jetzt nicht heiraten, du Bierfaß, du.»

Danach gab nicht einmal Pluto mehr einen Laut von sich. Fast eine Minute hindurch fiel kein Wort. Dann stand Griselda auf und versuchte Darling Jill von Pluto wegzuziehen.

«Pßt, Darling Jill», sagte Griselda. «Du darfst nicht so sprechen. Das ist nicht schön.»

«Na, aber er ist doch ein altes Bierfaß, oder nicht? Wie soll man ihn sonst nennen? Ein Zuckerpüppchen? Mir kommt er vor wie ein Bierfaß.»

Ty Ty stand auf und ging aus dem Zimmer. Jeder glaubte, er gehe nach der Scheune, um den Albino zu holen. Sie saßen alle still da und vermieden Pluto anzusehen. Pluto saß düster und vereinsamt da; die Behandlung, die Darling Jill ihm angedeihen ließ, schmerzte ihn. Aber desto heftiger war er auf die Heirat versessen.

9. Kapitel

Vor dem Vordereingang liess sich jetzt ein Stampfen von schwergenagelten Schuhen vernehmen. Und über diesen Lärm dröhnte Ty Tys Stimme: er wies Onkel Felix an, Dave ins Haus zu bringen und vorzuführen. «So schieb ihn schon hinein», sagte Ty Ty. «Die Leute warten schon ungeduldig, sie wollen ihn ansehn.»

Zuerst erschien der Albino im Türrahmen; dahinter kam Onkel Felix, den Gewehrlauf gegen seinen Rücken gerichtet, zu Tode geängstigt. Als Ty Ty ihn zu seinem Abendbrot in die Küche schickte, warf er mit einem Aufatmen die Bürde seiner Verantwortung ab, wenn auch nur für karg bemessene Zeit.

«Nun, Leute, da habt ihr ihn», sagte Ty Ty stolz. Er legte die Flinte über den Stuhl und geleitete Dave ins Zimmer. «Setz dich nur und mach dir's bequem.»

«Wie heißt du, Bursche?» fragte Will verblüfft über die Farblosigkeit der Haut und des Haares.

«Dave.» – «Dave – was?»

«Dave Dawson.»

«Kannst du Goldadern finden?»

«Ich weiß nicht. Hab's noch nie versucht.»

«Na, dann schick aber ein Stoßgebet darum zum Himmel», sagte Will, «denn wenn's dir nicht glückt, dann werden all die Leute hier ganz wild gegen dich werden, und Gott weiß, was dir dann noch alles zustoßen kann.»

«Aber sicher kann er's», fiel Ty Ty ein. «Er kann's schon, er weiß es bloß nicht.»

«Na, ich möchte das Gold sehn, das du aufspürst, Kerl», meinte Will. «Ich möcht's in meiner Hand fühlen, ich möchte hineinbeißen.»

«Laß gut sein, Will, mach ihn nicht scheu und ängstlich. Wenn er erst älter ist, wird er ein allmächtiger Goldsucher sein. Er ist ja noch jung. Laß ihm nur noch ein bißchen Zeit.»

Darling Jill und Rosamond blickten auf den seltsamen Menschen, sie konnten die Augen gar nicht abwenden. Rosamond fühlte ein wenig Angst; unwillkürlich drückte sie sich tiefer in ihren Sessel. Darling Jill indes beugte sich vor und starrte Dave unverwandt in die Augen. Er fühlte den eindringlichen Blick, und er sah sie an. Dann biß er sich in die Lippen – wer mochte das Mädchen wohl sein? Niemals vorher hatte er ein so schönes Geschöpf erblickt. Er zitterte ein wenig.

Unter all diesen Augen fühlte sich Dave wie ein Tier, das ausgestellt wird. So viele Augen starrten ihn an, er selbst aber konnte immer nur eines Menschen Blick erwidern. Seine Blicke wanderten im Zimmer umher und kehrten wieder zu Darling Jill zurück. Je länger er sie ansah, desto mehr gefiel sie ihm. Und er fragte sich, ob sie wohl die Frau eines der Männer im Raum sei.

«Wie behagt's dir hier, auf festem Grund und Boden, Bursche?» wollte Will wissen.

«Ganz gut.»

«Aber lieber wärst du doch wieder daheim im Sumpf, oder nicht?»

«Ich weiß nicht», gab Dave zur Antwort.

Wieder sah er Darling Jill an. Jetzt lächelte sie ihm zu, und er wagte es zu erwidern.

«Nun, ich muß sagen –!» Ty Ty lehnte sich in seinem Sessel zurück. «Seht euch nur an, was sich da zwischen Darling Jill und ihm anspinnt, seht euch das nur an, Leute!»

Bisher hatte Ty Ty den Albino keinen Augenblick lang als menschliches Wesen betrachtet. Seit der vorhergehenden Nacht war er für Ty Ty ein Geschöpf, das sich irgendwie vom Mann unterschied. Aber bei Darling Jills Lächeln ging ihm ein Licht auf; am Ende war der Junge doch ein leibhaftiger Mensch. Natürlich, er war immer noch ein Albino, und von den Albinos hieß es, daß sie übernatürliche Kräfte besäßen und Goldadern ausfindig machen könnten. In dieser Beziehung stellte ihn Ty Ty noch immer über alle anderen Menschen.

«Was würde dein Weib sagen, Bursche, wenn sie jetzt sehen könnte, wie du hier mit Darling Jill liebäugelst?» fragte Will.

«Sie ist hübsch», sagte der Junge einfach.

«Wer? Dein Weib?»

«Nein», gab Dave schnell zur Antwort und sah Darling Jill an. *«Sie.»*

«Vermutlich bist du nicht der einzige, der das entdeckt hat, Kerl; aber die ist nicht leicht zu bekommen, es sei denn, sie nähme ihn selbst. Es sind gar zu viele hinter ihr her, sie hat's nicht nötig, sich billig zu geben. Siehst du den Dicken da drüben in der Ecke? Nun, der gehört zu denen, die hinter ihr her sind. Gott weiß, wie lang er's schon probiert, aber bis jetzt ist's ihm noch nicht geglückt. Du wirst dich schon sehr anstrengen müssen, Kerl, laß es dir gesagt sein.»

Pluto blickte unbehaglich auf den hochgewachsenen, schlanken Jungen, der auf dem gradrückigen Stuhl in der Mitte des Zimmers saß. Nein, die Art, wie Darling Jill dem Burschen schöne Augen machte, gefiel ihm gar nicht. Ein solcher Anfang mochte zu einem schlimmen Ende führen.

«Man muß dem Jungen anständigerweise einen richtigen Start geben und ihn ins Bild setzen, er ist nun einmal ein männliches und Frauenzimmer sind weibliche Wesen», sagte Ty Ty. «Die eine Seite von meiner Scheune ist eingedrückt, nur weil ich so fahrlässig war, einen brünstigen Hengst gegen den Wind statt *mit* dem Wind zu führen.»

«Das Gerede hilft da nicht viel», warf Will ein. «Wenn du einen Hahn erwischt hast, wird er krähen.»

«Hör gar nicht auf ihn», fuhr Ty Ty fort. «Ich weiß, was ich tue. – Siehst du das Mädchen da in der Mitte? Nun, das ist die Frau von Buck, sie heißt Griselda, und ich selbst muß gestehen: Gott hat in Zeit und Ewigkeit kein schöneres Geschöpf geschaffen als sie. Aber laß sie in Ruhe. Die andere da, die mit den Grübchen, ist Rosamond. Die Frau von Will. Auch die mußt du in Ruhe lassen. Und die, die du immerfort anstarrst – das ist Darling Jill. Zwar ist sie noch niemands Frau, aber deshalb doch nicht zu haben; ich tue mein Bestes, damit sie Pluto heiratet. Pluto – das ist der Dicke da in der Ecke. Er kandidiert dies Jahr für das Amt des Sheriffs. Vielleicht geb ich dir Urlaub, wenn's soweit ist, dann kannst du deine Stimme für ihn abgeben.»

«Es hat keinen Sinn, ihm zu sagen, er solle Darling Jill in Ruhe lassen», meinte Will. «Du verschwendest nur deine Worte. Schau bloß, wie schön sie tun miteinander.»

«Ich hätte es nicht erwähnt, aber da du es nun einmal aufs Tapet gebracht hast, kann er ebensogut gleich wissen, daß ich Darling Jill von nichts abhalten kann, wenn sie einmal auf etwas versessen ist. Manchmal ist sie total verrückt, und um nichts und wieder nichts.»

Während Dave und Darling Jill keinen Blick voneinander ließen, fing Ty Ty wieder zu reden an. Er hob die Stimme nicht, aber jeder im Zimmer konnte seine Worte hören.

«Gott war wirklich nett mit mir, das muß ich schon sagen. Er beschenkte mich mit den schönsten Töchtern und der schönsten Schwiegertochter, die man sich nur erträumen kann. Ich muß sagen, ich hab auch darin Glück gehabt, daß mir daraus so wenig Verdruß erwachsen ist. Manchmal denk ich, so was kann gar nicht gut ausgehn. Immer wieder geht mir im Kopf herum, es könnte Verdruß geben mit so vielen schönen Mädchen im Haus. Aber bis jetzt ist mir dieses Elend erspart geblieben. Zwar – Darling Jill benimmt sich manchmal wie eine losgelassene Verrückte, und um nichts und wieder nichts. Aber bis jetzt sind wir noch immer auf die Butterseite gefallen.»

«Also, Pa, nun fang nicht schon wieder damit an», bat Griselda.

«Soll ich mich vielleicht dessen schämen? Ich schäme mich gar nicht», fuhr Ty Ty hitzig fort. «Ich muß sagen, Griselda gehört zu den hübschesten Mädchen, die ich jemals gesehen habe. Kein Mensch auf Erden hat je stolzere Brüste gesehen als ihre. Herrgott, Menschenskind! Die sind so süß, daß es mich manchmal fast zu Boden zwingt, ich könnte auf Händen und Füßen laufen wie so ein alter Jagdhund, der hinter einer läufigen Hündin her ist. Es zwingt einen nieder, man möchte den Boden lecken. Genau so ist es, das ist Gottes heilige Wahrheit, Er selbst müßte es so ausdrücken, wenn Er reden könnte wie wir anderen alle.»

«Du willst doch damit nicht behaupten, daß du sie gesehen hast, was!» fragte ihn Will, indes er Griselda und Rosamond zuzwinkerte.

«Gesehen, sie gesehen – Menschenskind, was sagst du da! Ich verwende doch jeden freien Augenblick darauf, mich an sie heranzumachen, um ein bißchen von ihnen zu sehen. Ob ich sie gesehen habe? Menschenskind! Mir wird jedesmal wie dem Füllen auf der Weide. Und wenn du sie einmal gesehen hast, fängt die Geschichte erst an. Du kannst nicht mehr ruhig und friedlich dasitzen, du denkst an nichts anderes mehr, als wie du sie wieder zu Gesicht bekommst. Und jedesmal, wenn du sie wieder siehst, wird der Zwang, sich wie ein alter Jagdhund aufzuführen, ein klein wenig stärker. Du sitzt ganz still und vergnügt da draußen im Hof – und plötzlich schießt dir so eine Vorstellung durch den Kopf. Da sitzt du nun und möchtest sie zum Teufel schicken und deine Ruhe haben. Aber immerfort ist da innen etwas, was an dir zerrt. Du kannst es nicht unterkriegen, denn es läßt sich nicht fangen; du kannst ihm keinen Verstand predigen, denn es hört ja nicht. Und so kommt es immer wieder hoch, und da steht's kerzengerade in dir drin. Und dann flüstert es dir etwas zu. Und dann kommt dasselbe altbekannte Gefühl wieder über dich, und du weißt, du kannst ihm nicht mehr Einhalt gebieten, um deine Seele zu retten. Du kannst den ganzen Tag so sitzen bleiben, bis es fast zu Tode gewürgt ist; aber du wirst es nicht los. Und dann schleichst du auf den Fußspitzen ums Haus und versuchst, etwas auszuspähen. Menschenskind! Ich weiß, was ich sage!»

«Aber nein, Pa!» sagte Griselda errötend. «Du hast versprochen, daß du nicht mehr so von mir redest.»

«Mädchen», sagte er, «du verstehst gar nicht, wie hoch ich dich damit rühme. Das sind die schönsten Dinge, die ein Mann von einer Frau sagen kann. Wenn dieser schmerzhafte Zwang über einen Mann kommt, daß er geradewegs auf Hände und Knie niedergehen muß und den Boden lecken – oh, Mädchen, das treibt einen Mann zu – ach, Unsinn – Griselda.»

Ty Ty wühlte in seinen Taschen, bis er auf ein Fünfundzwanzig-Cent-Stück stieß. Er steckte es in Griseldas Hand.

«Nimm's und kauf dir was Hübsches dafür, wenn du das nächste Mal in die Stadt kommst, Griselda. Ich wünschte, ich könnte dir mehr geben.»

«Nun hör einmal», sagte Will und blinzelte Rosamond und Griselda zu. «Du gibst dich ja selbst preis. Wenn du nicht vorsichtiger bist, kriegst du Griselda nie mehr so zu sehen. Danach wird sie sich schwer hüten; sie wird dir aus dem Weg gehn, wenn du nicht still bist.»

«Da bist du ganz auf dem Holzweg, mein Sohn», sagte Ty Ty. «Ich bin schon eine ganze Weile länger auf der Welt als du, und ich versteh mich ein wenig besser auf Frauenzimmer als du. Griselda denkt gar nicht daran, mich jetzt oder irgendwann fernzuhalten. Natürlich wird sie jetzt nicht gradewegs mit der Sprache herausrücken und es zugeben, aber deshalb wird's ihr höllischen Spaß machen, wenn ich sie sehe. Sie weiß recht wohl, daß ich schätze, was ich gesehen habe. Na, ist das nicht die reine Wahrheit, Griselda?»

«Aber geh, Pa, hör auf!»

«Seht ihr's? Hab ich euch nicht die reine Wahrheit gesagt? Da drüben in dem Zimmer wird sie stehen, die Tür weit offen, an einem der nächsten Tage schon, und ich werde hier stehen und mir die Augen nach ihr aus dem Kopf gucken. Ein Mädchen wie sie hat ein Recht darauf, die kann sich sehen lassen, wenn sie Lust dazu hat. Ich könnte sie weiß Gott nicht tadeln, wenn sie dazu aufgelegt ist. Herrgott, Menschenskind! So ein Anblick kann Kranke gesund machen!»

«Aber Pa, jetzt hör aber wirklich auf, ich bitte dich!» und Griselda verbarg ihr Gesicht in den Händen. «Du hast versprochen, daß du damit aufhörst.»

Ty Ty hatte sich so in Eifer geredet, daß er gar nicht bemerkte, wie Darling Jill aufstand und Dave an den Händen zur Tür zog. Ty Ty sprang eilends auf, als er den Albino an der Tür erblickte. Er riß das Gewehr vom Stuhl und hielt den Lauf auf Dave gerichtet.

«Nein, daraus wird nichts!» brüllte er. «Zurück ins Zimmer, dageblieben!»

«Wart doch, Väterchen», sagte Darling Jill. Sie lief zu ihm hin und schlang ihre Arme um seinen Hals. «Väterchen, laß uns doch nur einen Augenblick allein. Er läuft gewiß nicht davon. Wir wollen nur eben hinaus und unter dem hinteren Eingang ein Glas Wasser trinken und im Kühlen sitzen. Er läuft nicht davon. Du läufst doch nicht fort, Dave, sag –?»

«Nein, das gibt's nicht», sagte Ty Ty nicht mehr allzu fest.

«Na aber, Pa», schmeichelte Darling Jill und umarmte ihn noch zärtlicher.

«Ach, ich weiß nicht –»

«Du läufst doch nicht fort, Dave, sag –?»

Der Junge schüttelte entschieden den Kopf. Er hatte Angst vor Ty Ty und wagte nichts zu sagen, aber wenn er den Mut gefunden hätte, so hätte er gebeten, mit Darling Jill gehen zu dürfen. In dieser Hoffnung schüttelte er noch immer den Kopf.

«Die Sache gefällt mir nicht», sagte Ty Ty. «Wenn er da ins Dunkle hinausgeht, und keiner paßt auf ihn auf, dann braucht er ja wirklich nur durch den Eingang hinauszulaufen, und wir haben ihn zum letztenmal gesehen. In der Finsternis da draußen könnten wir ihn gar nicht finden. Nein, dieses Risiko nehm ich nicht auf mich. Die Sache gefällt mir nicht.»

«Laß ihn doch mit ihr gehn», warf Will ein. «Darum handelt es sich nicht bei ihm. Der läuft jetzt nicht fort. Es gefällt ihm jetzt ganz gut hier, seit Darling Jill nach Hause gekommen ist. Stimmt's, Bursche?»

Der Junge nickte heftig; sie sollten doch begreifen, daß ihm nichts am Fortlaufen lag. Er nickte noch immer, als Ty Ty jetzt den Schießprügel auf den Stuhl zurücklegte.

«Und die Sache gefällt mir doch nicht», beharrte Ty Ty. «Aber von mir aus könnt ihr auf ein paar Minuten hinausgehen. Aber merk dir das eine: läufst du davon, wirst du es mir teuer bezahlen, wenn ich dich erst wieder eingefangen habe. Ich werde dich mit Ketten um die Beine so eng in der Scheune festschmieden, daß dir das Ausbrechen ein für allemal vergeht. Du bleibst hier, bis du mir die Goldader festgestellt hast, darauf beharre ich. Und besser, du versuchst nicht erst, mir einen Streich zu spielen. Denn wenn ich einmal wütend bin, gibt's nichts zu lachen.»

Darling Jill zog den Albino an den Händen hinaus. Durch den dunklen Flur gingen sie zum hinteren Eingang. Der Wassereimer war leer, und sie trugen ihn zum Brunnen. Dave holte Wasser herauf und goß es hinein.

«Gefalle ich dir nicht besser als deine Frau?» wollte Darling Jill wissen und hängte sich an seinen Arm.

«Ich wünschte, ich hätte dich geheiratet», sagte er. Seine Hände zitterten nahe an ihrem Körper. «Ich habe nicht gewußt, daß es irgendwo im Land ein so schönes Mädchen gibt. Du bist das hübscheste Mädchen, das ich je gesehen habe. Du bist so weich, deine Stimme klingt wie Vogellaut, und du riechst so gut –»

Sie ließen sich auf den unteren Stufen nieder. Schauer überflogen Darling Jill, während sie Dave zuhörte. Nie noch hatte ein Mann so zu ihr gesprochen.

«Wieso bist du so weiß am ganzen Körper?» fragte sie ihn.

«So bin ich geboren», sagte er langsam. «Ich kann's nicht ändern.»

«Wundervoll bist du. Wundervoll siehst du aus. Kein anderer Mann sieht so aus wie du, und ich freu mich, daß du ganz anders bist als die anderen.»

«Würdest du mich heiraten?» fragte er heiser.

«Du bist doch schon verheiratet.»

«Aber ich will jetzt nicht mehr. Jetzt will ich dich heiraten. Du gefällst mir so gut, du bist so schön.»

«Wir brauchen nicht erst zu heiraten, wenn du mich so gern hast.»

«Warum?»

«Darum.»

«Aber dann könnte ich nicht, wie ich wollte.»

«Sei nicht so dumm.»

«Ich wäre ängstlich. Vielleicht schlagen sie mich dann oder tun mir sonst was an. Ich weiß nicht, was sie mir antäten.»

«Eine Schande, daß Pa dich mit Stricken gebunden und heraufgeschleppt hat», sagte sie. «Und doch bin ich froh, daß er's tat.»

«Ich auch – jetzt bin ich froh darüber. Jetzt wollte ich nicht davonlaufen, auch wenn ich die Gelegenheit dazu hätte. Jetzt will ich hierbleiben, damit ich dich immer ansehn kann.»

Darling Jill rückte näher an ihn heran, sie schlang ihren Arm um ihn und legte ihren Kopf auf seine Schulter. Er packte sie leidenschaftlich.

«Möchtest du mich gern küssen?»

«Wirst du es zulassen?»

«Ja, ich möchte.»

Er preßte sie an sich und küßte sie. Sie fühlte, wie seine Muskeln bei der Berührung schwollen; ihre Körper drängten sich dicht aneinander.

Plötzlich hob er sie auf und rannte mit ihr über den Hof, ins Dunkle hinein, nicht wissend, wohin.

«Wohin gehen wir?»

«Weg von hier, irgendwohin, wo sie uns nicht stören können», gab er zur Antwort. «Ich will nicht, daß sie jetzt kommen und mich wieder in die Scheune holen.»

Er ging mit ihr bis ans Ende des Hofs und ließ sich dort, Darling Jill auf den Knien, unter einer der Eichen nieder. Sie konnte nicht ertragen, daß er sie losließ, sie schlug ihre Arme um ihn.

«Wenn wir das Gold finden, nehmen wir etwas davon und gehen miteinander fort», sagte Darling Jill. «Das tätest du doch, Dave, nicht wahr?»

«Darauf kannst du dich verlassen. Wenn du gehst, geh auch ich.»

«Ich frag nach nichts», flüsterte sie. «Mir ist alles gleich. Ich tu alles, was du willst.»

«Warum nennen sie dich ‹Darling Jill›?» fragte er nach langem Stillschweigen.

«Als ich klein war, nannten mich alle *Darling*, und ich heiße *Jill*. Und als ich größer wurde, riefen sie mich noch immer so. Noch jetzt nennen mich alle Darling Jill.»

«Ein großartiger Name für dich», sagte er. «Ich könnte mir keinen besseren für dich ausdenken. Du bist so süß.»

«Küß mich», verlangte sie wieder.

Dave beugte sich über sie und zog sie hoch, bis seine Lippen die ihren berührten. Sie hatten keinen Gedanken mehr für ihre Umwelt, sie lagen auf dem Boden und wußten nichts anderes mehr. Der Druck seiner Arme und das Anschwellen seiner Muskeln ließen sie wieder und wieder erbeben.

Ty Ty und Will kamen aus dem Hintereingang und sahen nach den beiden aus. Ty Ty rief, und dann fluchte er. Will ging nach einer Laterne ins Haus, er ermahnte Ty Ty, den Burschen mit seinem Gezeter nicht wegzuscheuchen. Als Will mit der rauchenden Laterne aus dem Haus trat, riß Ty Ty sie ihm aus der Hand und rannte nach allen Richtungen im Hof hin und her. Er brüllte Will dabei zu, verfluchte Dave und Darling Jill und raste draußen herum, so schnell seine Füße ihn tragen wollten.

Rosamond und Griselda kamen aus dem Haus. Sie standen am Brunnen und spähten in die Finsternis.

«Ich hab's gewußt», sagte Ty Ty immer wieder. «Ich hab's die ganze Zeit über gewußt.»

«Wir werden sie schon finden», beruhigte ihn Will. «Sie können noch nicht weit sein.»

«Ich hab's doch gewußt, ich hab's doch gewußt! Mein weißhaariger Junge ist für immer auf und davon.»

«Das glaub ich nicht», wandte Will ein. «Ich wette, was du willst: der hat sich nur verkrochen, bis du mit dem Gebrüll aufhörst; du erschreckst ihn ja zu Tode. Als sie aus dem Zimmer gingen, hatten sie bestimmt nicht die Absicht, davonzulaufen. Er wollte nur hinaus ins Dunkel und sich mit ihr vergnügen, er wollte nicht auf und davon. Schau dich nur nach Darling Jill um, und du wirst sie beide finden. Sie wollte ihn nun einmal haben, sie war fest entschlossen; und sie ist ganz das Mädchen dazu, sich zu nehmen, was sie haben will, wohin sie sich auch immer gewandt haben.»

«Ich hab's doch gewußt, ich hab's doch genau gewußt, was passieren wird. Mein weißhaariger Junge ist auf und davon für immer.»

Rosamond und Griselda riefen vom Brunnen her.

«Hast du ihn schon gefunden, Pa?»

Ty Ty suchte so emsig nach dem Albino, daß er sich keine Zeit zur Antwort nahm.

«Sie müssen irgendwo draußen sein», meinte Will. «Sie sind sicher nicht weit fort.»

Ty Ty raste rund ums Haus, in einem Kreis rundherum, gerade noch den schwarzen Kraterschlund vermeidend. Er streifte den Rand der tiefen Grube auf Zollbreite und wäre in seiner blinden Hast um ein Haar hineingestürzt.

Nachdem er das Haus umkreist hatte, rannte er auf gut Glück quer über den weiten Hof. Als er an die Eichen kam, traf der Schein aus der qualmenden Laterne Daves schneeweißes Haar. Ty Ty stürzte heran und sah die beiden auf den Boden hingestreckt. Keinem von ihnen kam Ty Tys Gegenwart zu Bewußtsein, selbst als das gelbe Licht in Darling Jills Augen fiel, so daß sie blinzeln mußte.

Will sah Ty Ty mit der qualmenden Laterne stille stehen; er wußte, daß sie gefunden worden waren. Er lief herzu, verwundert, daß Ty Ty ihn nicht rief. Hinter ihnen kamen Rosamond und Griselda.

«Hast du je so was gesehen?» fragte Ty Ty und wandte sich nach Will um. Er sah ihn an. «Was sagst du dazu?»

Will wartete, bis Griselda heran war, und wies auf Dave und Jill hinunter. Sie standen einen Augenblick lang schweigend und versuchten bei dem schwachen gelben Licht etwas zu erkennen.

Plötzlich fühlte sich Ty Ty jählings herumgedreht und nach dem Haus hin geschoben.

Er wirbelte herum.

«Was fällt euch Mädchen ein», begehrte er auf. Fast wäre er mit der Laterne hingestolpert. «Was fällt euch ein, mich so anzupacken, Rosamond?»

«Du solltest dich was schämen, Pa, du und Will, euch da hinzustellen und ihnen zuzuschauen. Vorwärts mit euch beiden, los jetzt!»

Ty Ty stand neben Will, ein paar Meter weit von den anderen.

«Na aber – was treibt ihr denn», protestierte er. «Springt mit mir um wie mit dem Tölpel vom Land. Was ist denn mit euch los, Mädchen?»

«Schämen solltest du dich, Pa, und du auch, Will», sagte Griselda. «Da steht ihr daneben und seht ihnen die ganze Zeit zu. Jetzt zieht aber ab, ihr beiden, und laßt das Zusehen.»

«Da schlag doch das Donnerwetter drein, wenn ich ein Wort von eurem Geschwätz verstehe», sagte Ty Ty. «Ich hab doch überhaupt nichts getan, ich bin einfach dagestanden. Und da kommt ihr Mädchen gelaufen und schreit ‹Schande und Schmach›. Ich hab doch überhaupt nichts getan – weshalb in aller Welt, sollte ich mich schämen? Was ist denn in euch gefahren, Griselda und Rosamond?»

Will und Ty Ty gingen jetzt langsam auf das Haus zu. Knapp vor dem Brunnen blieb Ty Ty stehen und sah zurück.

«Nun sagt mir doch in Gottes Namen, was hab ich Unrechtes getan?»

«Die Frauenzimmer haben nicht gern, wenn Männer da

herumstehen und zusehen, wenn eine von ihnen ihr Teil bekommt», sagte Will. «Deshalb haben sie so ein Gezeter angestimmt über dich. Du sollst nicht dabeistehn. Sie wollten uns nur von dort wegkriegen.»

«Da brat mir einer einen Storch», sagte Ty Ty. «So, so, *das* geht dort also vor! Nie wär ich draufgekommen, Will, ich erkläre dir hiermit, daß ich nie auf so einen Gedanken gekommen wäre. Ich dachte nur, sie lägen da und herzten einander. So wahr ich lebe. Ich konnte in dem schwachen Licht überhaupt nichts sehen.»

10. Kapitel

Seit Sonnenaufgang waren sie in dem neuen Krater an der Arbeit, und um 11 Uhr zog die Sonne ihnen schon Blasen. Buck und Shaw hatten Will kaum etwas zu sagen. Sie hatten nichts Gemeinsames und waren sich nie nähergekommen, und nicht einmal die Aussicht auf eine Schaufel voll gelber Nuggets, die sie jeden Augenblick erwarteten, brachte sie einander näher. Wenn es nach Buck gegangen wäre, hätte Ty Ty nicht nach Will schicken dürfen. Alles Gold, das zum Vorschein kommen würde, ginge auf alle Fälle in die Taschen der Waldens. Wenn Will sich daran vergreifen sollte, würden sie lieber kämpfend sterben als das zugeben.

Will lehnte an seiner Schaufel und beobachtete Shaw, der mit der Spitzhacke den harten Lehm bearbeitete. Er lachte leise, aber weder Buck noch Shaw zollten ihm die mindeste Aufmerksamkeit. Sie arbeiteten wie immer, ganz als ob Will leere Luft wäre.

«Wahrhaftig, mir scheint, ihr Jungen solltet mehr Verstand haben und euch nicht von Ty Ty übertölpeln lassen: wozu grabt ihr alle diese tiefen Löcher in die Erde? Er listet euch die schwere Arbeit ab, und ihn kostet's keinen Cent. Warum geht ihr Jungen nicht auf und davon und sucht euch eine wirkliche Beschäftigung, einen Beruf, der euch am Samstag etwas einbringt? Ihr wollt doch nicht immer Bauernburschen bleiben? Oder doch? Laßt Ty Ty selbst seinen Dreck schaufeln und haut ab.»

«Geh zum Teufel, du Strohkopf!» sagte Shaw.

Will rollte sich eine Zigarette; er sah gemächlich zu, wie sie gruben und schwitzten. Leute aus seiner eigenen Welt mochten ihn ruhig ‹Strohkopf› nennen, aber von Buck und Shaw konnte er das unmöglich hinnehmen. Sie wußten es wohl: es war das schnellste und wirksamste Mittel, ihn entweder ganz mundtot zu machen – oder zu verrückter Raserei anzureizen.

Buck sah hinauf zum Kraterrand, ob wohl Ty Ty in der Nähe wäre. Wenn's zu einer Rauferei kommen sollte, war es immer gut, Ty Ty zur Hilfe zu haben. Ihr Vater hatte von jeher ihre Partei gegen Will genommen, wenn es einmal zum Streit kam, und er würde sie auch diesmal nicht im Stich lassen.

Aber weit und breit war nichts von Ty Ty zu erblicken. Er war drüben im Neuland mit den beiden Farbigen und sah nach der Baumwolle, die gehäufelt wurde. Dies Jahr hatten sie spät, erst im Juni, gepflanzt, weil sie mit dem Goldschürfen so viel zu tun gehabt hatten, und jetzt wollte Ty Ty treiben, als ob es in seiner Macht stände, die Baumwolle wachsen und reifen zu lassen und Anfang September ein Stück Gold herauszuschlagen. In den Läden von Marion hatte er schon seinen Kredit bis an die äußerste Grenze angespannt, und von der Bank bekam er keine Belehnung mehr. Wenn die Baumwolle nicht gedieh oder wenn die Rüsselkäfer die Samenkapseln zerstörten, so war er wirklich am Rand im kommenden Herbst und Winter. Da gab's noch zwei Maulesel zu füttern, als Zusatz zu den beiden farbigen Familien und zu seinem eigenen Haushalt.

«In dem Boden da ist nicht mehr Gold als in meinen Socken», spottete Will. «Warum geht ihr Jungen nicht lieber nach Augusta oder Atlanta und laßt es euch einmal gutgehn? Verdammt will ich sein, wenn ich mich auf Lebenszeit zu einem Erdfloh machen lassen würde wie ihr, bloß weil Ty Ty Walden verlangt, daß ihr immerzu in der Lehmerde buddelt.»

«Ach, hol dich der Henker, du Strohkopf, du Asphaltpflanze.»

Will warf einen Blick auf Buck und überlegte einen Augenblick, ob er ihn niederschlagen sollte.

«Soll ich deinen Leuten noch eine letzte Botschaft bestellen?» fragte er endlich.

«Wenn du dir einen blutigen Kopf holen willst, bist du hier am richtigen Ort», sagte Shaw.

Will schleuderte seine Schaufel mit beiden Händen fort und hob einen Lehmklumpen auf. Er stürzte ein paar Schritte gegen die beiden vor, indes er seine erloschene Zigarette mit der Zunge in den Mundwinkel rollte.

«Ich bin nicht herübergekommen, um mich mit euch in eine Rauferei einzulassen, aber wenn ihr durchaus danach aus seid, könnt ihr haben, was ihr wollt, und das nicht von Pappe.»

«Das ist alles, was du kannst», sagte Shaw und packte seine Schaufel mit beiden Händen. «Bellen kannst du, aber nicht mehr.»

Will hätte sich gern mit Buck in eine Rauferei eingelassen, wenn es schon dazu kommen sollte. Gegen Shaw hatte er nichts; aber Shaw hielt immer zu seinem Bruder. Will mochte Buck nicht. Vom ersten Augenblick an war Buck ihm unsymphatisch gewesen. Persönlich hatte er eigentlich nichts gegen ihn, aber Griselda war Bucks Weib, und immer stand Buck zwischen Griselda und Will. Es hatte schon öfter Händel zwischen den beiden gegeben, nicht öfter über Griselda als über andere Anlässe, aber es sah so aus, als ob es zwischen ihnen so bleiben würde. Solange Griselda mit Buck verheiratet war und mit ihm lebte, würde Will Buck ins Gesicht springen, wann sich immer eine Gelegenheit dazu bot.

«Fort mit dem Erdklumpen!» befahl Buck.

«Komm und hol dir ihn», trumpfte Will auf.

Buck trat einen Schritt zurück und flüsterte Shaw etwas

zu. Will trat vor und schleuderte den Klumpen aus aller Kraft, gerade als Buck mit der erhobenen Schaufel auf ihn zustürzte. Der Griff der Schaufel streifte Will hart an der Schulter und flog zur Erde. Der Lehmklumpen verfehlte Buck, aber er traf Shaw gerade in die Magengrube. Er beugte sich vor Schmerz vornüber, fiel zu Boden und stieß ein schwaches Stöhnen aus.

Als Buck sich umkehrte und Shaw hinter sich zusammengestürzt sah, glaubte er fest, Will habe ihn ernstlich verletzt. Er stürzte mit hocherhobener Schaufel vorwärts und versetzte Will mit aller Macht einen Hieb über die Stirn.

Der Hieb betäubte Will, aber er raubte ihm nicht das Bewußtsein. Fest stand er auf seinen Füßen, und wütender als je rannte er gegen Buck an, bevor dieser die Schaufel zum zweitenmal packen konnte.

«Ihr verdammten Waldens glaubt, ihr wäret zäh, aber wir sind Gott sei Dank aus einem besseren Holz geschnitzt», sagte Will. «Von eurer Sorte braucht's sechs, um mit mir fertig zu werden. An so was bin ich gewöhnt – bei uns drüben gibt's jeden Morgen vor dem Frühstück ein paar Schlägereien.»

«Du verdammter Strohkopf», sagte Buck verächtlich.

Shaw richtete sich auf Händen und Knien hoch und suchte blinzelnd nach einer Waffe. Aber nichts war in Reichweite. Seine Schaufel lag drüben hinter Will.

«Du verdammter Strohkopf», wiederholte Buck höhnisch.

«Kommt heran, ihr beiden Hurensöhne!» brüllte Will. «Ich schmeiße euch beide auf einmal. Mit zwei solchen Bauernlümmeln werd ich wohl noch fertig werden.»

Buck hob die Schaufel, aber Will riß sie ihm aus der Hand und schleuderte sie weit nach hinten, außer Reichweite. Mit wohlgezieltem Hieb traf er Bucks Kinnlade so hart, daß Buck flach auf den Rücken fiel. Shaw rannte gegen ihn an, von unten her, in die Knie gebeugt. Will hämmerte mit beiden Fäusten auf ihn ein. Shaw wurde schwach in den Knien und fiel vor Wills Füßen.

Jetzt sprang Buck wieder hoch. Er stürzte sich auf Will, wirbelte ihn zu Boden und hielt ihm beide Arme im Rücken fest. Ehe Will sich loswinden konnte, hämmerte Buck schon auf seinen Kopf und Rücken ein. Alle drei waren jetzt außer sich vor Wut.

Vom Rand des Kraters brüllte Ty Ty zu ihnen hinunter. Er kam seitwärts heruntergelaufen und sprang mitten hinein in die wirbelnden Fäuste und Fersen. Er riß Will und Buck auseinander und schmiß sie rechts und links zu Boden. Ty Ty war so kräftig wie irgendeiner von den Jungen, und von jeher imstande, mit einer solchen Situation fertig zu werden. Da stand er, keuchend und prustend und sah auf die Burschen nieder.

«Davon habt ihr jetzt wohl genug», stieß er, noch immer keuchend, hervor. «Was in drei Teufels Namen habt ihr Burschen denn immer zu raufen? He? *So* grabt ihr nach der Mine? Beim Raufen und Prügeln werdet ihr sie nicht finden.»

Buck setzte sich auf und hielt sich die geschwollene Kinnlade. Er starrte Will angriffslustig an.

«Dann schick den da zurück, wo er hingehört», sagte Buck. «Der Hundsfott hat hier nichts zu suchen. Das ist kein Ort zum Herumlungern für Strohköpfe.»

«Ich werde gehn, wenn's mir paßt, und nicht eine Minute früher. Probier's doch einmal und sieh zu, ob du mich von hier fortkriegst! Probier's doch einmal!»

«Was in drei Teufels Namen ist denn in euch Burschen gefahren», wandte sich Ty Ty an Shaw und überzeugte sich von dessen Wohlbefinden. «Was soll denn das heißen! Es gibt doch gar keinen Grund zu so einer Keilerei zwischen euch. Wenn wir auf die Mine stoßen, wird sie offen und ehrlich geteilt, und keiner soll mehr bekommen als der andere. Dafür werd ich schon Sorge tragen. Heraus mit der Sprache: was ist denn geschehen, daß ihr wie Kampfhähne aufeinander losgegangen seid?»

«Gar nichts ist geschehen, Pa», sagte Shaw. «Und es hat sich gar nicht um das Gold und um die Teilung gehandelt. Nichts dergleichen. Es ist eben so gekommen, das ist alles. Sooft dieser Hundsfott hier erscheint, zettelt er eine Keilerei an. Er hat schon so eine Art zu reden und sich aufzuspielen. Er tut, als wär er was Besseres als wir. Er spielt sich auf, nur weil er in einer Baumwollspinnerei arbeitet. Buck und mich nennt er immer Bauernlümmel.»

«Aber das ist doch kein Grund, daß ihr gleich Feuer fangt», meinte Ty Ty. «'s ist doch eine wahre Schande, Jungen, daß wir keinen Frieden in der Familie halten können. Eine friedliche Familie – das hab ich mein Lebtag angestrebt.»

«Er soll Griselda in Ruhe lassen», sagte Buck.

«Handelt es sich um Griselda?» fragte Ty Ty staunend. «Ach was! Ich hätte nicht gedacht, daß sie etwas mit der Rauferei zu tun hat.»

«Du bist ein verdammter Lügner!» brüllte Will. «Ich habe kein Wort von Griselda gesagt.»

«Nun, Jungens, laßt's gut sein», sagte Ty Ty. «Fangt nicht wieder von vorn an mit dem Gezänk. Was hat Griselda mit der Sache zu tun?»

«Stimmt, er hat nichts über sie gesagt», gab Buck zu. «Aber schau doch nur, wie er sie anblickt und wie er sich aufspielt. Man meint jeden Augenblick, er habe etwas mit ihr vor.»

«Eine Lüge!» brüllte Will.

«Na, aber Buck, vielleicht bildest du dir das nur ein. Ich weiß doch, das kann nicht sein, Will ist doch mit Rosamond verheiratet, und sie kommen großartig miteinander aus. Er ist nicht hinter Griselda her. Denk doch nicht mehr daran.»

Will sah Buck an, aber er sagte nichts. Er war wütend, weil Ty Ty sie getrennt hatte, ehe er dem anderen den letzten Hieb versetzen konnte.

«Wenn er bleibt, wo er hingehört, und nicht zu uns herüberkommt und alles auf den Kopf stellt, soll's mir recht sein», stellte Buck fest. «Aber dieser Hurensohn ist und bleibt ein Strohkopf. Er soll bei seinesgleichen bleiben. Wir wollen nichts mit ihm zu tun haben.»

Will sprang wieder auf die Füße und sah sich nach der Schaufel um.

Ty Ty stürzte herzu und stieß ihn auf die andere Seite des Kraters. Er hielt ihn mit beiden Händen fest und schob ihn zurück an die Wand der Grube.

«Will», sagte er ruhig, «hör doch gar nicht auf Buck. Bei dieser Gluthitze schwillt ihm der Kamm wegen nichts und wieder nichts. Jetzt bleibst du hier und läßt ihn in Ruhe.»

Er lief hinüber auf die andere Seite der Höhle und drückte ihn nieder. Shaw hatte sich schon beruhigt. Er dachte nicht mehr ans Raufen.

«Ihr geht jetzt alle hinauf und kühlt euch erst einmal ab, Jungen», befahl Ty Ty. «Ihr habt euch alle hier drinnen in der Glut überhitzt; die frische Luft wird euch den Unfug wieder aus den Köpfen blasen. Das ist das einzige Mittel. So, jetzt raus da, geht hinauf und kühlt euch erst mal ab.»

Er wartete, bis Buck und Shaw hinausgeklettert und aus dem Blickfeld verschwunden waren. Nachdem er noch gewartet hatte, bis sie ganz in Sicherheit waren, drängte er auch Will hinaus an die frische Luft. Ty Ty blieb ihm dicht auf den Fersen, für den Fall, daß Shaw und Buck draußen im Hinterhalt lägen und sich über Will herstürzen sollten. Aber als sie droben hinaustraten, war nichts mehr von Buck und Shaw zu erblicken.

«Schick ihnen keine Gedanken mehr nach, Will», sagte Ty Ty. «Setz dich ruhig hier in den Schatten und laß dich abkühlen.»

Sie setzten sich an der Hauswand in den Schatten. Will war noch immer wütend, aber er wollte die Sache jetzt genug sein lassen, obgleich Buck den letzten Streich geführt hatte. Je eher er nach Scottsville zurückging, desto lieber war's ihm. Nie wäre er hierhergekommen, wenn Rosamond und Darling Jill ihm nicht so zugesetzt hätten. Jetzt hatte er nur den Wunsch: zurück ins Valley und sich mit seinen Freunden vor der Lokalversammlung am Freitag zu besprechen. Der Anblick des kahlen Landes – bestellt oder unbestellt – ohne eine Fabrik oder Baumwollspinnerei machte ihn ganz elend.

«Du wirst uns doch nicht gleich wieder verlassen wollen, nicht wahr, Will?» fragte Ty Ty. «Ich hoffe, daß du nicht an so was denkst.»

«Doch, ich will fort», gab Will zur Antwort. «Ich kann nicht meine Zeit damit vergeuden, daß ich nur Löcher in den Boden grabe. Verdammt, ich bin doch keine Wanze.»

«Ich wollte eigentlich, daß du uns hilfst, bis wir auf die Ader stoßen, Will. Ich brauche jetzt jede nur erreichbare Hilfe. Die Ader steckt hier im Boden, so sicher, wie Gott die Sonne aufgehn läßt, und ich kann's nicht abwarten, sie mit den Händen zu fühlen. Auf diesen Augenblick hab ich nun fünfzehn Jahre gewartet.»

«Du solltest lieber an deine Baumwolle denken», sagte Will kurz. «Du kannst in einem Jahr mehr Baumwolle hier aus dem Land herausholen als Gold in einer Lebenszeit. Es ist Verschwendung in jeder Hinsicht, wenn ihr über den ganzen Grund hin nichts wie Löcher macht.»

«Ich wünschte jetzt, ich hätte etwas mehr Zeit an die Baumwolle gewandt. Es sieht ganz so aus, als ob ich gehörig in die Klemme kommen werde, ehe wir noch auf die Mine stoßen. Wenn ich zwanzig, dreißig Ballen Baumwolle hätte, käme ich über Herbst und Winter hinweg und könnte die ganze übrige Zeit aufs Graben verwenden. Ich sollte eine Menge Baumwolle für den Verkauf am 1. September haben.»

«Jawohl, und jetzt ist's für dieses Jahr zu spät zum Pflanzen. Du wirst kein Glück haben, wenn dir nichts anderes einfällt.»

«Es gibt nur eins, was ich machen kann – schürfen.»

«Das Haus wird kopfüber in die Höhle hineinstürzen, wenn du da noch weitergräbst. Das Haus hängt jetzt schon ein wenig über. Es braucht nicht viel, um es hinunterzustoßen.»

Ty Tys Blick ruhte auf den Tannenstämmen, die sie aus dem Wald geholt und gegen die Hauswand gestemmt hatten. Die Stämme waren dick und stark genug, um das Haus festzuhalten, wo es stand. Aber wenn es zu tief unterhöhlt wurde, mußte es in sich selber zusammenstürzen und dann überkippen. Und wenn das geschähe, würde es entweder auf einer Seite der Kraterhöhle liegen oder kopfüber auf dem Grund stehen.

«Will, wenn ein Mann vom Goldfieber geschlagen wird, kann er nicht mehr an sein Seelenheil denken. Wahrscheinlich kommt das ganze Unglück bei mir daher, wenn's überhaupt ein Unglück ist. Mich hat das Fieber so arg gepackt, daß ich mich unmöglich mit Baumwollpflanzen abplagen kann. Mich zwingt's zu den kleinen gelben Klümpchen in der Erde. Ich muß sie haben. Mag Hölle oder Himmel oder Springflut über mich kommen – ich kann's nicht lassen, ich muß weitergraben, bis ich auf die Ader stoße. Ich kann nichts anderes unternehmen. Ich bin ganz durchtränkt vom Goldfieber – durch und durch.»

Indes hatte sich Will abgekühlt. Er war jetzt nicht mehr sprungbereit und fragte nicht mehr nach dem Austrag des Kampfs mit Buck und Shaw. Seinetwegen konnten sie vorläufig ihre Ruhe haben.

«Warum gehst du nicht nach Augusta und borgst etwas von Jim Leslie, wenn du in solcher Geldklemme bist?»

«*Was* tun?» fragte Ty Ty.

«Jim Leslie soll dir so viel Geld borgen, daß du durch den Herbst und Winter kommst. Und im nächsten Frühjahr kannst du große Flächen mit Baumwolle bepflanzen.»

«Ach, Quatsch, Will», sagte Ty Ty und lachte ein wenig. «Das hätte wahrhaftig keinen Sinn.»

«Warum nicht? Er hat 'n Haufen Moneten und seine Frau ist steinreich.»

«Der *denkt* doch nicht daran, mir zu helfen, Will.»

«Wie kannst du das wissen? Warum soll er dir nicht helfen? Du hast es doch nie versucht, nicht wahr? – Na schön, woher weißt du dann, daß er dir nicht wenigstens etwas borgen würde?»

«Jim Leslie spricht nicht einmal mit mir auf der Straße, Will», gab Ty Ty traurig zur Antwort. «Und wenn er noch nicht einmal auf der Straße mit mir spricht, dann weiß ich doch felsenfest, daß er mir kein Geld borgt! Hätte gar keinen Sinn, ihn erst darum zu bitten. Das wäre nichts als Zeitverschwendung.»

«Aber zum Teufel, er ist doch dein Sohn, oder nicht? Na, dein eigener Junge muß doch auf dich hören, wenn du ihm erzählst, wie du schuften mußt, um auf die Goldader zu stoßen.»

«Das würde gar keinen Eindruck auf Jim Leslie machen. Gerade deshalb ist er ja aus dem Haus gegangen. Er sagte damals, er dächte gar nicht daran, hier zu bleiben und sich für sein ganzes Leben wegen der Goldgräberei zum Narren machen zu lassen. Vermutlich hat er sich seit jener Zeit nicht sehr verändert, nehm ich an.»

«Wie lang ist das her?»

«Beinahe fünfzehn Jahre, schätz ich.»

«In so langer Zeit hat er das alles vergessen, so was verblaßt. Er wird toll sein vor Freude, wenn er dich sieht. Du bist doch sein Papa, nicht wahr?»

«Wird wohl so sein. Aber das macht keinen Eindruck

auf ihn. Ich habe versucht, ihn auf der Straße anzusprechen, aber er hat mich keines Blickes gewürdigt.»

«Ich wette, er hört auf dich, wenn du ihm von deinem Pech erzählst, du sollst sehen.»

«Nun, die Goldader hier wird bald zum Vorschein kommen, wenn ich es mir leisten kann, weiter zu graben», sagte Ty Ty und stand auf.

«Freilich, es wäre schon möglich», bekräftigte Will. «Gerade das wollte ich dir eben klarmachen.»

«Wenn ich etwas Geld hätte, sagen wir: 200, 300 Dollar, dann könnte diese Mine hier bald festgestellt werden. Es braucht Zeit und einen Haufen eiserner Geduld, um Gold festzustellen, Will.»

«Warum gehst du dann nicht wirklich hinauf nach Augusta und sprichst mit Jim Leslie darüber? Das ist doch das Vernünftigste.»

Ty Ty ging ums Haus herum. An der Ecke wartete er auf Will, der ihn einholte. Sie schritten über den Hof und hinunter zur Scheune, wo sich Dave und Onkel Felix aufhielten. Shaw und Buck saßen auf der Trennwand zwischen den Pferdeboxen.

«Boys», sagte Ty Ty, «wir müssen etwas unternehmen. Ich habe mich fest entschlossen, sofort nach Augusta aufzubrechen. Kommt und wascht den Wagen ein bißchen, damit wir losfahren können.»

«Wozu das?» fragte Buck mürrisch.

«Wozu? Nun, wir wollen Jim Leslie besuchen, Sohn.»

«Na, dann will ich lieber hierbleiben», widersetzte sich Buck.

«Hört, Jungens», bat Ty Ty, «ich brauche euch, ihr müßt mich im Wagen hinbringen. Ihr wißt ganz genau, daß ich in der großen Stadt keinen Wagen fahren kann. Ich würde doch die ganze Vergnügungsfuhre an der ersten Straßenecke in Grund und Boden fahren.»

Erst kletterte Buck und dann Shaw von der Boxwand

herunter, dann verließen sie nacheinander die Scheune. Ty Ty ging hinter ihnen her und setzte ihnen unaufhörlich seine Gründe für eine Zusammenkunft mit Jim Leslie auseinander.

Will steckte seinen Kopf durch eine Futterkrippe und sah Dave an.

«Wie ist dir zumut, Junge?»

«Gut», gab der Albino zur Antwort.

«Möchtest du jetzt gern raus und nach Hause gehn?»

«Ich möchte lieber hierbleiben.»

Will zog seinen Kopf zurück und lachte dem Jungen zu. Dann machte er kehrt und wandte sich, aus der Scheune tretend, dem Haus zu.

«Na, du kannst immerhin etwas Atem schöpfen», rief er zurück. «Darling Jill wird heut abend nicht hier sein. Sie fährt mit uns nach Augusta.»

Er verließ Dave und Onkel Felix ohne ein weiteres Wort. Auf dem Weg zum Haus überkam ihn Mitleid mit Dave. Hoffentlich würde Ty Ty ihn in ein paar Tagen frei heimgehen lassen, wenn er es wünschte.

Am rückwärtigen Eingang wusch Buck sich Gesicht und Hände im Waschbecken, aber Will sah nicht zu ihm hin. Er ging vorbei und setzte sich am Vordereingang auf die Stufen. Hier wartete er auf Ty Ty und auf den Aufbruch nach Augusta. Pluto war am Morgen nach Hause gefahren, um Hemd und Socken zu wechseln, hatte er gemurmelt – er fehlte Will. Er wolle früh losgehn und Stimmen werben; und Will hoffte, daß er noch hier vorbeikommen würde, ehe sie aufbrachen. Vielleicht wurde Pluto wirklich zum Sheriff gewählt, wenn seine Freunde, die mit ihrer Wahl zu Abgeordneten rechneten, nur energisch genug für ihn arbeiteten. Aber allein konnte Pluto keinesfalls genügend Unterstützung zusammenbringen.

Als erste trat Griselda reisefertig aus dem Haus. Sie lächelte Will zu, und er winkte ihr. Sie trug ein neues Nachmittagskleid mit einem Blumenmuster und einen großen Hut, dessen Rand ihre Schultern bedeckte. Will schien es, als ob er nie ein schöneres Geschöpf wie Griselda erblickt hätte. Um keinen Preis wollte er zurück nach Scottsville, ohne vorher eine Gelegenheit zu einem Gespräch unter vier Augen mit ihr herbeigeführt zu haben. Ja, er wollte sogar noch einmal mit den anderen von Augusta hierher zurückkommen, statt nach Valley weiterzufahren, nur damit er eine Gelegenheit fände, mit Griselda zusammen zu sein.

11. Kapitel

Als sie am Spätnachmittag nach Augusta gelangten, hielt Buck den Wagen an der Straßenbiegung der Broad Street an. Es war keine Rede von einem Aufenthalt in der Unterstadt gewesen. Ty Ty beugte sich vor, um Buck und Shaw zu fragen, warum sie angehalten hätten. Jim Leslies Haus lag oben auf The Hill, ein paar Meilen weiter.

«Was soll das, Buck?»

«Ich steig hier aus, ich geh ins Kino», erwiderte Buck, ohne sich umzusehen. «Ich geh nicht mit zu Jim Leslie hinauf.»

Shaw stieg mit ihm aus dem Wagen. Sie blieben beide auf der Straße stehen und warteten, ob noch jemand mitkommen wolle. Nach kurzem Zögern kletterten auch Darling Jill und Rosamond heraus.

«Jetzt wartet mal einen Augenblick, Kinder», sagte Ty Ty aufgeregt. «Alles wälzt ihr immer auf mich ab. Alles soll ich allein schaffen. Warum kommt nicht einer von euch mit mir hinauf und hilft mir, Jim Leslie klarzumachen, daß ich furchtbar nötig Geld brauche?»

«Ich geh mit dir, Pa», sagte Griselda.

«Mich wirst du nicht brauchen», sagte Will und stieg aus. «Ich könnte nicht mit ihm sprechen, ohne wild zu werden und ihn niederzuschlagen.»

«So geh doch mit Pa, Will», drängte Darling Jill. «Pa braucht dich so nötig.»

«Und warum gehst du nicht selbst? Jedem redest du zu, mit ihm zu gehn, aber du selber tust es nicht.»

«Hab keine Angst vor Jim Leslie, Will», sagte Griselda. «Er kann dir nichts tun.»

«Wer sagt, daß ich vor irgend jemand Angst habe? Ich – Angst vor ihm?»

«Es ist Zeit, wir müssen weiter», sagte Ty Ty. «Wenn wir nicht sofort einen Entschluß fassen, sitzen wir noch die ganze Nacht hier und streiten.»

Buck und Shaw gingen über die Straße auf die hellerleuchteten Theater zu. Rosamond lief ihnen nach und holte sie ein.

«Oh, ich will mit euch gehn», sagte Darling Jill. «Mir macht's nichts aus.»

«Wir drei sind genug, es sei denn, Will hat Lust mitzukommen.»

«Oh, laß es gut sein», sagte Will. «Ich treibe mich hier in der Nähe herum, bis ihr zurückkommt.» Darling Jill setzte sich nach vorn ans Steuerrad. Griselda nahm den Platz neben ihr und Ty Ty blieb allein rückwärts im Wagen.

«Ich bummle hier in der Gegend herum», sagte Will und sah die Straße hinauf und hinunter.

Gemächlich davonschlendernd, hielt er sich dicht an den Straßenrand und sah nach den Fenstern des zweiten Stockwerks hinauf. Alle Gebäude hatten Balkons mit Eisengittern, drei, vier Fuß breit, und überall saßen die Leute an den Fenstern oder lehnten sich über die Geländer und schauten hinunter auf die Straße.

Weiter unten an der Straße rief jemand Wills Namen. Er ging dem Ruf nach und sah dabei nach den Gesichtern oben auf den Balkons.

«Da geht er hin», sagte Griselda hoffnungslos.

Eine von den Mädchen auf den Balkons lehnte über die Brüstung und sprach mit ihm. Will ging weiter und hielt nach den anderen Balkons Ausschau. Das Mädchen, das ihn gerufen hatte, fluchte und rief alle Obszönitäten, die ihr gerade einfielen, hinter ihm her.

Darling Jill kicherte und flüsterte Griselda etwas zu. Sie wisperten ein Weilchen, und Ty Ty konnte kein Wort von ihrem Geflüster verstehen.

«Nun wollen wir aber weiter, ihr Mädchen», sagte Ty Ty. «Wir vergeuden die Zeit – es ist Sünde und Schande.»

Darling Jill machte keinerlei Anstalten zum Abfahren. Eines von den Mädchen auf dem Balkon über ihnen wies auf Ty Ty. Er hatte die Racker da oben bereits entdeckt und guckte steif und fest auf seine Füße hinunter.

Er zerbiß sich die Zunge vor Angst, daß eines der Mädchen dort oben ihn ansprechen könnte, ehe Darling Jill Gas gab.

«Hallo, Großväterchen», sagte das Mädchen, das es auf ihn abgesehen hatte. «Komm doch mal 'n bißchen herauf und laß dir's wohlsein.»

Ty Ty sah Darling Jill und Griselda an, als sie sich jetzt umwandten. Sie wollten wissen, wie er sich aus der Affäre ziehen würde. Er aber wünschte nichts sehnlicher, als daß sie so schnell wie möglich fortkamen, ehe die Mädchen von den Balkons des zweiten Stockwerks noch eine weitere Bemerkung machen konnten. Er hätte gar nichts dagegen gehabt, wenn eine ihn unter anderen Umständen angesprochen hätte; aber durch die Gegenwart von Darling Jill und Griselda fühlte er sich unfrei. Er beugte sich vor, stach Darling Jill mit dem Finger in den Rücken und drängte aufs Weiterfahren.

«Warum gehst du denn nicht hinauf und guckst einmal, was da oben vorgeht, Pa?» fragte sie kichernd.

«Menschenskind!» sagte Ty Ty und das Blut stieg ihm in die gebräunte Haut.

«So geh doch hinauf, Pa!» drängte Griselda. «Wir warten auf dich. Geh doch hinauf und gönn dir eine vergnügte Stunde.»

«Menschenskind!» sagte Ty Ty abermals. «Ich bin doch längst aus dem Alter heraus. Es hat doch keinen Sinn.»

Das Mädchen, das kein Auge von Ty Ty gelassen hatte, machte ihm Zeichen mit dem Kopf und wies auf den Eingang zum Treppenhaus, der sich gegen die Straße zu öffnete. Es war ein kleines Geschöpf, nicht älter als sechzehn oder siebzehn, und als sie sich über das Eisengitter lehnte und in den Wagen hinunterschaute, konnte Ty Ty sich einen raschen Blick nicht versagen; er wäre nur allzu gern zu ihr hinaufgegangen. Seine Hand zerdrückte die schmächtige Rolle von schmutzigen Ein-Dollar-Scheinen in seiner Tasche und Schweiß trat auf seine Stirn. Er wußte: Darling Jill und Griselda erwarteten, daß er aussteige und die Treppe hinaufgehe, aber er fand in ihrer Gegenwart nicht den Mut dazu. «Sei doch kein Geizkragen, Großväterchen», sagte das Mädchen aus dem Mundwinkel heraus, «man ist nur einmal jung.»

Ty Ty warf einen verstohlenen Blick auf Griselda und Darling Jill. Sie beobachteten das Mädchen droben auf dem Balkon und tauschten leise Bemerkungen über sie aus.

«So geh doch schon hinauf, Pa», sagte Griselda. «Du wirst viel Spaß haben da oben. Du mußt doch auch hie und da dein Vergnügen haben nach soviel harter Arbeit daheim in den Gruben.»

«Na aber, Griselda», protestierte Ty Ty schwächlich, «ich bin längst darüber hinaus. Ihr dürft mich nicht hänseln. Mir wird so komisch zumute – ich weiß gar nicht, was ich alles anstellen könnte.»

Das Mädchen hatten den kleinen, vergitterten Balkon verlassen. Ty Ty sah es und fühlte eine Erleichterung. Er beugte sich vor und stieß Darling Jill mit dem Finger in den Rücken: sie sollte doch endlich losfahren.

«So warte doch noch eine Minute», sagte sie.

Er merkte wohl, daß die beiden nach der Treppe sahen, die auf die Straße lief. Und aus dem grauen Dunkel des Treppenhauses tauchte plötzlich das Mädchen und stand hellbeleuchtet von den Lichtern der Hauptstraße da.

Bei ihrem Anblick ließ Ty Ty sich tief in den Rücksitz sinken – in der Hoffnung, aus ihrem Blickfeld zu verschwinden. Sie aber trat geradewegs auf das Auto zu, machte einen Schritt vom Trottoir auf die Straße hinunter und stand jetzt neben Ty Ty.

«Ich weiß schon, was nicht in Ordnung ist mit dir – du genierst dich!»

Ty Ty errötete und sank noch tiefer in den Sitz. Er merkte, wie Darling Jill und Griselda ihn in dem kleinen Spiegel über der Windschutzscheibe beobachteten.

«Komm doch ein bißchen herauf, zum Jazz.»

Darling Jill kicherte laut heraus.

Ty Ty murmelte etwas, aber keiner verstand, was er sagte. Das Mädchen setzte seinen Fuß auf das Trittbrett, griff nach Ty Tys Arm und wollte ihn aus dem Auto ziehen. Er entglitt ihren Fingern und rutschte nach der Wagenmitte hin.

Darling Jill wandte sich um und warf einen Blick auf das Mädchen und seine gepuderten Brüste im tief ausgeschnittenen Kleid. Dann kehrte sie sich zu Griselda zurück und flüsterte ihr etwas zu. Beide lachten.

«Was ist denn los mit dir, Großväterchen? Hast du etwa ein Geschwür am Leib oder hast du kein Geld bei dir?»

Ty Ty erwog verschwommen die Möglichkeit, daß sie ihn zufrieden ließe und fortginge, wenn er sagte, er habe kein Geld.

Er schüttelte den Kopf und rutschte immer weiter von ihr weg.

«Du bist ein knickriger Hurensohn», sagte sie. «Warum kannst du nicht zum Wochenende mit etwas Geld herausrücken? Wenn ich geahnt hätte, daß du so ein hartleibiger Hurensohn bist, hätt ich mir die Mühe gespart, hinunterzukommen.»

Ty Ty gab ihr keine Antwort, er hoffte, sie werde nun zurück ins Haus gehen. Aber sie nahm noch nicht einmal den Fuß vom Trittbrett herunter; wartend blieb sie neben dem Wagen stehen und blickte ihn wütend an.

«Laßt uns fahren, Mädchen!» drängte Ty Ty. «Wir sollten längst auf dem Weg sein.»

Darling Jill ließ den Motor an und ging in den ersten Gang. Sie wandte sich um und sah nach, ob das Mädchen den Fuß vom Trittbrett genommen hatte. Dann fuhr sie ein paar Fuß rückwärts. Der Fuß des Mädchens glitt hinunter, es blieb am Straßenrand stehen und verwünschte Ty Ty. Als sie aus der Kurve heraus waren, gab Darling Jill Gas und bog um die nächste Ecke. In wenigen Minuten waren sie auf dem Boulevard, der hinauf gegen The Hill führte.

«Weiß Gott, ich bin euch Mädchen dankbar, daß ihr mich fortgebracht habt», sagte Ty Ty. «Es sah ja aus, als sollten wir ewig dort kleben bleiben. Wenn ihr jetzt nicht losgefahren wärt, wäre ich am Ende doch noch mit ihr hinaufgegangen, nur damit sie endlich Ruhe gäbe. Das ist ja scheußlich, wenn so ein Mädchen auf offener Straße vor allen Leuten einem einen solchen Tanz macht. Nie hab ich ertragen können, mitten in der Stadt von einer Frau beschimpft zu werden.»

«Oh, wir hätten dich doch nicht hinaufgehen lassen, Pa», sagte Griselda. «Wir haben ja bloß Spaß gemacht. Wir lassen dich doch nicht dort hinauf, daß du dir eine Krankheit holst. Wir haben dich nur geneckt.»

«Nun, ich sage nicht, daß ich gern gegangen wäre, ich sag auch nicht, daß ich ungern gegangen wäre. Aber das ist sicher: es gibt nichts Scheußlicheres, als wenn eine Frau mir auf der Straße so eine Szene macht. Es klingt wahrscheinlich nicht schön. So was hab ich nie ertragen können.»

Sie fuhren über den Kanal und gelangten auf einen anderen Boulevard. Noch immer waren es zwei englische Meilen bis zu The Hill, aber der Wagen befand sich mitten in dem schnellen Verkehrsstrom, und sie nahmen die Steigung mit erhöhter Geschwindigkeit. Ty Ty war noch immer etwas nervös nach der Begegnung mit dem Mädchen, das in dem Raum hinter dem kleinen Gitterbalkon wohnte, und er war froh, daß er die Geschichte hinter sich hatte. Er hatte ein paar Mädchen aus diesem Stadtteil gekannt, aber das war vor zehn, fünfzehn Jahren gewesen; und diese waren jetzt nicht mehr da, andere, viel jüngere hatten ihren Platz eingenommen. Ty Ty fühlte sich unbehaglich in Gegenwart der jungen Generation da unten, denn die Mädchen warteten jetzt nicht mehr geduldig in ihren Zimmern, nicht einmal auf den Balkons. Jetzt kamen sie bis auf die Straße herunter und holten sich die Männer aus ihren Wagen. Er schüttelte den Kopf und war froh, in einem anderen Stadtteil zu sein.

«Menschenskind!» staunte er noch immer. «Das war ja ein wahrer Satansbraten. So eine ausgekochte kleine Höllenkatze ist mir noch nicht vorgekommen.»

«Denkst du noch immer an das Mädchen, Pa?» fragte Griselda. «Wenn du willst, brauchst du nur ein Wort zu sagen, und wir kehren um und fahren zurück.»

«Um Gottes willen nicht!» schrie Ty Ty. «Was fällt euch ein! Fahrt nur weiter geradeaus! Ich muß mit Jim Leslie sprechen. Ich kann meine Zeit nicht da unten vergeuden.»

«Weißt du, wo's jetzt weiter geht?» fragte Darling Jill ihn und fuhr langsam gegen eine Gabelung in drei Straßen.

«Nimm die rechte da», sagte er und wies mit der Hand den Weg.

Sie fuhren ein paar Häuserblöcke weit die baumgesäumte Straße entlang. In diesem Stadtteil gab es große Häuser. Einige bildeten allein einen Block für sich. Noch über sich konnten sie jetzt die ragenden Türme des *Bon-Air-Vanderbilt-Hotels* sehen. Sie waren jetzt mitten im Bezirk der Kurhotels.

«Es ist ein großes weißes Haus mit drei Stockwerken und einem großen Vordach an der Front», sagte Ty Ty. «Fahr jetzt langsam, ich schau mich danach um.»

Sie fuhren schweigend zwei Blöcke weiter.

«Bei Nacht sehen sie alle gleich aus», sagte Ty Ty. «Aber wenn ich Jim Leslies Haus sehe, erkenn ich es ganz bestimmt.»

Darling Jill fuhr langsam über eine Straßenkreuzung. Da drüben stand ein großes weißes Haus, drei Stockwerke hoch, und mit breitem, von weißen Säulen getragenem Vordach.

«Das ist es», sagte Ty Ty und stach mit dem Finger nach den Mädchen. «Das ist Jim Leslies Haus, so sicher wie zweimal zwei vier ist. Hier mußt du halten.»

Sie stiegen aus und sahen an dem großen weißen Haus hinter den Bäumen hinauf. Das ganze Parterre war hellerleuchtet, und auch in einigen Fenstern des mittleren Stockwerks brannte Licht. Das Gartentor stand offen, aber die Haustür war geschlossen. Ty Ty machte sich Sorgen über die Haustür. Er hatte Angst: wie, wenn sie verriegelt war?

«Ihr dürft nicht klopfen und nicht die Glocke läuten, Mädchen. Sonst kann Jim Leslie uns vom Fenster aus erkennen – dann schließt er, und wir können nicht hinein.»

Ty Ty ging auf den Fußspitzen voran, über die Treppe und die breite Rampe unter dem Vordach. Darling Jill und Griselda hielten sich dicht hinter ihm, damit ihnen nicht die Tür vor der Nase zugeschlossen würde. Ty Ty öffnete geräuschlos die Eingangstür, und sie betraten die weite Halle.

«Drinnen sind wir nun einmal», flüsterte Ty Ty sehr erleichtert. «Na, jetzt soll's ihm schwerfallen, uns wieder rauszusetzen, bevor ich mein Anliegen vorgebracht habe.»

Langsam näherten sie sich der breiten Tür zu ihrer Rechten. Hier hielt Ty Ty an und spähte in den Raum.

Jim Leslie hörte sie und blickte von dem Buch auf, in dem er mit gerunzelter Stirn gelesen hatte. Augenblicklich befand er sich allein im Zimmer. Seine Frau mußte irgendwoanders im Haus sein, vielleicht im oberen Stockwerk, vermutete Ty Ty.

Er betrat das Zimmer, in dem sich sein Sohn befand.

«Was wollt ihr hier?» fragte Jim Leslie. «Ihr wißt, daß ich euch nicht hier haben will. Hinaus!»

Er warf einen Blick über Ty Tys Schulter und sah seine Schwester und Griselda. Wieder runzelte er die Stirn und sah sie noch durchdringender an.

«Na, Jim Leslie», sagte Ty Ty begütigend, «du freust dich gewiß, uns zu sehen, siehst du. Wir sind uns lange nicht begegnet, nicht wahr, Sohn?»

«Wer hat euch eingelassen?»

«Wir haben uns selbst eingelassen. Die Tür stand offen, und ich wußte, daß du im Haus bist, denn ich sah dich durchs Fenster. Na, und da sind wir eben eingetreten. So macht man's doch bei uns daheim. Bei uns braucht kein Mensch an meine Tür zu klopfen oder etwa an irgendwelchen Glocken zu läuten, wenn er ins Haus kommen will. Dort ist jeder willkommen.»

Jim Leslie warf abermals einen Blick auf Griselda. Er hatte sie ein-, zweimal vorher gesehen, und nur aus der Ferne, aber nicht bemerkt, daß sie so hübsch war. Er wunderte sich, daß ein so ungewöhnlich schönes Mädchen Buck geheiratet hatte und sich mit dem Landleben zufrieden geben konnte. Sie paßte viel besser in ein Haus wie dieses. Er setzte sich wieder, und die anderen fanden selbst Sitzgelegenheiten.

«Wozu bist du hergekommen?» fragte er seinen Vater. «Was willst du?»

«Die Sache ist wichtig, mein Sohn», sagte Ty Ty. «Du weißt sehr wohl, daß ich nicht uneingeladen in dein Haus komme, wenn meine Angelegenheiten nicht sehr brenzlich stehn.»

«Also handelt es sich vermutlich um Geld», schloß Jim

Leslie folgerichtig. «Warum gräbst du's nicht aus der Erde?»

«Es steckt im Boden, gewiß; aber es scheint, ich krieg's nicht so ohne weiteres heraus.»

«Das hast du schon vor zehn, zwölf Jahren gesagt. Du hättest wahrhaftig in fünfzehn Jahren zu Verstand kommen können, scheint mir. Da draußen gibt's kein Gold. Das hab ich dir schon gesagt, ehe ich wegging.»

«Gold oder nicht Gold, Sohn, das Fieber hat mich nun mal erwischt, und ich kann nicht aufhören mit dem Schürfen. Im übrigen irrst du dich; denn der Boden enthält Gold, wenn ich nur endlich den Platz feststellen könnte. Aber jetzt hab ich einen Albino zu fassen gekriegt, und nun kann ich jeden Tag auf die Ader stoßen. Alle Leute sagen, daß ein Albino so sicher wie eine Wünschelrute arbeite, wenn Gold im Boden steckt.»

Jim Leslie grunzte angewidert. Er warf einen hilflosen Blick auf seinen Vater: was soll man einem Menschen sagen, der so albernes Zeug daherschwatzt?

«Willst du eigentlich dein ganzes Leben lang so ein Narr bleiben?» sagte er endlich. «Dieses Geschwätz über die Rutengänger ist Negeraberglauben. Die Neger sind die einzigen Leute, von denen ich je gehört habe, daß sie solchen Blödsinn ernst nehmen. Ein weißer Mann sollte mehr Verstand haben und nicht auf solchen Zauberkram hereinfallen. Mit dir wird's jedes Jahr ärger.»

«Du kannst die Sache so ansehen, aber ich gehe beim Goldschürfen wissenschaftlich vor. So habe ich es vom ersten Tag an gehalten. Ich behandle die Sache streng wissenschaftlich, das weiß ich gewiß.»

Darauf konnte Jim Leslie nichts mehr erwidern. Er wandte sich um und betrachtete den Bücherschrank.

Ty Ty ließ seinen Blick über den reichausgestatteten Raum schweifen. Er war zum erstenmal hier im Haus, und diese Teppiche und Möbel bedeuteten eine Offenbarung für ihn. Die Teppiche waren so schwellend und weich unter dem Fuß wie frisch gepflügter Ackergrund, und es kam ihm ganz heimatlich vor, wenn er darüber hinschritt. Einmal wandte er sich nach Griselda und Darling Jill um, aber sie beobachteten Jim Leslie und begegneten Ty Tys Blick nicht.

Jim Leslie ließ sich plötzlich tief in den breiten, übermäßig bequemen Lehnsessel fallen. Er verschränkte seine Hände unterm Kinn und studierte Griselda. Ty Ty merkte, daß er ganz in ihren Anblick versunken war.

12. Kapitel

DAS IST BUCKS FRAU – GRISELDA», SAGTE TY TY.
«Ich weiß», sagte Jim Leslie, ohne sich zu rühren.

«Ein wunderschönes Mädchen.»

«Ich weiß.»

«Als ich sie zum erstenmal sah, da sagte ich mir: Menschenskind! Griselda ist ein mächtig verlockender Bissen für jeden Mann.»

«Ich weiß», wiederholte Jim Leslie.

«Es ist eine Schande, daß deine Frau nicht so hübsch ist wie Griselda», sagte Ty Ty mitfühlend. «Eine Sauschande, wenn ich die Wahrheit sagen soll.»

Jim Leslie zuckte unmerklich die Schulter und wandte keinen Blick von Griselda. Er konnte die Augen nicht von ihr lassen.

«Wie ich höre ist deine Frau leidend», fuhr Ty Ty fort und rückte seinen Stuhl näher an den Sohn heran. «Na, die Jungen schwatzen ja eine Menge dummes Zeug über alle diese reichen Leute hier oben auf The Hill, dies und das soll da ja gar nicht mit rechten Dingen zugehn. Es ist ein verdammtes Pech, daß du gerade die da heiraten mußtest, Jim Leslie. Weiß Gott, es tut mir bitter leid für dich, Sohn. Hat sie dich so in die Enge getrieben, daß du dich gar nicht mehr aus der Affäre herauswinden konntest?»

«Ich weiß nicht», sagte Jim Leslie, ohne auf Ty Tys Geschwätz zu achten.

«Du kannst dir denken, wie abstoßend der Gedanke für mich ist, daß du an ein kränkliches Weib gebunden bist.

Nun sieh dir einmal die zwei Mädchen an, Jim Leslie. Keine von ihnen ist kränklich. Darling Jill ist kerngesund, und Griselda nicht weniger. Und auch Rosamond ist nicht kränklich. Das sind lauter nette, saubere Mädchen, Sohn, alle drei. Mir wär's gräßlich, so ein kränkliches Geschöpf im Haus zu haben. Ich würde mich vor Scham verkriechen, wenn Leute in mein Haus kämen, um mich zu besuchen. Es muß recht hart für dich sein, daß du mit einem kränklichen Wesen wie deine Frau zusammen leben mußt. Woher kommt das nur, daß so viele von diesen reichen Mädchen hier in Augusta immer kränkeln, Sohn?»

«Ich weiß nicht», gab Jim Leslie schwach zur Antwort.

«Was hat sie eigentlich? Woran leidet sie?»

Jim Leslie versuchte Ty Ty auszulachen; aber er vermochte nicht einmal ein Lächeln auf seine Lippen zu zwingen.

«Weißt du nicht, wie die Krankheit heißt, Sohn?»

Jim Leslie schüttelte den Kopf; da gibt's keine Antwort, sollte das heißen.

«Die Burschen sagen, sie hat Gonorrhöe. Stimmt das? Das hab ich wenigstens gehört, wenn mir recht ist.»

Jim Leslie nickte fast unmerklich mit dem Kopf. Solang er so dasitzen und Griselda anstarren konnte, ließ er Ty Tys Geschwätz willig über sich ergehen. Es war ihm alles gleich – solange Griselda da war.

«Oh, das tut mir wahrhaftig leid für dich, mein Sohn. Es ist ein verdammtes Pech, daß du ein krankes Mädchen heiraten mußtest. Aber du hättest sie sicher nicht genommen, wenn du nicht so in die Ecke getrieben worden wärest, daß dir kein Ausweg mehr blieb. Wenn du dich nicht mehr herauswinden konntest, dann muß da etwas sein, wo auch Gottes Hilfe versagte. Und doch hättest du's besser verdient. Es ist schon ein verdammtes Pech, daß es so kommen mußte.»

Ty Ty schob seinen Stuhl näher an Jim Leslie heran. Er beugte sich vor und nickte mit seinem Kopf gegen Griselda hin.

«Ein verdammtes Pech ist das mit deiner Frau, Sohn, wenn ich die Wahrheit sagen soll. Nun nimm einmal unsere Griselda hier. Die ist nicht kränklich, und ein schöneres Mädchen wirst du im ganzen Leben nicht zu Gesicht bekommen. Sieh sie dir nur einmal an! Na, du weißt gut und gern – ein hübscheres Mädchen hast du noch nie im Leben gesehn, mußt du das nicht zugeben, Sohn?»

Jim Leslie lächelte; aber sagte kein Wort.

«Ach, bitte nicht, Pa», bettelte Griselda ängstlich, «fang nicht schon wieder mit diesem Gerede an. Sag nicht solche Sachen vor ihm, Pa. Das ist wirklich nicht nett, Pa.»

«Wart doch nur, Griselda. Ich bin mächtig stolz auf dich, und ich muß dein Lob singen. Wir sind doch keine Fremden hier, siehst du. Gehört Jim Leslie denn nicht auch zur Familie, ganz ebenso wie Darling Jill da und wir alle? Ich will mächtig dein Lob singen, Griselda. Ich bin so stolz auf dich wie die Henne auf ihr einziges Küken.»

«Aber nun sag auch bitte kein Wort mehr weiter, Pa.»

«Sohn», sagte Ty Ty und wandte sich Jim Leslie zu, «Griselda ist das reizendste Mädchen im ganzen Staat Georgia, und mir scheint, das ist schon etwas, darauf kann man schon stolz sein. Herrgott, Menschenskind! Sie hat die stolzesten Brüste, die je ein Mann zu Gesicht gekriegt hat. Wenn du sie hier durch ihr Kleid hindurch sehen könntest, würdest du wissen, daß ich die Wahrheit spreche, wie nur Gott selbst sie sagen könnte, wenn Er imstande wäre. Und du wärst wahrhaftig nicht der erste, der bei ihrem Anblick ganz den Kopf verliert!»

«O Pa!» bettelte Griselda. Sie vergrub ihr Gesicht in den Händen und hätte sich am liebsten in ein Mausloch verkrochen. «Bitte sag kein einziges Wort mehr, Pa. Bitte laß es sein!»

«Du, sitz jetzt ganz still, Griselda, und sei ruhig, und laß mich gewaltig dein Lob singen! Ich weiß, was ich tue, ich bin stolz auf dich, stolz über dich zu sprechen. Jim Leslie hat nie dergleichen gesehen, wovon ich gesprochen habe. Seine Frau sieht nicht so aus, als ob sie's mit dir aufnehmen könnte. Sie sieht eher aus, als ob ihre Brust eingequetscht wäre und sich nicht mehr aufrichten könnte. Es ist eine Schmach und Schande, ich will ein Hundsfott sein, wenn es so war, daß Jim Leslie ein so widerwärtiges, häßliches Geschöpf heiraten mußte. Ein Wunder, daß er's aushalten kann – und zu allem noch diese Krankheit dazu. Aber jetzt versuch nicht wieder, mir Einhalt zu tun, während ich dein Lob singe, Griselda. Ich bin mächtig stolz auf dich, und ich will dich himmelhoch lobpreisen.»

Griselda weinte schon leise. Ihre Schultern bewegten sich in Stößen, und sie mußte das Taschentuch dicht an die Augen drücken, damit ihr die Tränen nicht in den Schoß fielen.

«Sohn», sagte Ty Ty, «ist sie nicht das hübscheste kleine Mädchen, das du je erblickt hast? Als ich ein junger Mensch war, dachte ich, daß alle Mädchen mehr oder weniger gleich seien, bis auf naturgegebene kleine Verschiedenheiten, und ich schätze, du hast es bis jetzt vielleicht auch nicht besser gewußt. Aber wenn du ein Auge voll von Griselda genommen hast, dann weißt du verdammt gut, daß du mit solchen dummen Ansichten dein Leben lang auf dem Holzweg gewesen bist. Sohn, hoffentlich verstehst du, was ich meine. Da sitzt du nun und starrst sie an, und du fühlst, wie etwas in dir drin aufsteigen will. Das ist es. Ich bin nicht viel herumgekommen außerhalb von Georgia, und so kann ich nicht für die anderen Teile der Welt sprechen, aber Gott weiß, daß ich zu meiner Zeit einen Haufen Mädchen in Georgia gesehen habe, und nun steh ich hier und sage dir: es hat gar keinen Zweck, nach einer solchen Lieblichkeit weit herumzusuchen. Menschenskind! Alles an Griselda ist so voll Schönheit – es kommt einem sündhaft vor, das alles anzuschauen.»

Griselda schluchzte hemmungslos.

Ty Ty suchte in seiner Tasche nach einem Vierteldollar, schließlich klaubte er einen Nickel aus einer Handvoll Nägel, Eisenklammern und Kupfermünzen. Er reichte Griselda das Geldstück.

«Nun, hab ich nicht recht, Jim Leslie?»

Jim Leslie warf einen flüchtigen Blick auf seinen Vater, dann kehrten seine Augen wieder zu Griselda zurück. Er schien jetzt lange nicht mehr so wütend gegen seinen Vater wie anfänglich. Er hätte gern etwas zu Griselda gesagt, oder wenigstens etwas über sie zu Ty Ty.

«Vielleicht war das nicht fair gefragt», sagte Ty Ty. «Ich glaube, es ist am besten, wenn ich meine Worte zurücknehme, Sohn. Du hast nie Gelegenheit gehabt, Griselda so zu sehen wie ich; wie kann ich erwarten, daß du auf mein Wort baust, wo du nicht mit eigenen Augen gesehen hast? Aber wenn die Zeit kommt, und du wirst sie sehen, dann wirst du dich an meine Worte erinnern; du wirst selber sehen, daß ich nicht gelogen habe, nicht mit einem einzigen Wort. Gott hat ihr all die Lieblichkeit geschenkt, von der ich gesprochen habe, und mehr als das. Wenn du nur so hier sitzst und sie ansiehst, mußt du's im Handumdrehn spüren. Ihre Schönheit dringt durch alles hindurch, wenn du verstehst, sie zu sehen.»

Plötzlich richtete sich Jim Leslie auf und horchte. Man hörte ganz deutlich den Schritt einer Person, die irgendwo durchs Haus ging. Jim Leslie sprang auf die Füße, er nickte Darling Jill und Griselda fast unmerklich zu und lief aus dem Zimmer.

Darling Jill stand auf, sie ging durch den Raum und stellte sich vor den Kamin, wo sie sich in den Anblick des Bric-à-Brac auf dem Sims vertiefte. Sie wandte sich um und rief Griselda heran.

«Hast du je im Leben so schöne Sachen gesehen, Griselda?»

«Aber wir dürfen das nicht anrühren, Darling Jill. Das gehört doch nicht uns. Das gehört ja denen hier.»

«Jim Leslie ist mein Bruder. Warum sollten wir also in seinem Haus nicht tun, was wir wollen?»

«Es ist doch auch *ihr* Haus.»

Darling Jill warf die Nase in die Höhe und schnitt ein Gesicht, das Griselda und Ty Ty keinen Zweifel über ihre Gefühle ließ.

«Jim Leslie lebt auf noblem Fuß, wie sich's gehört», meinte Ty Ty anerkennend. «Seht euch bloß all die feinen Möbel hier im Zimmer an. Wenn man ihn jetzt so ansieht, würde kein Mensch glauben, daß er als Bursche aus einem Winkel bei Marion davongelaufen ist. Zwar – ich glaube nicht, daß er sich ganz eingelebt hat in diese Umgebung. Ich setze meinen Kopf zum Pfand, daß er sich manchmal zu uns nach Hause sehnt und mit Buck und Shaw und uns allen in den Löchern wühlen möchte. Jim Leslie ist auch nicht anders wie wir alle, Griselda. Laß dir nicht imponieren von einem feinen Anzug: so was macht keinen Unterschied zwischen den Männern. Wenn ich du wäre, würde ich mich von dem Haus nicht einschüchtern lassen.»

Darling Jill legte ihre Hand auf die Mahagoni-Tischplatte und fühlte ihre schöne Spiegelglätte. Sie rief Griselda, damit sie sie mit ihr bewundere.

«Hier ist ein Bild, so groß wie eine Fensterscheibe», bemerkte Ty Ty; er stand auf und trat an die Wand, um es näher in Augenschein zu nehmen. «Na, es braucht schon eine Menge Zeit und Geduld für so eine Arbeit wie die da. Ich möchte wetten, es stecken zwei Monate Arbeit darin. Seht euch nur einmal all diese Bäume mit den roten Blättern an.»

Einen Augenblick lang betrachteten sie die Landschaft,

die Ty Ty so sehr bewunderte. Dann traten die Mädchen an die Fenster und begutachteten die Vorhänge. Ty Ty blieb sich selbst überlassen, er stand noch immer verblüfft vor dem Ölgemälde. Er trat zurück, dann kam er wieder näher heran und untersuchte den Grund und das Gewebe der Leinwand. Nichts von allem, was er im Haus gesehen hatte, gefiel ihm so gut wie das Bild.

«Der Mann, der das gemalt hat, wußte, was er tut, wahrhaftig», sagte Ty Ty. «Er hat nicht alle Zweige von den Bäumen aufgemalt, aber ich will ein Hundsfott sein, wenn er in dem Bild hier nicht einen wirklicheren Wald geschaffen hat als die Wälder in der Natur. In meinem ganzen Leben hab ich noch nie einen solchen Hain von Bäumen gesehen, aber verdammt noch mal, wenn das da nicht besser ist als der wirkliche Wald. Weiß Gott, ich möchte gern so ein Bild drüben in Marion haben. Diese alten Kalender mit den Schwarz-Weiß-Zeichnungen sagen einem nichts mehr, wenn man einmal so ein Bild wie das da gesehen hat. Sogar die Coca-Cola-Plakate, die sie überall in Marion aufmachen, nehmen sich recht kläglich aus neben so etwas. Das ist wirklich großartig. Wenn ich doch Jim Leslie dazu bringen könnte, daß er sich davon trennt und ich das Bild heute abend mit nach Hause nehmen könnte.»

«Pa, bitte, verlang nichts von ihm», bettelte Griselda hastig. «Das alles gehört auch *ihr*!»

«Wenn das volle Herz Jim Leslie dazu drängt, mir etwas zu schenken, so nehm ich's. Und wenn sie das verhindern wollte, wäre ich nur gezwungen, geradewegs über sie wegzugehn. Was frag ich nach *ihr*!»

Ty Ty drehte sich um und fegte im Schwung eine Chinavase von einem kleinen Tisch, dessen Existenz er noch nicht entdeckt hatte. Mit einem raschen Blick sah er zu Darling Jill und Griselda hinüber.

«O Gott, daß mir das passieren mußte», sagte er ängstlich. «Was wird Jim Leslie dazu sagen!»

«Flink!» sagte Griselda. «Wir müssen jedes Splitterchen aufsammeln bevor sie ins Zimmer kommt!»

Sie und Ty Ty knieten nieder und fegten die dünnen Porzellanscherben zusammen. Darling Jill rührte keine Hand. Es war ihr ganz gleich, ob die Scherben verschwanden oder ob sie vor aller Augen auf dem Fußboden liegen blieben. Ty Ty zitterte an allen Gliedern bei der Vorstellung, was Jim Leslies Weib sagen würde, wenn sie sähe, was er aus Fahrlässigkeit angerichtet hatte.

«Wohin in aller Welt können wir die Scherben tun?» fragte Griselda aufgeregt.

Ty Ty sah sich wild im Raum um. Er wußte selbst nicht, wonach er sich umsah; aber die Fenster waren geschlossen, und im Kamin gab's keine Asche, in die man die Splitter vielleicht hätte vergraben können, das sah er.

«Hier», sagte er und streckte Griselda die offenen Handflächen hin, «tu alles in meine Hände.»

«Aber was sollen wir damit anfangen?»

Ty Ty ließ das zerbrochene Porzellan in seine Tasche gleiten. Er lächelte den beiden zu. Dann zog er sich in seine Ecke zurück, mit der Hand in der Tasche.

«Das ist der sicherste Platz in der Welt. Wenn wir aus der Stadt herauskommen, schmeiß ich das Zeug weg, und niemand wird je etwas merken.»

Darling Jill spähte durch die breiten Glastüren in den anstoßenden Raum. Sie konnte in der Dunkelheit nichts unterscheiden, aber sie hielt ihn für das Speisezimmer. Die beiden jungen Frauen wollten so viel wie möglich von dem Haus sehen, denn sie wußten, daß sich kaum wieder Gelegenheit dazu bieten würde. Ty Ty ließ sich in einen Lehnsessel nieder und wartete auf Jim Leslies Rückkehr. Seit zehn, fünfzehn Minuten waren sie jetzt allein, und Ty Ty wartete ängstlich auf den Sohn. Er fühlte sich verloren in dem großen Haus. Als Jim Leslie in die Tür trat, stand Ty Ty auf und ging seinem Sohn entgegen.

«Zu welchem Zweck seid ihr hergekommen?»

«Oh, ich mache jetzt schwere Zeiten durch, mein Sohn. Der schwarze Sam und Onkel Felix haben dies Jahr nicht viel Baumwolle pflanzen können, fast jeden Tag haben sie sich Urlaub genommen und noch auf eigene Rechnung nach der Mine gegraben; und wenn der September kommt, nenne ich kaum einen Cent mein eigen. Jeden Tag muß ich jetzt auf diese Ader stoßen, aber wann das sein wird, läßt sich nicht voraussagen. Und so brauch ich etwas Geld, um durchzukommen.»

«Geld kann ich dir nicht borgen, Pa. Alles, was ich besitze, liegt in Immobilien fest, und alles, was ich sonst heranschaffen kann, verbraucht dieser Haushalt. Ihr bildet euch ein, daß die Leute hier in Augusta die Taschen voll mit dicken Geldrollen haben, aber da seid ihr auf dem Holzweg. Leute, die Geld haben, müssen es anlegen, und wenn es festliegt, kann man es nicht jeden Augenblick fortnehmen und dann wieder hinlegen.»

«Deine Frau hat Geld genug.»

«Das ist anzunehmen. Aber es ist nicht *mein* Geld.»

Jim Leslie drehte sich um und sah in die Halle hinaus, als ob er Gussie dort sähe. Aber sie befand sich noch immer in einem anderen Teil des Hauses.

«Wieviel Geld solltest du nach deiner Meinung haben?»

«Zwei- oder dreihundert Dollar. Damit käme ich durch den Herbst und Winter. Im nächsten Frühjahr können wir dann große Flächen mit Baumwolle bepflanzen. Jetzt brauch ich nicht mehr als eine Summe, die uns durch den Winter hilft.»

«Ich weiß nicht, ob ich euch soviel geben kann. Im Augenblick bin ich selber sehr knapp dran, verstehst du. Ich habe da unten ein paar Mietshäuser, aber in solchen Zeiten kriegt man nicht viel Miete herein. Sieben, acht Familien hab ich schon hinaussetzen müssen, und leere Wohnungen bringen nichts ein.»

«Dann bitte deine Frau darum, Sohn.»

«Wann mußt du das Geld haben?»

«Sofort. Ich brauche Futter für die Maulesel, ich brauche Lebensmittel für den Haushalt und für die beiden Schwarzen. So eine Farm braucht heutzutage einen Haufen Geld, immerzu hat man Ausgaben, und herein kommt nur verdammt wenig.»

«Vielleicht könnt ihr später noch einmal vorbeikommen. In einem anderen Monat wäre ich besser bei Kasse. Ich habe die Einrichtung von ein paar Mietern mit Beschlag belegt – sobald diese Möbel versteigert werden, kommt wohl etwas Geld ein. Du kannst dir nicht vorstellen, wie knapp ich bin, wenn keine Mieten eingehen.»

«Es tut mir leid, zu hören, daß du den Hausrat von armen Leuten verkaufst, Sohn. Wenn ich du wäre, würde ich mich vor mir selber schämen. Ich könnte mich niemals so gegen meine Mitmenschen verhärten.»

«Ich denke, du bist hergekommen, um Geld zu borgen. Ich kann nicht die ganze Nacht hier herumstehen und deinem Geschwätz zuhören.»

«Ja, es ist wahr, ich muß etwas Geld haben», wiederholte Ty Ty. «Die Maulesel und die Feldarbeiter und meine eigenen Leute können nicht warten. Wir sollten zu essen haben, und zwar bald.»

Jim Leslie zog seine Brieftasche heraus und zählte einen Betrag in Zehn- und Zwanzig-Dollar-Scheinen ab. Er faltete das Geld zusammen und händigte es dem Vater ein.

«Das ist eine große Hilfe, Sohn», sagte Ty Ty dankbar, «und ich danke dir wirklich aus Herzensgrund, daß du mir in Zeiten wie diesen ausgeholfen hast. Wenn nur erst die Nuggets ans Tageslicht kommen, dann brauch ich nichts mehr zu borgen.»

«Das ist alles, was ich dir geben kann. Und komm nicht etwa auf der Straße an mich heran, um mehr zu erbitten. Ich kann dir nicht mehr geben. Du mußt mit dem Goldsuchen aufhören und Baumwolle pflanzen und etwas zum Essen, Gemüse und Getreide. Das hat doch keinen Sinn – ein Mann mit hundert Acker Land und zwei Maultieren – und muß um jedes Bündel Rüben in die Stadt fahren. So was mußt du doch selbst pflanzen. Das Land da drüben ist gut. Es hat zum größten Teil brach gelegen, zwölf oder fünfzehn Jahre lang. Laß doch die beiden Feldarbeiter soviel Gemüse anpflanzen, wie sie für ihren eigenen Bedarf brauchen.»

Ty Ty nickte zu allem, was Jim Leslie vorbrachte. Jetzt war ihm wohl zumute. Die flache Geldrolle in seiner Tasche hob ihn auf das Niveau aller anderen Menschen. 300 Dollar war alles, was er begehrt hatte, und dabei hatte er nicht erwartet, etwas davon zu bekommen.

«Na, nun wollen wir wieder heimkehren, denk ich», meinte Ty Ty.

Ty Ty ging in die Bibliothek und rief Darling Jill und Griselda. Sie kamen in die Halle und gingen zur Eingangstür.

Als letzter verließ Jim Leslie das Haus. Er folgte ihnen durch den geräumigen Vorbau und die Stufen hinunter bis auf die Straße. Als alle im Wagen Platz genommen hatten, trat Jim Leslie an Griseldas Seite und legte die Hand auf die Wagentür. Er lehnte sich an das Auto, den Blick auf Griselda geheftet.

«Wenn du manchmal in die Stadt kommst, besuch mich doch», sagte er langsam, während er mit seiner Füllfeder etwas auf eine Karte schrieb. Dann händigte er ihr die Karte ein. «Ich werde dich erwarten, Griselda.»

Griselda senkte den Kopf, um seinen Augen auszuweichen. «Das kann ich nicht», sagte sie.

«Warum nicht?»

«Es wäre Buck nicht recht.»

«Der Teufel hole Buck», sagte Jim Leslie. «Komm auf jeden Fall. Ich möchte mit dir sprechen.»

«Laß sie lieber in Ruhe und kümmere dich um deine Frau», sagte Darling Jill.

«Ich pfeif auf sie», erwiderte er hitzig. «Griselda, ich warte auf dich.»

«Ich kann nicht kommen», gab Griselda wieder zur Antwort und schüttelte ihren Kopf. «Das wäre nicht anständig gegen Buck. Ich bin seine Frau.»

«Ich sage: zum Teufel mit Buck. Ich werde dich haben, Griselda. Wenn du mich nicht in meinem Büro besuchst, sobald du wieder zur Stadt kommst, so fahre ich hinaus und hole dich. Hörst du? Ich komme hinaus und nehme dich hierher zurück mit mir.»

«Buck wird dich einfach zusammenschießen», sagte Darling Jill. «Dich auch. Er hat schon genug Verdruß mit Will.»

«Will – was für ein Will? Wer zum Teufel ist Will? Was hat er mit ihr zu tun?»

«Du kennst doch Will Thompson.»

«Diesen Strohkopf? Guter Gott, Griselda, du läßt doch diesen Will Thompson nicht an dich heran, nicht wahr? Diesen verdammten Strohkopf aus dem Horse Creek Valley!»

«Was macht das aus, daß er in einer Valley-Siedlung wohnt?» fiel Darling Jim schnell ein. «Er ist ein ganz Teil besser als so manche Leute, die in diesen feinen Häusern hier hausen.»

Jim Leslie streckte den Arm über die Rücklehne im Auto und schlang ihn eng um Griselda. Sie versuchte ihm zu entgleiten, aber er zog sie nur näher heran. Als sie dann still hielt, beugte er sich vor und wollte sie küssen.

«Du läßt sie in Ruhe, Sohn, und läßt uns heimfahren, bevor's einen Skandal gibt», sagte Ty Ty und stand auf. «Dieses Herumzerren muß jetzt aufhören.»

«Ich reiße sie heraus aus diesem verdammten Auto», gab Jim Leslie zur Antwort. «Ich weiß, was ich will.»

Darling Jill gab Gas und der Wagen brauste davon. Nach ein paar Metern merkte Jim Leslie, daß er nicht auf dem Trittbrett stehenbleiben konnte. Darling Jill war imstande, so nah am Straßenrand entlang zu fahren, daß er an einem der Bäume zerquetscht werden konnte. Er machte noch einen Versuch, Griselda zu packen, ehe er vom Trittbrett abspringen mußte. Er griff nach ihr und bekam den offnen Kragen ihres geblümten Kleides in die Finger. Er fühlte, wie der Stoff nachgab, sah zu ihr hinunter und versuchte im Zwielicht etwas zu erkennen. Doch bevor er sich noch weiter hinüberlehnen konnte, schwang Darling Jill den Wagen so jäh auf die andere Straßenseite, daß er aufs Pflaster geschleudert wurde.

Er fiel schwer auf Hände und Knie, aber er war nicht so arg verletzt, wie er gefürchtet hatte. Hände und Knie brannten von der Wucht des Aufpralls; aber er kam gleich wieder auf die Füße, klopfte den Staub von seinem Anzug und sah dem schnell entschwindenden Wagen nach.

An der nächsten Ecke blickten alle zurück und sahen, wie Jim Leslie im Schein der Straßenlaterne Schmutz und Staub von seinem Anzug wischte. Über dem einen Knie war ein Riß in der Hose, aber das hatte er noch nicht entdeckt.

«Du hast es recht gemacht, denk ich», sagte Ty Ty zu Darling Jill. «Jim Leslie hat Griselda gewiß nichts Böses tun wollen, aber wer weiß, was noch alles hätte passieren können, wenn er so weitergemacht hätte. Er sagte doch, daß er sie aus dem Wagen herausreißen wolle, und er ist Manns genug, so etwas zu tun, das schon. Aber mir wär's schrecklich, ohne sie hier abfahren zu müssen. Wie soll ich Buck ins Gesicht sehn, wenn er mich fragt, wo sie geblieben ist.»

«Oh, Jim Leslie ist ein feiner Kerl, Pa», sagte Griselda. «Er hat mir kein bißchen weh getan. Nicht einmal erschreckt hat er mich. Er ist zu fein, um grob zu werden.»

«Na, es ist wirklich sehr freundlich von dir, daß du so über ihn sprichst. Aber ich weiß nicht. Jim Leslie ist ein Walden, und die Waldens sind weniger bekannt für ihre Schüchternheit, eher dafür, daß sie erhalten, was sie begehren. Na, vielleicht irr ich mich auch in dem Punkt. Vielleicht bin ich der einzige dieses Namens, der so veranlagt ist.»

Während sie den langhingestreckten Hang hinunter, der hellerleuchteten Stadt in der flachen Ebene entgegensausten, beugte Ty Ty sich vor, um zu sehen, was Griseldas Schultern so heftig schüttelte. Er hörte, wie sie ein Schluchzen erstickte. Aber in ihren Augen waren keine Tränen, soviel er sehen konnte.

«Vielleicht hätte Jim Leslie sie schließlich doch noch herausgezogen», sagte Ty Ty zu sich selbst. «Ich weiß nicht, was sie sonst haben könnte, wenn nicht *das*. Ja, die Waldens verstehen sich drauf, ein Mädchen um den Verstand zu bringen.»

Er schob sich noch weiter vor, bis er auf den Knien lag, damit er nicht aus dem offenen Wagen geschleudert werden konnte, wenn Darling Jill unvermutet und jählings um eine Ecke schoß. Sein Blick umfaßte Griselda, und jetzt bemerkte er, daß Griselda den Riß in ihrem neuen Kleid zusammenzuheften versuchte. Es war vom Hals bis zur Mitte hinunter aufgeschlitzt und entblößte das leuchtende Weiß ihres Körpers. Ty Tys Blick glitt darüber hin, ehe sie das Kleid mit Stecknadeln fest zusammenheftete. Und er fragte sich nachdenklich, ob irgend etwas von seinen Worten heute abend mit dem Riß im Kleid im Zusammenhang stehen mochte.

Nach einer Weile hob er sich wieder auf seinen Sitz und stemmte die Füße gegen das Bänkchen. Dann drückte er die Rolle mit den 300 Dollar von Leslie noch fester in seiner feuchten Hand zusammen.

13. Kapitel

Rosamond, Buck und Shaw warteten schon an der Ecke in der Unterstadt, als sie ankamen. Will indes war nicht in Sicht. Sie fuhren bis an den Straßenrand und bremsten. Darling Jill stellte den Motor ab. Die Fenster im zweiten Stockwerk hinter den eisernen Balkonen standen noch immer offen, und in den meisten brannte jetzt Licht. Ty Ty hielt vorsätzlich den Blick auf die Milchglasfenster im Parterre geheftet.

«Hast du's gekriegt, Pa?» fragte Rosamond, die als erste zum Wagen gekommen war.

«Das kannst du dir doch denken!» erwiderte er stolz. «Da, sieh dir nur das dicke Paket von grünen Scheinen an!»

Buck und Shaw wurden auch herangeholt und mußten bewundern. Alle freuten sich.

«Ich brauche einen neuen Regenmantel», sagte Shaw.

«Sohn», sagte Ty Ty und schüttelte den Kopf, während er das Geldpäckchen wieder in seiner Tasche in Sicherheit brachte, «Sohn, wenn's regnet, dann ziehst du dir einfach deine Kleider aus. Deine Haut ist wasserdicht. Es gibt auf Gottes Erdboden keinen besseren Regenmantel als die Haut eines Menschen, glaub's mir.»

«Was hast du mit all dem Geld vor?» erkundigte sich Buck als nächster. «Du könntest etwas auf die hohe Kante legen, was meinst du? Ich hab keinen Penny Taschengeld gehabt seit Sonntag vor einem Monat.»

«Und von dem da kriegst du nichts, nicht in einem Monat von lauter Sonntagen. Ihr Bürschchen, ihr redet daher, als ob das da Nuggets wären, die ich zum Teilen bekommen hätte. Jim Leslie hat mir das viele Geld gegeben, damit wir heil durch Herbst und Winter kommen. Das brauchen wir zum Essen, und müssen's noch obendrein mit den Mauleseln teilen.»

Ty Ty verrenkte sich den Hals nach Will. Er war begierig, heimzukommen, denn es war nahe an Mitternacht, und er wollte morgen zeitig mit der Arbeit anfangen. Vor Sonnenaufgang sollte es wieder ans Graben gehen.

«Wo steckt Will?»

«Vor einer Minute war er noch hier», sagte Rosamond. Sie setzte sich im Wagen neben Ty Ty in den Rücksitz. «Er muß jetzt jeden Augenblick zurückkommen.»

«Will fängt doch nicht etwa schon wieder an damit?» fragte Ty Ty. «Es hat doch keinen Sinn, daß ein Mensch so oft vor die Hunde geht.»

«Diesmal ist er noch nicht auf den Hund gekommen», sagte Shaw und blinzelte Griselda zu. «Diesmal ist's eine schöne Blondine. Schätze, er muß jetzt bald mit ihr fertig sein, denn als ich ihn noch vorhin sah, war er gerade dabei, sie umzulegen.»

Rosamond unterdrückte ein Schluchzen.

«Will meint es nicht böse», erklärte Ty Ty. «Morgen in aller Frühe stehen wir auf und fangen gleich mit der Arbeit in den Gruben an. Das wird Will wieder zurechtbringen.»

«Es sieht jetzt nach Regen aus», meinte Shaw. «Wenn's heute nacht tüchtig gießt, ist es morgen nichts mit Frühaufstehn und Graben.»

«Es kann jetzt gar nicht regnen», versicherte Ty Ty mit Überzeugung. «Ich kann jetzt für eine ganze Weile keinen Regen brauchen. Wir müssen jetzt unablässig an der Arbeit bleiben.»

Sooft es einen heftigen Regenguß gab, füllten sich die Gruben mit Wasser, oft zwei, drei Fuß tief. Dagegen gab's kein anderes Mittel, als das Wasser mit dem langen Schlauch herauszusaugen. Dann legten sie das eine Ende des langen Schlauchs in die Grube, in der sie gerade schürften, und das zweite in eine Grube, die etwas tiefer am Hang lag. So leiteten sie das Wasser von einem Erdloch zum andern. Ehe Ty Ty diesen alten Wasserschlauch aus dem Feuerwehrhaus von Augusta gekauft hatte, bedeutete das Entwässern jedesmal ein hartes Stück Arbeit für die Männer. In jenen Tagen mußten sie das Wasser noch in Eimern aus den Gruben tragen, und wenn das Wasser hoch stand, gab es nach jedem Regenfall ein, zwei verlorene Tage, ehe sie wieder mit Schürfen und Wegschaffen der Erde beginnen konnten. Mit dem Schlauch indes konnten sie in kaum einer Stunde den Wasserspiegel um ein paar Fuß senken.

Ty Ty verrenkte sich noch immer den Hals und spähte straßauf und straßab. «Da kommt ja Will endlich.»

Rosamond wandte sich um und folgte Ty Tys Blick. Jetzt begann sie wieder zu schluchzen.

Will schlenderte heran, der Hut saß ihm windschief auf dem Kopf. Er lehnte sich auf Ty Tys Seite gegen den Kotflügel, nahm den Hut ab und fächelte sich damit das Gesicht.

«Glück gehabt, alter Knabe?» schrie er Ty Ty entgegen. «Geld gekriegt?»

Man konnte ihn ein paar Straßenblocks weit hören. Die Leute an der nächsten Ecke blieben stehen, drehten sich um und wollten sehen, was los war.

«Scht, Will!» mahnte Griselda.

Sie war ihm am nächsten, und sie fühlte sich verpflichtet, ihn zum Schweigen zu bringen, bis sie aus der Stadt hinaus waren.

«Was denn – scht! Grüß dich, Schöne!» brüllte Will ihr entgegen. «Wo kommst denn du her? Ich hab dich gar nicht gesehen, als ich rankam.»

Buck und Shaw standen in der Nähe und amüsierten

sich über Wills Betragen. Die anderen aber bemühten sich ängstlich, ihn in den Wagen zu bekommen, ehe ein Polizist des Wegs kam.

«Na, ich danke meinem Schöpfer, daß ich kein Bedürfnis nach Trinken habe», sagte Ty Ty. «Wenn ich einmal anfinge, gäb's kein Ende. Ich müßte durchschlagende Maßregeln treffen, so sicher wie zweimal zwei vier ist.»

Buck und Shaw beförderten Will in den Rücksitz, trotz seines wütenden Protests. Rosamond zog die Notsitze heraus und überließ Will ihren Platz neben Ty Ty. Buck setzte sich zu ihr, während Shaw und Ty Ty Will zwischen sich festhielten.

«Ihr behandelt mich nicht anständig, ihr Leute», beschwerte sich Will und stieß mit dem Fuß gegen Ty Tys Schienbein. «Das ist keine Gerechtigkeit. Wißt ihr denn nicht, daß ich nicht aus der Stadt heraus kann, ehe der letzte Schuß verfeuert ist? Seht euch doch um, die Leute sind ja noch alle auf und spazieren in den Straßen. Laßt mich hier raus.»

Darling Jill fuhr den Wagen vom Straßenrand in die offene Straße, die zur Chaussee nach Marion führte.

«Jetzt wart einen Augenblick», sagte Will. «Wohin fahren wir? Ich geh heut nacht heim zu mir. Kehr um und bring mich ins Valley.»

«Wir fahren heim, Will», sagte Ty Ty. «Setz dich jetzt ruhig hin und laß dich von der Nachtluft abkühlen.»

«Das ist eine Lüge», erwiderte Will. «Wir fahren ja nach Marion. Aber ich muß heut nacht ins Valley zurück. Ich muß dafür sorgen, daß der Strom in der Fabrik wieder angelassen wird.»

«Er ist nicht ganz klar im Kopf», meinte Ty Ty. «Er hat zuviel Schnaps gehabt.»

«Aber vom Anlassen der Maschinen spricht er auch, wenn er nüchtern ist», warf Rosamond ein. «Davon spricht er jetzt sogar nachts im Schlaf.»

«Nun, ich versteh nicht, was das heißen soll. Das hat nicht Hand noch Fuß. Was für ein Strom? Was will er damit anlassen?»

«Will sagt, sie wollen der Gesellschaft die Fabrik wegnehmen, die Maschinen anlassen und auf eigene Rechnung arbeiten.»

«Das sieht diesen verschrobenen Fabrikarbeitern aus den Baumwollspinnereien wieder einmal ähnlich», sagte Ty Ty. «Nie könnte ein Farmer auf so eine Idee kommen. Farmer sind friedliebende Geschöpfe, sie nehmen's, wie's eben kommt. Weiß Gott, diese Narren im Valley haben keinen Funken Verstand im Kopf. Will so wenig wie alle anderen. Er sollte einmal Ruhe geben und bauern und ein bißchen in unseren Gruben daheim schaffen. Ich bin dafür, daß man ihn aus dem Horse Creek Valley fortbringt, bevor es ihm den Kopf kostet.»

«Damit wäre er nie einverstanden», sagte Rosamond. «Ich kenne Will. Er ist ein Baumwollspinner durch und durch. Vielleicht gibt's keinen Menschen, der so vernarrt ist in die Baumwollspinnerei wie er. Will spricht von seinem Webstuhl, als ob der sein Baby wäre. Auf einer Pflanzung würde er sich nie wohl fühlen.»

Will hatte sich auf dem Sitz ausgestreckt, die Sohlen gegen die Fußbank gestemmt, den Kopf über die Rücklehne zurückgeworfen. Seine Augen indes waren nicht geschlossen, und er sah aus, als ob er jedes Wort, das gesprochen wurde, mit anhörte.

Augusta lag weit hinter ihnen. Sooft sie über die Höhe eines Sandhügels fuhren, konnten sie zurückschauen und den gelben Schein der erleuchteten Stadt fern in der weiten Ebene wahrnehmen. Hoch über dem Ort, als wäre es in den Himmel gebaut, erschienen die strahlend hellen Straßen von The Hill wie ein Schloß in den Wolken.

Der große Siebensitzer brauste durch die Nacht. Die zwei langen Lichtbalken seiner Scheinwerfer – sie glichen den langen Fühlern eines schnellfliegenden Insekts – durchdrangen die vor ihnen liegende Mauer von Dunkelheit. Darling Jill war Hunderte von Malen über die Landstraße gefahren, sie wußte im voraus, wann eine Kurve kam. Die heißen Pneus sangen auf dem glatten Asphalt.

Die 15 englischen Meilen nach Marion brachten sie in 20 Minuten hinter sich. Gerade bevor sie die Stadt erreichten, verlangsamte das Auto die Fahrt, und sie wandten sich von der gepflasterten Landstraße auf den Sand ihres Seitenwegs zur Farm. Das Haus war nur anderthalb Meilen entfernt, und sie erreichten es in wenigen Minuten. Ty Ty erhob sich zögernd. Er genoß so eine Nachtfahrt im Auto immer sehr.

«Das war einmal ein Glückstag für mich, Kinder!» sagte er, während er aus dem Wagen kletterte und sich streckte. «Menschenskind! Ich fühle mich wie neugeboren.»

Er schritt über den Hof, und das Gefühl des harten weißen Sandes unter seinen Füßen war ihm wohlig und vertraut. Es war etwas Herrliches, so nach Hause zu kommen und durch den Hof zu gehen. Er fuhr so gern einmal nach Marion oder nach Augusta, nur weil er dann die Gelegenheit hatte, wieder nach Hause zu kommen und über den harten weißen Sand zu schreiten; dazustehen und über die hohen Erdhügel im Bereich seines Farmlandes hinwegzuschauen, die wie riesige Ameisenhaufen dalagen.

Will richtete sich auf und starrte auf die dunklen Silhouetten von Haus und Scheune. Er rieb sich die Augen und spähte in die Nacht hinaus; er lehnte sich vor, um besser zu sehen. «Wer hat mich hier herausgebracht?» fragte er. «Ich sollte heute nacht heimkehren.»

«Ist schon gut, Will», besänftigte ihn Rosamond. «Es war schon spät, und Pa wollte nach Hause und zu Bett gehen. Morgen werden wir schon irgendwie zurückkommen. Wenn Darling Jill nicht fahren kann, nehmen wir den Bus.»

Sie schlang den Arm um ihn und führte ihn zum Haus hinüber. Er ließ es resigniert über sich ergehen.

«Ich will doch den Strom einschalten», sagte er.

«Natürlich, Will.»

«Das ist das letzte, das ich hier noch zu vollbringen habe: den Strom einschalten.»

«Natürlich, Will.»

«Die können mich nicht aufhalten. Ich geh hinein und drehe, helfe mir Gott, die Schalter an!»

«Laß uns jetzt zu Bett gehn», flüsterte Rosamond zärtlich. «Wenn wir im Bett sind, will ich deinen Kopf streicheln und sing dich in Schlaf.»

Sie stolperten in der Finsternis über die Stufen und traten ins Haus.

Darling Jill und Griselda gingen hinter ihnen her und zündeten die Lampen an.

«Mich wundert, was wohl mit Dave los ist», sagte Ty Ty. «Kommt mit, Burschen, wir wollen hinüber in die Scheune und nachsehn.»

«Ich bin müd», sagte Shaw, «ich möchte zu Bett gehn.»

«Wir brauchen noch keine Minute, Sohn. Höchstens eine Minute.»

Schweigend schritten sie zur Scheune hinüber. Der Mond schien nicht, aber der Himmel war klar und die Sterne leuchteten. Die drohenden Wolken waren verschwunden, es würde kaum vor Tagesanbruch Regen geben. Sie gingen durch das Tor und in die Scheune hinein, wo auch Ställe waren.

Kein Laut war zu hören, nur leises Schnarchen. Selbst die Maulesel waren still.

Ty Ty entfachte ein Streichholz und zündete die Laterne an, die immer am Scheunentor hing. Er trug sie nach dem Stall, wo Dave bei Nacht schlief.

«Na, ich will doch verdammt sein», rief Ty Ty heiser und leise.

«Was ist los, Pa?» Buck trat näher und spähte durch die Heuraufe.

«Guck dir das einmal an, Sohn!»

Shaw und Buck blickten auf Dave und Onkel Felix hinunter. Beide schliefen tief und fest. Onkel Felix' Schrotspritze stand in der Ecke des Raums, und er selbst drückte sich unbequem gegen die Wand der Box. Sein Kopf lag auf der Schulter, und er schnarchte laut genug, man konnte ihn bis ans andere Ende der Scheune hören. Dave lag ausgestreckt auf dem Rücken, sein Kopf ruhte auf einem Bündel Heu. Er sah so friedvoll aus wie ein neugeborenes Kind, dachte Ty Ty; und er wandte sich ab, um Dave nicht zu stören.

«Laßt sie hübsch in Ruhe, Jungs», sagte er und trat zurück. «Onkel Felix konnte dem Schlaf nicht widerstehen. Er sieht hundemüde aus, wie er dasitzt und schnarcht, daß die Wände wackeln. Und mir scheint wirklich, Dave ist gar nicht so aufs Davonlaufen aus. Wenn er's wäre, hätte er längst fort sein können. Mir scheint, er bleibt ganz gern bei uns. Laßt sie nur allein. Vor morgen läuft er jedenfalls nicht weg.» Auf dem Weg ins Haus hielt sich Buck an des Vaters Seite.

«Dieser Dave ist hinter Darling Jill her, Pa. Du mußt verhindern, daß er weiter hinter ihr her ist. Sonst geht sie mit ihm auf und davon, du weißt doch.»

Ty Ty ging nachdenklich weiter.

«Er hat sie schon einmal gehabt», sagte er. «Sie waren da drüben unter der Eiche in der vorigen Nacht, und dort haben wir sie gefunden, Will und ich. Nein, ich glaube nicht, daß ich mir da Sorgen machen muß: die werden schon nicht davonlaufen. Ein Bursche und ein Mädchen laufen nur davon, wenn sie zu Hause nicht machen können, worauf sie scharf sind. Ich habe bemerkt, daß Darling Jill in ihn verknallt ist. Sie setzt alles durch, was sie will.»

Buck ging jetzt ein wenig voraus. Er sprach über die Schulter zurück zu seinem Vater. «Du mußt sie zur Vernunft bringen, Pa. Sie muß sich anständig benehmen. Wenn sie so weitermacht, kommt sie auf die schiefe Ebene.»

«Nicht wenn sie ein Auge auf den Stand des Mondes hat, dann kann ihr nichts passieren», gab Ty Ty zur Antwort. «Ich schätze, Darling Jill kann sehr gut auf sich selbst aufpassen. Sie weiß, was sie tut – meistens. Manchmal ist sie verrückt und unbändig wie der Teufel, für nichts und wieder nichts. Aber deshalb weiß sie doch ganz genau, wo's hinauf und wo's hinunter geht.»

Ohne weitere Bemerkungen trat Buck ins Haus. Shaw ging noch in den hinteren Hof, um vor dem Schlafengehen zu trinken. Ty Ty blieb allein in der Diele.

Die Schlafzimmertüren standen offen, und alle anderen machten sich zum Zubettgehen bereit. Rosamond entkleidete Will, sie zog ihm die Hose an den Aufschlägen ab, während er in einem Sessel saß und wieder einnickte. Ty Ty stand und beobachtete sie.

«Sieh zu, daß du Will dazu kriegst, hierzubleiben und auf der Farm zu arbeiten, Rosamond», sagte er und trat in die Tür. «Ich brauche jemand, der die Ernte beaufsichtigt. Ich und die Jungen, wir können die Zeit nicht aufbringen, wir müssen die ganze Zeit graben, und die zwei Schwarzen brauchen Aufsicht. Sie wühlen viel lieber in ihren eigenen Gruben, als daß sie sich um die Felder kümmern.»

«Dazu kann ich ihn gewiß nicht überreden, Pa», sagte Rosamond kopfschüttelnd und blickte zu Will auf. «Es würde ihm das Herz brechen, wenn er aus dem Valley fort müßte und hier leben sollte. Er paßt nicht auf eine Farm und zu solchen Sachen. Er ist in einer Fabrikstadt aufgewachsen und hat als junger Mensch immer in den Baumwollspinnereien gearbeitet. Ich kann mir gar nicht vorstellen, daß er jetzt von dort fortgeht.»

Ty Ty verließ sie enttäuscht. Er sah wohl, daß er sie im Augenblick nicht in diesem Sinn beeinflussen konnte.

An der Tür von Bucks und Griseldas Schlafzimmer blieb er stehen und schaute hinein. Auch sie waren im Begriff, zu Bett zu gehen. Buck saß auf einem Stuhl und zog sich die Schuhe aus; Griselda saß auf dem Teppich und zog die Strümpfe hinunter.

Als Ty Ty an die Tür kam, blickten sie auf.

«Was willst du, Pa?» fragte Buck gereizt.

«Sohn», sagte Ty Ty. «Ich kann nichts dafür, ich muß Griselda bewundern, wie sie dasitzt. Ist sie nicht das lieblichste kleine Mädchen, das du je gesehn hast?»

Buck stieß seine Schuhe und Socken unters Bett und legte sich nieder. Er drehte sich um, so daß er Ty Ty den Rücken kehrte, und zog das Bettuch über den Kopf.

Griselda schüttelte mißbilligend ihren Kopf gegen Ty Ty.

«Aber Pa», sagte sie, zu ihm aufblickend, «bitte fang doch nicht schon wieder damit an. Du hast mir doch versprochen, daß du so was nicht mehr sagen willst.»

Ty Ty setzte einen Fuß ins Zimmer und lehnte sich in die Tür. Er sah ihr zu, wie sie die Strümpfe zusammenrollte und wieder baumeln ließ und wie sie sie schließlich über die Stuhllehne hängte. Dann stand sie schnell auf und stellte sich an das Fußende des Bettes.

«Du wirst mir doch das bißchen Freude da nicht mißgönnen, Griselda? Nicht wahr?»

«Aber schau, Pa!» sagte sie.

Griselda wartete darauf, daß er sich zum Gehen wandte, damit sie sich ganz entkleiden und ihr Nachthemd anlegen konnte. Ty Ty aber wartete im Korridor, den einen Fuß im Schlafzimmer, und bewunderte sie. Schließlich begann sie ihr Kleid zu öffnen, indem sie jeden Augenblick einen Blick zu ihm hinüber warf. Als es endlich offen war, schlüpfte sie mit den Armen heraus, während sie es an sich drückte. Mit der anderen Hand zog sie das Nachthemd über den Kopf. Geschickt ließ sie das Kleid im selben Augenblick zu Boden fallen, wo das Nachthemd über ihre Schultern und Hüften glitt. Aber in dem Bruchteil einer Sekunde riß Ty Ty seine Augen weit auf: zwischen dem fallenden Kleid und dem Saum des Nachthemds waren ein paar Zoll Abstand, ehe sie abwärts glitten. Er rieb sich die Augen, um zu begreifen, was hier vorgegangen war.

«Verdammt mein Fell», brummte er, indem er sich der dunklen Diele zuwandte. «Hol's der Teufel!»

Griselda blies das Licht aus und sprang ins Bett.

14. Kapitel

Es sah nach Ty Tys Meinung so aus, als ob es noch vor Abend Krach geben würde. Seit dem frühen Morgen, als sie in der tiefen Grube neben dem Haus zu arbeiten angefangen hatten, hatte Buck Drohungen gegen Will ausgestoßen, und Will saß verdrossen und einsam unter dem Hausdach und fluchte leise über Buck. Alle anderen gruben, auch der schwarze Sam und Onkel Felix. Jeder arbeitete, mit Ausnahme von Will, und der weigerte sich immer noch, in die Grube niederzusteigen und Sand und Lehm in der heißen Sonne zu schaufeln.

Buck war schlechter Laune, und die zunehmende Mittagshitze in der Grube, wo es keinen frischen Lufthauch gab, ließ seine Wut immer gefährlicher werden. Den ganzen Vormittag hindurch hatte Ty Ty sein Bestes getan, um Buck unten zu halten.

«Ich bring diesen Hundesohn noch um», sagte Buck zum soundsovieltenmal.

«Will läßt Griselda ganz bestimmt in Ruhe», sagte Ty Ty zu ihm. «Mach nur weiter, grab und denk nicht mehr an ihn.»

Ty Tys Versicherungen machten keinen Eindruck auf Buck, selbst wenn er vorübergehend ruhiger wurde. Ty Ty kletterte aus der Grube heraus, er mußte sich ein wenig abkühlen. Er stand oben und sah sich nach Will um, nur um sicher zu sein, daß der Junge nicht um Griselda herumstrich. Als er ihn erblickte, saß Will friedlich am Vordereingang und fluchte leise auf Buck.

Unten im Krater arbeitete Dave mit allen anderen. Ty Ty war zu dem Schluß gekommen, daß der junge Albino augenblicklich bessere Dienste leistete, wenn er beim Schürfen mitmachte. Er hatte ja die Mine für Ty Ty schon lokalisiert, und Ty Ty hielt es für einen guten Einfall, ihn helfen zu lassen, bis sie auf die Ader stießen. Der Schießprügel lag jetzt wieder auf dem Gestell im Eßzimmer und Dave wurde nicht länger bewacht. Onkel Felix hatte heute morgen zum erstenmal wieder gesungen, seit Dave aus dem Sumpf heraufgebracht worden war. Der Farbige war herzlich froh, daß er nicht länger die Verantwortung für den Jungen zu tragen hatte und mit den anderen graben durfte.

Als Ty Ty dem Albino eröffnete, er werde nun nicht länger bewacht, schrak der Junge zusammen, wohl in der Furcht, Ty Ty könnte ihn fortschicken. Als er aber hörte, daß er jetzt mit Buck und Shaw in der Grube unten schürfen sollte, war er glücklich. Er hoffte auf Darling Jill: Sie mußte kommen und mit ihm sprechen. Aber sie erschien nicht. Da stieg eine Furcht in Dave auf; wollte sie am Ende nichts mehr mit ihm zu tun haben? Wenn sie sich noch etwas aus ihm machte, dachte er, so müßte sie an den Krater kommen und ihm wenigstens zulächeln.

«Will», sagte Ty Ty, indes er sich niederließ und mit dem Strohhut fächelte, «was in drei Teufels Namen ist denn in euch Burschen gefahren? So was ist in unserer Familie nicht Brauch. Ich schäme mich für dich und Buck.»

«Hör einmal», gab Will rasch zur Antwort, «sag ihm, er soll das Maul halten, und du wirst von mir kein Sterbenswörtchen mehr hören. Der einzige Grund für meine Wut ist, daß er mich immer einen Strohkopf schimpft und daß er immer sagt, er bringe mich um. Sag ihm, er soll's Maul halten, und du hörst keinen Ton mehr von mir.»

Ty Ty saß und dachte eine Weile nach. Das Mysterium des menschlichen Lebens war für ihn nicht annähernd so dunkel wie für die meisten Menschen, er wunderte sich nur, daß nicht jeder die Dinge ansah wie er. Will Thompson kam vermutlich den Geheimnissen von Leib und Seele ebenso nahe auf die Spur wie er selbst, aber Will war nicht die Sorte Mann, auszusprechen, was er wußte. Er ging durchs Leben und behielt seine Gedanken für sich. Und wenn die Zeit kam, handelte er ohne Erklärung der Geheimnisse seines Wissens, es sei denn, daß es sich durch seine Handlungsweise offenbarte. Ty Ty wußte, daß sich der ganze Verdruß zwischen Will und Buck um Griselda drehte, und Buck war zweifellos mit seinem Mißtrauen gegen Wills Absichten im Recht. Auf Griselda fiel sicher keine Schuld; sie hatte Will niemals Avancen gemacht, solange sie im Haus war. Sie tat alles, was in ihrer Macht stand, um sich Will fernzuhalten und Buck die Überzeugung zu geben, daß ihr nur an ihm gelegen war. Ty Ty wußte, daß sie Gelegenheit genug gehabt hätte, Buck zu betrügen, wenn sie das gewollt hätte. Sie wollte ihn aber in Wahrheit nicht betrügen. Doch konnte sie die Männer nicht davon abhalten, sie anzustaunen, ihre Anziehungskraft zu fühlen; sie konnte nicht verhindern, daß jeder sie gern ihrem Gatten weggenommen hätte. Ty Ty fragte sich, was da zu tun sei.

«Wenn es etwas gibt, worum ich mich mein Leben lang bemüht habe, so ist es das: den Frieden in der Familie zu bewahren», erzählte er Will. «Ich würde einfach zusammenklappen und sterben, wenn auf meinem Grund und Boden Blut vergossen würde. Ich wäre nicht imstande, über solchen Anblick hinwegzukommen. Mein Leben könnte ich hingeben, um das zu verhüten. Blut auf meinem Land – das könnte ich nie überwinden.»

«Es ist keine Rede von Blutvergießen, wenn Buck das Maul hält und sich um seine eigenen Angelegenheiten kümmert. Ich hab niemals Händel mit ihm angezettelt. Aber er – er fängt immer wieder an, gerade so wie heute morgen. Ich komme ihm schon gar nicht in die Nähe, ich halte mich so fern, daß ich gar nicht mit ihm reden könnte. Aber er kommt dann heran zu mir und sieht mich niederträchtig an und schimpft mich einen Hundsfott und einen Strohkopf und so weiter. Ich bin ein anständiger Mensch. Wegen solcher Kleinigkeiten fang ich mit deinen Jungen keine Händel an. Aber er gibt keine Ruhe, er fängt immer wieder an, mich zu reizen, und da wird's dann einmal wirklich zu einem bösen Krach kommen. Wenn er einmal sagt, was er auf dem Herzen hat, und er läßt's dann damit gut sein – schön, das laß ich hingehn. Aber er streicht die ganze Zeit um mich herum, und er hört den ganzen Tag damit nicht auf. Sag ihm, er soll's Maul halten, wenn du kein Blutvergießen auf deinem Grund und Boden haben willst.»

Ty Ty spitzte die Ohren und horchte hinaus. Draußen verlangsamte ein Automobil seine Fahrt und bog jetzt in den Hof ein. Pluto Swint saß am Steuer und hielt im Schatten einer Lebenseiche seinen Wagen an. Er wand sich eifrig heraus, indem er seinen großen, runden Bauch mit den Händen zusammenpreßte, um zwischen Steuerrad und Tür durchzukommen.

«Fein, daß du kommst, Pluto», sagte Ty Ty. Er blieb neben Will auf den Stufen sitzen und wartete, bis Pluto herüberkam und sich daneben niederließ. «Weiß Gott, ich freu mich, dich zu sehen, Pluto. Du kommst immer gerade zur rechten Zeit, Pluto, das freut mich wirklich. Es ist gerade, als ob du so was Beruhigendes mit dir brächtest. Nun kann ich hier zufrieden sitzen, und ich weiß: mir und den Meinen kann jetzt nichts Übles mehr widerfahren.»

Pluto blies den Atem aus, pustete keuchend und wischte sich den Schweiß vom Gesicht, während er auf den Stufen Platz nahm. Er blickte Will an und nickte mit dem Kopf. Will sprach mit ihm.

«Hast du heute schon viele Stimmen zusammengebracht?» wollte Ty Ty wissen.

«Bis jetzt noch nicht», gab Pluto zur Antwort. Er keuchte und prustete noch immer. «Heute morgen konnte ich nicht früh genug aufbrechen, und weiter als bis hierher bin ich noch nicht gekommen.»

«Ist's nicht arg heiß?»

«Höllisch heiß, heute», erwiderte Pluto. «Das steht fest.»

Will nahm sein Taschenmesser heraus, löste einen Holzsplitter von der Stufe und schnitzelte daran herum. Er hörte seinen Namen nennen, Buck sprach von ihm drunten in der Grube neben dem Haus, aber es war ihm gleichgültig, was er sagte.

«Ich und Rosamond müssen heute nach Hause fahren.»

Ty Ty warf ihm einen schnellen Blick zu, der Widerspruch lag ihm auf der Zunge; aber er besann sich und schwieg. Er brauchte Will hier als Hilfe beim Schürfen, aber Will wollte nicht graben und war keine Hilfe. Und wenn's nun einmal so stand, überlegte Ty Ty, war es besser für Will und Rosamond, nach Scottsville zurückzugehen. Solange Will im Haus war, hörte Buck nicht mit Drohungen auf, und Will würde vielleicht nicht immer so vernünftig sein, wenn das noch lange so weiter ging. Es war das klügste und sicherste, sagte sich Ty Ty, Will und Rosamond heimgehen zu lassen.

«Wir hätten euch ja gestern abend, als wir in Augusta waren, nach Hause bringen können, aber es war schon spät, und dann wollten alle heim und zu Bett», sagte Ty Ty.

«Darling Jill muß uns nach Marion bringen, und von da können wir den Bus nehmen. Ich muß noch vor Abend zu Hause sein.»

Ty Ty fühlte sich erleichtert: so würde es vielleicht doch zu keiner Rauferei mehr zwischen Buck und Will kommen. Wenn sie bald abfuhren, so hatte Buck keine Gelegenheit mehr zu einer Herausforderung.

«Na, dann will ich Darling Jill sagen, daß sie sich fertig macht und dich und Rosamond in die Stadt bringt», sagte Ty Ty und erhob sich.

«Bleib sitzen», sagte Will. «Wir können noch warten. Es hat keine solche Eile. Jetzt ist's erst ungefähr elf Uhr. Wir haben Zeit bis nach dem Essen.»

Ty Ty setzte sich zögernd wieder auf die Stufen nieder. Gebe Gott, daß die beiden nicht vorher zusammenstoßen, dachte er.

«Wie steht's jetzt mit der Politik, Pluto?» fragte er und versuchte seine Gedanken von diesem unerfreulichen Gegenstand abzulenken.

«Die Wogen schlagen hoch», meinte Pluto. «Die Kandidaten begnügen sich nicht mehr damit, eine Stimme für sich zu buchen: sie gehen jetzt herum und zählen immer wieder, damit sie sicher sind, daß kein Wähler am Ende noch abspringt. Ich bin schon ganz ausgelaugt von dem ewigen Herumsausen im ganzen Distrikt. Ich glaube nicht, daß ich diese Hetzjagd noch sechs Wochen lang aushalten kann.»

«Na aber, Pluto», tröstete Ty Ty vertrauensvoll, «du weißt doch, daß du am Ende das Rennen machst. Jeder Mensch, den ich seit Neujahr gesprochen habe, sagte mir, daß er für dich stimmen werde.»

«Sagen und tun, wenn die Zeit einmal da ist, das ist so weit auseinander wie Himmel und Erde. Ich hab kein Vertrauen zur Politik. Ich stecke seit ich zweiundzwanzig bin, mitten drin, und ich weiß, was davon zu halten ist.»

Ty Ty vertiefte sich in das Studium des weißen Sandes im Hof, seine Augen folgten der Reihe kleiner, runder Kieselsteine unter der Dachtraufe neben dem Vordach, wo das Wasser zur Erde tröpfelte.

«Ich dachte gerade, ob du nicht heute gern mal eine kleine Spazierfahrt machen möchtest.»

«Wohin?»

ZEIT IST GELD

Vom Goldrausch zum Goldtausch –
die USA im Jahre 1933

Wenn Ty Ty Walden tatsächlich
Gold gefunden hätte ...

...er hätte sich nicht lange an seinem Besitz erfreuen können. Denn 1933 gaben die USA die Goldwährung auf, und der private Goldbesitz wurde verboten, numismatisch wertvolle Stücke ausgenommen. Alle anderen Goldmünzen mußten abgeliefert werden und wurden zu Barren eingeschmolzen.

Dabei machte die Regierung einen beträchtlichen Gewinn: Sie erhöhte den Goldpreis von $ 20.67 je Unze auf $ 35.00, vergütete die abgelieferten Münzen aber nur zum alten Preis. Damit stieg der Wert eines 20-Dollar-Stücks von einem Tag auf den anderen auf 35 Dollar, was insbesondere das Ausland freute, wohin Millionen amerikanischer Goldmünzen abgeflossen waren.

Spekulationen sind des einen Freud, des anderen Leid. Bei festverzinslichen Wertpapieren weiß man immer, was man zu erwarten hat.

«Wenn du Will und Rosamond in deinem Wagen nach Horse Creek Valley hinüberbringen wolltest. Ich glaube, die Mädchen würden sich sehr geschmeichelt fühlen, wenn du sie mitnähmst und zurückbrächtest.»

«Ich muß den ganzen Weg entlang Stimmen zählen», protestierte Pluto. «Das steht fest.»

«Na aber, Pluto, es macht dir doch auch Vergnügen, hin und her zu fahren, den ganzen Wagen voll hübscher junger Mädchen. Du kannst doch auf keinen Fall deine Stimmen zählen, während du hier im Hof herumsitzt.»

«Ich muß mich wieder auf den Weg machen und den ganzen Tag hindurch Stimmen zählen.»

Ty Ty stand auf und ging ins Haus; Will und Pluto blieben allein auf den Stufen unter dem Vordach zurück. Will rollte sich eine Zigarette und ließ sich von Pluto Feuer geben. Die Töne der regelmäßigen Pickelhiebe, die den harten Lehm auf dem Grund des Kraters beim Haus trafen, fielen im Rhythmus von Onkel Felix' Arbeitslied in ihr Ohr. Pluto wäre gern zur Grube gegangen und hätte hinuntergeschaut, um zu sehen, wie weit sie in die Tiefe gedrungen waren. Aber das Aufstehen erforderte einen zu großen Willensaufwand. Und so saß er da und horchte auf den Rhythmus der Pickel und versuchte die Tiefe nach dem Klang zu schätzen. Nachdem er ein Weilchen diesem Gedanken nachgehangen hatte, freute er sich, daß er nicht ums Haus gegangen war und hinuntergeschaut hatte. Eigentlich war es ihm ganz gleich, wie tief das Loch nun war; und der Anblick von Buck und Shaw und den beiden Darkies und Dave, die da unten in dem luftlosen Krater schwitzten, hätte ihm noch viel heißer gemacht; und die Hitze war ohnedies fast unerträglich.

Als er aufsah, stand Darling Jill hinter ihm. Sie war frisch und flott gekleidet und schwang einen breitrandigen Hut in den Händen. Es sah ganz so aus, als ob sie, ohne nach seiner Meinung zu fragen, zum Aufbruch bereit wäre. Will rückte ein wenig zur Seite, und sie setzte sich zwischen den beiden auf die Stufen. Ihr Arm glitt unter Plutos Arm, und sie legte die Wange an seine Schulter.

«Pa sagt, Sie nehmen Griselda und mich auf eine Fahrt nach Scottsville mit», lächelte sie. «Ich wußte gar nichts davon, bis er gerade jetzt kam und es mir sagte.»

Will lachte; er lehnte sich vor, um Plutos Gesicht zu sehen.

«Das kann ich nicht», protestierte Pluto.

«Na aber, Pluto, wenn Sie mich ein bißchen lieb hätten, täten Sie's.»

«Doch, das tu ich.»

«Also dann bringen Sie uns hinüber, wenn Sie Will und Rosamond nach Hause fahren.»

«Ich muß unter allen Umständen zu meinen Wählern und Stimmen sammeln.»

Sie zog ihn zu sich herunter und küßte ihn auf die Wange. Pluto strahlte. Er rückte näher an sie heran, damit sie es noch einmal täte.

«Sie können Ihre Zeit nicht damit vergeuden, heute Stimmen zu werben, Pluto.»

«Wahrhaftig, ich kann's nicht», gab er zur Antwort. «Willst du das nicht noch einmal machen?»

«Einmal bevor wir aufbrechen und einmal bevor wir zurückfahren», versprach sie lächelnd.

«Auf diese Weise ist kein Gedanke daran, daß ich gewählt werde», sagte Pluto. «Das steht fest.»

«Von morgen ab haben Sie noch reichlich Zeit, Pluto.»

Sie wehrte sich nicht gegen seine Hand, die auf ihrem Knie lag, und beobachtete ihn neugierig, während er ihren Rock aufhob und seine Finger unter ihr Strumpfband glitten.

«Sie sind einfach ein dickes, überlebensgroßes Baby, Pluto. Immer verlangt es Sie nach etwas, das Sie nicht haben können.»

«Was hältst du vom Heiraten, Darling Jill?» fragte er und die Röte schoß ihm ins Gesicht.

«Es ist noch nicht an der Zeit.»

«Warum ist es noch nicht an der Zeit?»

«Ich muß erst noch für ein paar Monate fort, bevor ich ans Heiraten denke.»

«Dann dauert's also nicht mehr lange», blinzelte Will Pluto zu.

Pluto grübelte und versuchte herauszubekommen, was Darling Jill meinte. Er öffnete den Mund und wollte sie darüber befragen, aber Darling Jills und Wills Gelächter schloß ihm wieder den Mund.

«Es kann nicht lang dauern, wenn der Bursche aus dem Sumpf noch eine Woche oder so was hierbleibt», grinste Will.

«Dave?» fragte Darling Jill und schnitt ein Gesicht. «Der zählt nicht. Ich möchte doch Pas weißhaarigem kleinem Jungen nichts tun.»

Pluto lächelte zufrieden, als er hörte, wie sie den Albino so vollständig verleugnete.

«Nun, wenn du den so schnell vergißt», wollte Will wissen, «hab *ich* dann gezählt oder hab ich auch nicht gezählt?»

«Um die Wahrheit zu sagen», bekannte Darling Jill, «du hast mir zu schaffen gemacht.»

«Das will ich hoffen. Wenn ich einen Nagel in eine Planke schlage, so sitzt er fest.»

«Was hat das Zeug, das ihr da zusammenschwatzt, mit Heiraten zu tun, Darling Jill?» fragte Pluto.

«Oh, gar nichts», erwiderte sie und blinzelte Will zu. «Will hat eben nur die Gänseblümchen gezählt, die er gepflückt hat.»

«Nun, ich bin zur Heirat bereit», erklärte Pluto.

«Nun, ich nicht», erklärte Darling Jill. «Und das steht fest.»

Will stand auf, er lachte Pluto aus und ging ins Haus, um sich für die Fahrt fertig zu machen. Pluto schlang den Arm um Darling Jill und herzte sie. Er wußte, daß er sie nach Scottsville bringen würde, denn er tat alles in der Welt, was Darling Jill verlangte. Sie saß dicht an ihn gedrängt, unterwürfig, und er drückte sie fest in seine Arme. Sie mochte ihn, darüber war sie sich klar. Ja, sie glaubte sogar, ihn zu lieben, und das trotz seinem dicken Bauch und seiner Trägheit. Wenn die Zeit herankam, wollte sie ihn heiraten. Darüber war sie längst mit sich selbst im reinen. Doch wann es soweit sein würde, wußte sie noch nicht.

Als sie so dicht an ihn gepreßt dasaß, wollte sie ihm gern erzählen, wie leid es ihr tat, daß sie ihn manchmal so niederträchtig behandelt und gröblich beschimpft hatte. Als sie aber zum Sprechen ansetzte, überkam sie eine Scheu vor dem Wort. Ob es Sinn hatte, Pluto ihre Reue auszudrücken, daß sie Will und Dave und all den anderen nichts verweigert, während sie ihn zurückstieß? In diesem Augenblick faßte sie den Entschluß, überhaupt nicht mit ihm darüber zu sprechen. Für ihn spielte es keine Rolle, wenn sie nichts darüber sagte. Und sie liebte Pluto zu sehr, um ihn nutzlos zu verletzen.

«Wie wäre es nächste Woche – könnten wir dann heiraten, Darling Jill?»

«Ich weiß nicht, Pluto. Ich sag's Ihnen, wenn ich soweit bin.»

«Ich kann nicht immerzu warten und warten», sagte er. «Und das steht fest.»

«Aber wenn Sie sicher sind, daß Sie mich heiraten, können Sie doch noch ein wenig warten.»

«Das mag schon sein – vielleicht», gab er nach, «es ist nur – ich habe Angst, daß einer daherkommt und dich mitnimmt.»

«Wenn ich mit einem davongehe, Pluto, so komm ich doch zur rechten Zeit zurück, um Sie zu heiraten.»

Pluto wiegte sie in beiden Armen und drückte sie dabei so fest an sich, daß der Druck ihres Körpers gegen den seinen sich für immer in sein Gedächtnis einprägen mußte. Endlich machte sie sich frei und stand auf.

«Es ist Zeit, Pluto, wir müssen fort. Ich geh ins Haus und hole Will und Rosamond. Griselda muß jetzt auch schon fertig sein.»

Pluto ging hinüber in den Schatten, wo sein Wagen stand. Gerade als er sich umwandte, sah er Buck aus der großen Grube klettern. Buck ging um die Ecke des Hauses und stieß dabei mit Griselda zusammen, die eben aus dem Vordereingang gelaufen kam.

«Wohin gehst du?» fragte er.

«Darling Jill und ich fahren mit Pluto nach Scottsville hinüber», erwiderte sie zitternd. «Wir kommen bald zurück.»

«Ich bring diesen Hundsfott um», sagte Buck und sprang die Stufen hinauf.

Buck kochte vor Wut. Mit seinen lehmverschmierten Kleidern und dem schweißgetränkten Haar sah er aus wie ein Mensch, der plötzlich in Verzweiflung geraten ist.

«Buck, bitte –» beschwor sie ihn schüchtern.

«Wo ist der Kerl?»

Sie versuchte ihm zuzusprechen, aber er hörte nicht auf sie. Gerade da kam Ty Ty aus dem Haus und nahm Buck am Arm.

«Laß mich jetzt lieber in Ruhe», sagte Buck zu seinem Vater.

«Gönn doch den Mädchen die Spazierfahrt, Buck. Es ist doch nichts Böses dabei.»

«Laß mich jetzt los, sag ich dir.»

«Ist ja alles in schönster Ordnung, Buck», redete Ty Ty ihm zu. «Darling Jill und Rosamond fahren doch mit, und Pluto ist doch auch im Wagen. Laß den Mädchen das Vergnügen, kann doch nichts Böses dabei herauskommen.»

«Ich bring den Hundsfott um», sagte Buck unveränderlich. Seines Vaters Bürgschaft in bezug auf Griseldas Sicherheit machte keinen Eindruck auf ihn.

«Buck», bat Griselda, «bitte sei nicht so bös. Du hast doch gar keinen Grund dazu.»

Ty Ty führte den Sohn die Stufen zurück in den Hof und versuchte ihm Vernunft zuzusprechen.

«Laß mich jetzt lieber in Ruhe», sagte Buck abermals.

Sie gingen im Hof hin und her, Ty Ty hielt Buck noch immer am Arm fest und lenkte seine Schritte. Nach einer Weile riß sich Buck los und tauchte wieder in den Krater neben dem Haus hinunter. Er war nicht mehr so zornig, hatte sich offenbar etwas beruhigt, ja, er erklärte sich sogar damit einverstanden, wieder an seine Arbeit zu gehen und Griselda im Wagen mit nach Scottsville fahren zu lassen. Ohne ein weiteres Wort zu verlieren, kehrte er wieder dahin zurück, wo Shaw, Dave und die beiden Farbigen noch am Werk waren.

Als sie Buck unten im Krater in Sicherheit wußten, hielten Darling Jill und Rosamond Will nicht länger im Haus fest, sie ließen ihn hinaus und sprangen ins Auto.

15. Kapitel

Zwei Stunden später erreichten sie Scottsville am oberen Ende des Valley.

Als sie vor dem Haus hielten, war Will aus dem Wagen gesprungen und war die Straße hinuntergelaufen, indem er noch über die Schulter zurückrief, sie möchten warten, bis er nach Hause käme. Das war zwei Stunden nach dem Mittagessen gewesen. Aber um 18 Uhr war er noch nicht zurück.

Pluto war ungeduldig, er wollte nach Georgia zurück, und Griselda bebte vor Angst. Sie wußte nicht, was Buck mit ihr anstellen mochte, wenn sie nicht sofort wieder zurückkehrte, sie geriet außer sich vor Furcht bei dem bloßen Gedanken daran. Und doch blieb sie gern so lange es nur anging, denn sie war zum erstenmal im Horse Creek Valley, und der Aufenthalt in der Fabriksiedlung bereitete ihr ein nie empfundenes Vergnügen. Ihr schienen die Reihen gelber Arbeiterhäuser, die für das Auge alle gleich waren, ganz persönliche Heimstätten. Sie konnte in das gelbe Nachbarhaus hineinschauen und beinahe jedes Wort deutlich hören, das dort gesprochen wurde. Nichts erinnerte hier an Marion. Die Häuser in Marion waren Gebäude mit verschlossenen Türen und abweisenden Fenstern. Hier in Scottsville hingegen war eine summende Masse Menschen; jederzeit konnte hier ein gemeinsamer Aufschrei die Luft erschüttern.

Pluto und Darling Jill hatten eine halbgefrorene Eiscreme zubereitet, während sie auf Wills Heimkehr warteten. Als er bei Einbruch der Dunkelheit noch nicht zurück war, aßen sie die Creme mit Graham-Knusperbrot als Nachtessen. Pluto fand keine Ruhe, es zog ihn nach Georgia zurück. Er fühlte sich nicht wohl im Horse Creek Valley, und er dachte nicht gern an die Möglichkeit, sich dort lange nach Einbruch der Dunkelheit aufzuhalten. Aus irgendwelchen Gründen hegte er tiefes Mißtrauen gegen die Städte der Baumwollspinnereien; er glaubte fest daran, daß hier Leute nach dem Dunkelwerden aus ihren Schlupfwinkeln hervorkämen und die Fremden ausplünderten, daß sie sie niederschlügen und beraubten, wenn nicht gar ermordeten.

«Wahrhaftig, ich glaube, Pluto fürchtet sich, in der Dunkelheit aus dem Haus zu gehn», meinte Darling Jill.

Pluto zitterte bei der bloßen Vorstellung und hielt sich an seinem Stuhl fest. Er hatte Angst, und wenn einer von den anderen ihn bäte, die Straße hinunterzugehen und etwas aus dem Laden zu holen, so würde er sich weigern, das Haus zu verlassen. Daheim in Marion kannte er keine Furcht; die nächtliche Dunkelheit hatte ihm im ganzen Leben dort noch niemals Schrecken eingejagt. Aber hier im Valley befiel ihn jähes Zittern vor Angst: jede Minute mochte einer zur unverriegelten Tür hereinstürzen und ihn ohne weiteres totschlagen, bildete er sich ein.

«Viel länger kann Will wirklich nicht mehr ausbleiben», meinte Rosamond. «Er kommt eigentlich immer zum Abendbrot nach Hause.»

«Ich wollte, wir gingen endlich», sagte Griselda. «Buck wird ganz wild werden.»

«Ihr zwei – ihr seid ja beide zu Tode geängstigt», lachte Darling Jill. «Es ist doch gar kein Grund zur Furcht hier, nicht wahr, Rosamond?»

Rosamond lachte. «Natürlich nicht.»

Durch die offenen Fenster flutete die milde Sommernacht ins Zimmer herein. Es war eine weiche Nacht, und es war warm; aber in dieser Abendluft vibrierte etwas, das Griselda erregte. Sie konnte Laute hören, Stimmen, Geflüster – die mit nichts zu vergleichen waren, was sie bis jetzt kennengelernt hatte. Das Auflachen einer Frau, der erregte Schrei eines Kindes, dazu das schwache Murmeln eines Wasserfalls von irgendwoher, das alle Geräusche übermalte, drangen gemeinsam in den Raum; die Luft war erregt von lebendigen Menschen ganz wie sie selbst, und das hatte sie vorher noch nie kennengelernt. Dieses neue Wissen um all die Menschen da draußen, alle diese Laute, die so leibhaftig waren wie sie selbst, ließen ihr Herz schneller schlagen. Nie hatten die Stadtgeräusche von Augusta geklungen wie dies hier; die Stadt war voll vom Lärm eines anderen Menschenschlags. Hier in Scottsville aber war das Volk so leibhaftig wie sie selbst in diesem Augenblick.

Da trat Will ins Zimmer. Sie schrak auf. Er ging so geräuschlos wie ein leichtfüßiges Tier auf weichen Sohlen. Griselda war zumute, als müsse sie ihm entgegenlaufen und die Arme um seinen Nacken schlingen, als sie ihn erblickte. Er war eine von den Gestalten, die sie in der Nachtluft erfühlt hatte.

Er stand in der Tür und blickte auf die Menschen darin.

Der Blick in Wills Augen zwang den Schrei zurück, der Griselda in die Kehle stieg. Nie noch hatte sie auf irgendeinem Antlitz einen solchen Ausdruck wahrgenommen. Es lag eine gequälte Bitte in seinen Augen, ein Blick wie ihn verwundete Tiere haben. Sie sah es. Und die Linien seines Gesichts, die Art, wie der Kopf auf den Schultern stand, irgend etwas Unfaßbares machte sie schaudern mit Grauen.

Es schien, als wolle er etwas sagen. Er sah aus, als ob eine Überfülle von Worten ihn ersticke; er konnte das Würgen nicht lockern. Alles, was Griselda je von Rosamond über die Baumwollspinnerei da unten gehört hatte, stand deutlicher auf seinem Gesicht geschrieben, als Menschenworte es ausdrücken konnten.

Jetzt sprach Will zu Rosamond. Seine Lippen formten die Worte, lange bevor sie an ihr Ohr drangen. Es war, als ob sie durch ein Fernrohr auf einen Mann sähe, der irgendwo in der Ferne etwas sprach; als ob sie die Bewegungen seines Mundes beobachtete, ehe der Schall der Worte sie erreichte. Wildäugig sah sie ihn an.

«Wir haben die Zusammenkunft abgehalten», erzählte er Rosamond. «Aber sie wollten nicht auf Harry und auf mich hören. Sie stimmten für einen Schiedsspruch. Du weißt, was das bedeutet.»

«Ja», sagte Rosamond einfach.

Will wandte sich von ihr ab und sein Blick fiel auf Griselda und die übrigen.

«So machen wir also vorwärts und tun es auf alle Fälle. Zur Hölle mit dem verdammten Lokalausschuß. Sie lassen sich von uns bezahlen und arbeiten gegen uns. Hol sie der Teufel! Wir lassen den Strom an.»

«Ja», sagte Rosamond.

«Verdammt will ich sein, wenn ich stillhalte und zuschaue, wie sie uns mit einem Dollar zehn aushungern und noch dazu die Mieten fürs Wohnen abzapfen. Es sind unser genug, wir können einfach hineingehen und den Strom anlassen. Wir können die verdammte Fabrik selbst leiten. Wir verstehn uns besser darauf als sonst wer. Morgen früh gehn wir hinunter und lassen den Strom an.»

«Ja, Will», sagte seine Frau.

In einem Zimmer des gelben Reihenhauses nebenan flammte ein Licht auf.

«Wir werden morgen den Strom anlassen, und ich bin Manns genug dazu, es zu tun. Ihr werdet sehen. Ich fühle mich jetzt so stark wie Gott der Allmächtige selbst. Ihr werdet morgen von dem angelassenen Strom hören. Jedermann wird davon hören.»

Schweigen herrschte. Will ließ sich nieder und vergrub seinen Kopf in die Hände. Niemand sprach. Wenn hier noch gesprochen wurde, so war er der einzige, dem es zukam.

Finsternis hüllte alles ein. Eine Zeitlang lief sein vergangenes Leben vor seinem Blick ab. Er preßte die Lider zusammen, bemüht, diese Bilder zu vertreiben. Aber er konnte nicht vergessen. Ein vages Bild der Fabriken im Valley tauchte vor ihm auf. Und während er ihm nachhing, wurde alles hell wie der Tag. Er konnte (so wie er sie aus den frühesten Tagen in Erinnerung hatte) die Gesichter der wildäugigen Mädchen sehen, die wie Morgenschein in den Fenstern der Fabriken leuchteten. Da standen sie und hielten Ausschau nach ihm, Jahr für Jahr, so weit er zurückdenken konnte, mit festen Körpern und ragenden Brüsten. Und draußen in den Straßen vor den Fabriken standen Männer mit Blut auf den Lippen, seine Freunde und Brüder, die ihre Lungen in den gelben Staub von Carolina spien. Aufwärts und abwärts das Tal entlang konnte er sie sehen, er konnte sie zählen, sie beim Namen rufen. Er kannte sie; er hatte sie schon immer gekannt. Die Männer standen in den Straßen und hielten die efeubewachsene Fabrik im Auge. Ein paar Spinnereien arbeiteten Tag und Nacht in dem blendenden blauen Licht; die anderen standen gesperrt, verrammelt gegen die Leute, die in den gelben Reihenhäusern der Gesellschaft verhungerten. Und dann füllte sich das ganze Tal mit Menschen, die jählings aufsprangen. Und wieder waren da die Mädchen mit Augen wie Morgenlicht und mit so festen Brüsten, die in die efeubewachsenen Fabriken strömten. Und draußen in den Straßen, Tag und Nacht, standen seine Freunde und Brüder und sahen sich das an und spien ihre Lungen in den gelben Staub zu ihren Füßen. Einer wandte sich an ihn und wollte mit ihm sprechen – und durch seine sich öffnenden Lippen brach Blut statt Worte.

Will schüttelte den Kopf, er schlug sich mit den Handgelenken gegen die Schläfen und seine Augen irrten durch den Raum. Pluto und Darling Jill, Griselda und Rosamond sahen ihn an. Er fuhr sich mit dem Handrücken über den Mund, als wische er das vertrocknete Blut hinweg und das warme Blut, das er auf den Lippen zu spüren glaubte.

«Ich hieß dich hier warten, bis ich wieder zurückkehre, nicht wahr?» sagte er und verwandte kein Auge von Griselda.

«Ja, Will.»

«Und du hast gewartet. Gott sei dafür gedankt.»

Sie nickte.

«Gleich in aller Frühe lassen wir den Strom an, das ist das erste. Und das ist abgemacht. Wir wollen es tun, ganz gleich, was daraus entsteht.»

Rosamond sah ihn angstvoll an. Einen Augenblick glaubte sie, er wäre nicht bei sich. Es lag an der Art, wie er sprach; es lag an dem fremden Klang seiner Stimme. Nie vorher hatte sie ihn so sprechen gehört.

«Fühlst du dich wohl, Will?» fragte sie.

«O Gott, ja», gab er zur Antwort.

«Denk nicht soviel an die Spinnerei heute nacht, versuch's. Es regt dich so auf, daß du nicht schlafen wirst.»

Gemurmel lief durch die Straßen der Reihenhäuser in der Fabrikstadt, es drang in rhythmischem Gleichmaß durch die Fenster des Siedlungshauses. Es war lebendig, es bewegte sich, es sprach wie ein leibhaftiger Mensch. Griselda fühlte in ihrem Herzen einen scharfen Schmerz.

«Sie haben nie in einer Baumwollspinnerei gearbeitet, Pluto, wie?» fragte Will, sich plötzlich an Pluto wendend.

«Nein», gab Pluto matt zur Antwort. «Ich muß unbedingt gleich nach Hause fahren.»

«Ja, dann wissen Sie nicht, was das ist – eine Fabrikstadt. Aber ich will's Ihnen sagen. Haben Sie je ein

Kaninchen geschossen, sind Sie hingegangen und haben's aufgehoben, und wenn Sie's in der Hand hielten, haben Sie dann sein Herz schlagen gefühlt wie – wie, Gott, ich weiß nicht was! Haben Sie das einmal erlebt?»

Pluto rutschte unbehaglich auf seinem Stuhl hin und her. Er wandte sich zu Griselda, die ihm zunächst saß, und sah, daß sie vor Erregung bebte.

«Ich weiß nicht», sagte Pluto.

«Gott!» murmelte Will rauh.

Alle hingen sie mit den Augen an ihm und zitterten. Irgendwie hatten sie genau gefühlt, was er meinte, als er sprach. Sie schauderten vor der Offenbarung.

Neues Gemurmel drang durch das Arbeiterhaus, es flutete sachte weiter durch eine Reihe nach der andern aller gelben Arbeiterhäuser.

«Ihr haltet mich für betrunken, was?» fragte Will.

Rosamond schüttelte den Kopf. Sie wußte, er war nicht betrunken.

«Nein, ich bin nicht betrunken. Ich war nie so nüchtern wie in dieser Stunde. Ihr meint, ich sei betrunken, weil ich so spreche. Aber ich bin nüchtern, nüchtern wie ein Stück Holz.»

Rosamond sagte etwas zu ihm, etwas Sanftes, Zärtliches, etwas Verständnisvolles.

«Dort drüben in Georgia, draußen zwischen euern verdammten Löchern und Dreckwällen, da denkt ihr wohl, ich sei nichts als ein toter, dünner Baumstamm, der im Erdboden steckt. Nun, es kann sein, daß ich mich von dort drüben aus so ausnehme. Aber hier im Valley, hier bin ich Will Thompson. Da kommt ihr herüber und seht mich in dem gelben Haus, und ihr meint, ich sei nichts anderes als ein Stück Eigentum der Gesellschaft. Und doch irrt ihr euch da, kann ich euch sagen. Ich bin Will Thompson. Ich bin jetzt so stark wie Gott der Allmächtige selbst, und ich werd euch zeigen, wie stark ich bin. Wartet nur bis morgen und geht die Straße da hinunter und bleibt vor der Fabrik stehen. Ich gehe hinauf zum Tor und reiße es auseinander, als wäre es nichts als ein Fensterladen. Da werdet ihr sehen, wie stark ich bin. Vielleicht kehrt ihr dann zu euern gottverdammten Löchern in Marion zurück und denkt übermorgen ein wenig anders.»

«Geh jetzt lieber zu Bett, Will, und schlaf ein wenig. Du mußt morgen früh zeitig aufstehen.»

«Schlafen! Zum Teufel mit dem Schlafen! Ich will jetzt nicht schlafen, nicht zu irgendeiner Zeit heute nacht. Ich will so hell wach sein, wenn die Sonne aufgeht, wie ich es jetzt bin.»

Pluto wäre am liebsten aufgestanden und gegangen, aber er wagte kein Wort zu äußern, während Will sprach. Pluto wußte sich nicht zu helfen. Er sah Darling Jill an, er sah Griselda an, aber keine von den beiden schien jetzt an Heimkehr zu denken. Sie saßen wie gebannt vor Will.

Griselda saß vor Will und starrte zu ihm empor wie auf ein kostbares Götterbild, in das Leben kommt. Ihr war, als müsse sie vor ihm auf den Fußboden niederfallen, ihre Arme um seine Knie schlingen und ihn anflehen, seine Hand auf ihr Haupt zu legen.

Sein Blick ruhte auf ihr, als sie Mut faßte und aufsah. Er sah sie an, als ob er sie nie zuvor gesehen hätte.

«Steh auf, Griselda», sagte er still.

Sie stand sofort auf, eifrig seinem Befehl gehorchend. Dann wartete sie auf das, was er jetzt von ihr verlangen würde.

«Lange habe ich auf dich gewartet, Griselda, und jetzt ist die Zeit gekommen.»

Rosamond saß reglos da. Weder machte sie Anstalten zum Sprechen noch zum Aufstehen. Sie saß still auf ihrem Stuhl, die Hände im Schoß gefaltet und wartete auf das nächste Wort aus Wills Mund.

«Ty Ty hat recht gehabt», sagte Will.

Alle fragten sich, was Will damit meinte. Ty Ty hatte so manches gesagt, so vielerlei, daß sie unmöglich erraten konnten, worauf Will jetzt anspielte.

Aber Griselda verstand. Sie erinnerte sich genau der Worte, die Ty Ty gebraucht hatte, und die Will jetzt im Sinn trug.

«Ehe du weitersprichst, Will», fiel Darling Jill ein, «denk lieber an Buck. Du weißt, was er gesagt hat.»

«Er sagte, er wolle mich töten, nicht wahr? Nun, warum kommt er nicht, warum tut er's nicht? Heute früh war die Gelegenheit dazu da. Er hätte es versuchen können, ich war ja drüben zwischen diesen gottverdammten Löchern. Warum hat er's nicht getan?»

«Er kann es noch immer tun. Er wird noch immer Zeit genug dazu finden.»

«Ich fürchte ihn nicht. Ich drehe ihm den Kragen um, wenn er nur eine Bewegung gegen mich macht, ich schmeiße seinen Schädel in eins von den verdammten Löchern und seinen Leib ins andere.»

«Will», sagte Rosamond, «bitte sei vorsichtig. Wenn Buck sich einmal etwas in den Kopf gesetzt hat, kann kein Mensch ihm Einhalt tun. Wenn du deine Hände auf Griselda legst und Buck es je erfährt, so bringt er dich um, so sicher wie die Welt steht.»

Will interessierte sich nicht mehr für die Schilderungen ihrer Furcht vor dem, was Buck tun mochte.

Griselda stand vor ihm. Ihre Augen waren geschlossen. Ihre Lippen waren halb geöffnet und ihr Atem flog. Wenn er ihr gesagt hätte: ‹Setz dich›, hätte sie sich gesetzt. Sonst aber wäre sie den Rest ihres Lebens stehen geblieben.

«Ty Ty hat recht gehabt», sagte Will und sah sie an. «Er wußte, was er sprach. Er hat über dich gesprochen, hundertmal; aber damals hatte ich nicht Einsicht genug, dich zu nehmen. Aber jetzt bin ich so weit. Nichts auf Gottes weiter Welt kann mir jetzt Einhalt gebieten. Jetzt werd ich es haben, Griselda. Ich bin jetzt so stark wie Gott der Allmächtige selbst, und jetzt geschieht es.»

Darling Jill und Pluto bewegten sich nervös auf ihren Plätzen; aber Rosamond saß still mit gefalteten Händen im Schoß da.

«Jetzt werde ich dich schauen, wie Gott der Allmächtige *will*, daß du gesehen wirst. Ich werde jedes Stück Stoff in einem Augenblick von dir herunterreißen. Ich reiße dieses Zeug herunter und zerfetze es in so winzige Stückchen, daß du sie nie mehr zusammensetzen kannst. Ich zerfetze den letzten verdammten Faden. Ich bin ein Weber, ein Weber. Mein Leben lang hab ich Stoffe gewebt, ich habe jede Art von Zeug in Gottes Welt gemacht. Aber nun schicke ich mich an, dies alles in Fetzen zu reißen, so klein, daß niemand sie mehr erkennt. Wenn ich damit fertig bin, wird ein Haufen Fasern daliegen. Da unten in der Spinnerei, da hab ich Gingang und Schirting gewebt, Leinwand und Kattun und all das andere Zeug: hier oben in dem gelben Reihenhaus aber reiße und schleiße ich deine ganze Kleidung in Fetzen. Morgen fangen wir wieder an mit Spinnen und Weben; aber heut nacht zerreiße ich dieses Zeug an dir so gründlich, daß es aussieht wie Flachs aus der Hechel.»

Er trat auf sie zu. Die Adern auf seinem Handrücken und auf seinen Armen schwollen und klopften, es sah aus, als ob sie bersten müßten. Er kam näher und stand dann auf Armlänge still, den Blick unverwandt auf sie geheftet.

Griselda trat zurück, seinem Zugriff entweichend. Sie hatte keine Furcht vor Will, sie wußte, er würde ihr nichts zuleide tun. Aber sie trat zurück aus seiner Reichweite; sein Blick erschreckte sie. Wills Augen waren nicht grausam, und sie hatten nichts Mörderisches – um nichts auf Erden hätte er ihr etwas zuleide getan, dazu leuchteten diese Augen, die immer näher und näher kamen, jetzt zu zärtlich.

Will packte den Kragen ihres Kleides, eine Hand auf

jeder Seite, und schwang die Arme weit auseinander. Der dünne bedruckte Schleierstoff löste sich wie ein Hauch zwischen seinen Händen. Er riß ihn vom Leib und zerfetzte ihn rasend zwischen seinen Händen, ungestüm, begierig, unaufhaltsam. Sie starrte ihn an, außer sich vor Erregung, ihre Pulse hämmerten, ihre Augen folgten den Bogen seiner fliegenden Finger und den Bewegungen seiner Arme. Stück für Stück zerfetzte er wie ein Wahnsinniger, er wirbelte die flockigen Fasern in allen Richtungen durchs Zimmer und beugte sich dabei nach vorn über den Stoff. Sie beobachtete ihn widerstandslos, als er den letzten Fetzen ihres Kleides beiseite schleuderte und den weißen Schlitz aufriß, als ob es sich um eine Papiertüte handelte. Immer schneller, immer rasender arbeitete er jetzt, aufschlitzend, zerreißend, fetzend, ruckend und zuckend, er schleuderte die Stoffschnitzel rund um sich und blies sich die fliegende Scharpie vom Gesicht. Die letzte Hülle war aus Seide. Er zerrte daran wie ein Rasender, mit immer steigender Wildheit. Als dies vollbracht war, stand sie vor ihm, wartend, bebend, so wie er es vorausgesagt hatte. Schweiß bedeckte sein Gesicht und seine Brust. Er atmete keuchend. Er hatte sich aufgerieben wie nie zuvor, und das zerfetzte Zeug lag auf dem Fußboden und bedeckte seine Füße.

«Jetzt!» brüllte er sie an. «Jetzt! Gott verdammt, jetzt! Ich hab's dir gesagt: ich werde dich schauen, wie Gott der Allmächtige *will,* daß du gesehen wirst! Ty Ty hat recht gehabt! Hat er nicht gesagt, du seist die schönste Frau, die Gott je geschaffen hat? Und weiter hat er gesagt, du seist so lieblich, so gottverdammt lieblich, daß es einen Mann auf Hände und Knie niederzwinge und daß er den Staub lecken müsse, wenn er dich sieht, wie du jetzt hier vor mir stehst. Hat er es nicht gesagt? Ja, so helfe mir Gott, er hat's! Und endlich, endlich hab ich dich auch bekommen. Und jetzt werde ich tun, wonach ich verlange, seit ich dich zum erstenmal gesehen habe. Du weißt, was das ist. Weißt du es, Griselda? Du weißt, wonach es mich verlangt. Und du wirst es mir gewähren. Aber ich bin nicht, wie alle anderen, die Hosen tragen. Ich bin jetzt so stark wie Gott der Allmächtige selbst. Jetzt werde ich dich nehmen. Ty Ty weiß, was er sagt. Er weiß, was ein Mann mit dir zu tun hat. Er hat mehr Verstand als wir anderen alle zusammen, wenn er auch in der Erde herumgräbt wie ein gottverdammter Narr.»

Er atmete tief und trat auf sie zu. Griselda wich an die Tür zurück. Sie versuchte ihm jetzt nicht zu entfliehen, aber sie mußte zurückweichen, bis er sie packte und wegtrug. Er stürzte vor und streckte seine Hände nach ihr aus.

16. Kapitel

Lange Zeit nachdem sie verschwunden waren saß Darling Jill und zerpreßte sich die Finger in wilder Erregung. Sie wagte keinen Blick auf ihre Schwester. Das Klopfen in ihrer Brust schreckte sie, und die Nervosität erstickte sie fast. Nie zuvor war sie so durch und durch aufgewühlt gewesen.

Aber wie sie da so saß und keinen Blick auf die Schwester wagte, überkam sie ein Gefühl der Verlassenheit. Sie riß sich zusammen und kehrte sich um zu Rosamond. Staunend sah sie, mit welcher Fassung Rosamond standhielt. Sie schaukelte leise in ihrem Sessel, sie faltete und löste ihre Hände ohne Hast. Ein Ausdruck ruhiger Klarheit lag über Rosamond, wunderbar anzusehen.

Neben ihr saß Pluto, völlig verstört. Er fühlte nicht, was Rosamond empfand. Sie wußte: das vermochte kein Mann. Pluto war sprachlos vor Staunen über Will und Griselda, aber er war ungerührt. Darling Jill hatte gefühlt, wie ihre Lebensquellen durch den Raum strömten, als Will da vor ihnen gestanden und Griseldas Kleider zerfasert hatte. Das war es, was Rosamond fühlte. Aber Pluto war ein Mann, und er konnte dieses Gefühl nie begreifen. Selbst Will, der es hervorgerufen hatte, stand nur unter dem Zwang seines Verlangens nach Griselda.

Durch die offenen Türen sahen sie das rastlose Flimmern der Straßenlichter, das durch die Baumkronen hereindrang und auf Bett und Fußboden spielte. Da drüben, in dem anderen Zimmer, befanden sich Will und Griselda.

Sie waren in keinem Versteck, denn die Türen standen offen; sie hatten sich nicht in die Verborgenheit geflüchtet, denn ihre Stimmen waren stark und klar.

«Ich will die Fetzen jetzt aufsammeln», sagte Rosamond still. Sie ließ sich auf die Knie nieder, sie las die winzigen Stoff-Flöckchen vom Boden auf und schichtete sie sorglich neben sich in einem Häufchen auf. «Ich brauche niemandes Hilfe dabei.»

Darling Jills Blick ruhte auf der Schwester, die langsam und sorgfältig Fasern und Fäden zusammensuchte. Mit verdunkeltem Antlitz, vornübergebeugt, suchte sie Stück für Stück von Griseldas zerfetztem Kleid zusammen. Als sie damit fertig war, ging sie in die Küche und holte einen großen Papiersack. Dann warf sie den zerrissenen Schlierstoff und die Seidenflöckchen der Wäsche hinein.

Es schien Darling Jill, als ob Will und Griselda seit Stunden in dem Zimmer jenseits der Diele wären. Man hörte sie nicht länger sprechen, und Darling Jill fragte sich, ob sie eingeschlafen waren. Dann fiel ihr ein, wie Will gesagt hatte, er werde in dieser Nacht nicht schlafen. Und sie wußte: er wachte, selbst wenn Griselda schlief. Sie wartete auf Rosamonds Rückkehr aus der Küche.

Rosamond kam zurück ins Zimmer und setzte sich ihr gegenüber.

«Buck wird Will umbringen, wenn er davon hört», sagte Darling Jill.

«Ja», sagte Rosamond. «Ich weiß.»

«Von mir wird er es nie erfahren, aber irgendwie wird er es herausbekommen. Vielleicht nur aus dem Gefühl. Aber bestimmt wird er davon erfahren.»

«Ja», sagte Rosamond.

«Vielleicht ist er schon auf dem Weg hier herüber. Er hat Griselda schon gestern nachmittag zurückerwartet.»

«Ich glaube nicht, daß er noch heute nacht herüberkommt. Aber morgen – mag sein, daß er morgen kommt.»

«Will muß fort aus dem Haus, damit Buck ihn nicht finden kann.»

«Nein. Will wird nirgends hingehn. Will bleibt hier. Wir können ihn nicht zum Fortgehn bewegen.»

«Aber Buck wird ihn töten, Rosamond. Wenn Buck etwas erfährt, und er findet Will hier, bringt er ihn um – so sicher wie die Welt steht. Das weiß ich gewiß.»

«Ja», sagte Rosamond. «Ich weiß.»

Rosamond ging in die Küche, um auf die Uhr zu schauen. Es war zwischen drei und vier Uhr morgens. Dann kam sie zurück ins Zimmer und setzte sich nieder. Ohne Hast faltete und löste sie ihre Hände.

«Fahren wir denn noch immer nicht nach Hause zurück?» fragte Pluto.

«Nein», sagte Darling Jill. «Halt den Mund!»

«Aber ich muß doch –»

«Nein. Sie müssen nicht. Halten Sie den Mund.»

Lautlos stand Will plötzlich in der Tür, barfuß. Er trug nichts am Leib als eine khakifarbene Hose, er sah aus wie ein Baumwollspinner, nacktrückig und erfrischt vom Schlaf der Nacht, bereit, an sein Tagwerk zu gehen.

Er setzte sich zu ihnen ins Zimmer, den Kopf in die Hände gestützt. Es sah aus, als versuchte er, seinen Kopf gegen die Fäuste eines Feindes zu schützen.

Darling Jill fühlte, wie die wiederkehrende Welle wilder Erregung sie ergriff. Nie mehr konnte sie Will ansehen, ohne daß dieses Gefühl über sie kam. Die Erinnerung daran, wie Will vor Griselda dagestanden, wie er ihre Kleider gleich einem Wahnsinnigen zerfetzt hatte – wie er mit Ty Tys Worten sprach – wie er Griselda mit gespannten Muskeln gepackt hatte – diese Erinnerung war gleich einem Brandmal mit weißglühendem Eisen in ihren Körper eingesengt. Sie hielt aus, so lange sie es vermochte; dann stürzte sie auf ihn zu, fiel zu seinen Füßen nieder, umklammerte seine Knie und küßte ihn blindlings, wohin sie traf. Will legte seine Hand auf ihren Kopf und streichelte ihr Haar.

Sie warf sich wild herum, erhob sich auf die Knie und drängte ihren Körper zwischen seine Beine, sie schlug ihre Arme um seine Hüften. Sie grub ihren Kopf in ihn hinein, und sie herzte ihn mit Armen und Schultern. Erst als sie seine Hände erfassen konnte, kam Ruhe über sie, und sie lag still an ihn gepreßt. Sie küßte seine Finger, einen nach dem andern, sie zog sie zwischen die Lippen und in ihren Mund. Aber hernach war sie noch immer nicht befriedigt.

Er fuhr fort, ihr Haar zu streicheln, langsam und schwer. Sein Kopf lag im Nacken; den freien Arm hatte er um Stirn und Gesicht gelegt.

«Wie spät ist es?» fragte er nach einer Weile.

Rosamond stand auf, sie ging abermals in die Küche und sah auf die Uhr.

«Es ist zwanzig Minuten nach vier, Will», sagte sie. Wieder bedeckte er sein Gesicht, damit kein Licht in seine Augen dringe. Sein Geist war so klar, daß er jeden Gedanken durch die endlosen Verzweigungen seines Gehirns verfolgen konnte. Jeder Gedanke drang in unendliche Tiefen hinab, aber er kehrte nach wirbelnder Reise jedesmal wieder zurück. Jeder Gedanke raste rundherum in seinem Schädel, strömte leicht von Zelle zu Zelle; und Will schloß die Augen und spürte in jedem Moment genau, unter welchem Punkt seines Schädeldachs er sich befand, ja er konnte die Stelle mit der Fingerspitze bezeichnen.

Das Valley hinauf und hinunter liefen seine Gedanken und klopften ungestüm an die Türen der gelben Häuser und an die Fenster der efeubewachsenen Fabriken. In Langley, in Clearwater, in Warrenville, in Bath, in Graniteville hielten sie einen Augenblick an und beobachteten die Leute, die in die Spinnereien, in die Bleichereien, an die Webstühle strömten.

Dann kehrte er wieder zurück in das Zimmer im gelben

Reihenhaus von Scottsville und lauschte auf das frühmorgendliche Summen der Motoren, der Camions und Schlepper, auf das Getöse der Touristen-Autos und der Autobusse auf der Landstraße Augusta–Aiken, wie sie über die breite Betonfahrbahn des Valley auf und ab rasten. Als die Sonne aufging, konnte er die endlosen Regimenter wildäugiger Mädchen, mit geschmeidigen Körpern und festen Brüsten, erblicken, die wie Morgenschein in den Fenstern der efeubewachsenen Fabriken leuchteten. Aber draußen in den Straßen, im frühen Morgenschatten der Sonne, sah er auch die endlosen Reihen der Männer mit ihren zersprungenen Lippen, die dastanden und die Augen auf die Fabriken gerichtet hielten, indes sie ihre Lungen in den gelben Staub von Carolina spien.

Bei Sonnenaufgang, im kühlen Schwarz-Weiß der Morgenfrühe, trat Griselda in die Tür. Sie hatte nicht geschlafen. Auf dem Bett im anderen Zimmer hatte sie mit angehaltenem Atem versucht, die Nacht, die so unvermeidlich in den Tag überging, auszudehnen. Und jetzt war es Tag und die rote Glut der aufsteigenden Sonne über den Hausdächern hüllte sie in Wärme, die ihr Antlitz, während sie dort im Türrahmen stand, wieder und wieder erglühen ließ.

Rosamond stand auf.

«Ich mache jetzt Frühstück, Will», sagte sie.

Und die drei gingen hinaus – zuerst in ein anderes Zimmer, um Griselda anzukleiden.

Später hörte Will sie in der Küche am Tisch und am Herd hantieren. Erst war da der Geruch der gemahlenen Bohnen, von kochender Grütze; dann der Geruch von gebratenem Fleisch und der Hunger nach Nahrung; und zuletzt drang der Duft von Kaffee herein, der Beginn eines neuen Tages.

Durchs Fenster konnte er in die Küche des gelben Reihenhauses nebenan sehen, jemand machte dort Feuer im

Küchenherd. Bald drang ein Gekräusel von blauem Holzrauch aus dem Schornstein auf dem Dach. Heute waren die Leute früh auf den Beinen: zum erstenmal nach achtzehn Monaten sollte die Fabrik wieder in Gang gesetzt werden. Dort unten in der Spinnerei, neben dem kühlen, breiten, eingedämmten Horse Creek, wollten sie den Strom anlassen. Die Maschinen sollten wieder laufen, die Männer wieder, nackt bis an die Hüften, an ihren Plätzen stehen und ihre Arbeit tun.

Ungeduldig ging er in die Küche. Sein Magen verlangte nach warmer Nahrung, er wollte hinaus in die Straßen und seine Freunde in den gelben Reihenhäusern an beiden Seiten der Straße zusammenrufen. Sie würden mit lauten Zurufen an die Türen kommen. Auf dem Weg hinunter zur Fabrik würde die Masse der Männer ständig zunehmen, sich auf dem grünen Rasen vor der Fassade der Fabrik stauen und die Schafe von ihrer üppigen Weide verjagen – die Schafe, die dort achtzehn Monate hindurch Fett angesetzt hatten, während Männer, Frauen und Kinder bei Grütze und Kaffee immer hohläugiger geworden waren. Der Stacheldrahtzaun würde herausgerissen, die Eisenpfähle und die Betonsockel in die Luft geschleudert und die ersten Schranken niedergerissen.

«Setz dich, Will», sagte Rosamond.

Er ließ sich am Tisch nieder und sah zu, wie die Frauen sich eilig, freudig, liebevoll um ihn bemühten. Darling Jill brachte Teller, Tasse und Untertasse. Griselda brachte ihm Löffel, Messer und Gabel. Rosamond füllte ein Glas mit Wasser. Sie liefen hin und her zwischen Küche und Zimmer und wichen sich geschickt aus, sie umringten ihn eilig, ungezwungen, liebevoll.

«Jetzt ist es sechs Uhr», sagte Rosamond.

Er wandte sich um und sah auf das Zifferblatt der Uhr auf dem Bord über dem Tisch. An diesem Morgen wollten sie die Maschinen anlassen. Sie wollten eindringen und den Strom einschalten, und wenn die Gesellschaft ihnen Einhalt zu gebieten versuchte – verdammt noch mal, Harry –, der Strom ist eingeschaltet und soll es bleiben.

«Hier ist der Zucker», sagte Griselda.

Sie tat zwei Löffel voll in seine Tasse. Sie wußte Bescheid. Nicht jede Frau wußte, wieviel Zucker in seine Tasse gehörte. Sie hat das schönste Paar Brüste, die je ein Mann zu Gesicht bekommen hat, und wenn du sie erblickst, so kannst du nicht anders: du fällst nieder auf Hände und Knie und leckst den Staub vor ihren Füßen. Ty Ty hat mehr Verstand bewiesen als wir alle zusammen, trotzdem er da draußen zwischen seinen gottverdammten Löchern sitzt und nach etwas herumgräbt, das er niemals finden wird.

«Ich bring noch einen Teller für den Schinken», erbot sich Darling Jill.

Rosamond stand hinter Wills Stuhl und sah zu, wie er das Fleisch zerschnitt und hungrig die Bissen in den Mund schob. Es stammte von dem dreißigpfündigen Schinken, den Ty Ty ihnen gegeben hatte.

«Wann kommst du zum Mittagessen zurück?» fragte sie.

«Zwölf Uhr dreißig.»

Schon bewegten sich die Männer die Straße hinunter auf die efeubewachsene Fabrik am Ufer des breiten Horse Creek zu. Männer, die die ganze Nacht kein Auge geschlossen hatten und an den Fenstern in die Sterne gestarrt hatten, verließen ihr Haus, sobald sie mit ihrem Frühstück fertig waren; sie schritten die Straßen entlang, in Khakihosen, hinunter zur Fabrik. Keiner von den Männern sah auf den Boden, auf dem ihre Füße dahinschritten. Unten an der efeubewachsenen Fabrik spiegelten die Fenster die frühe Morgensonne und warfen den Widerschein auf die gelben Siedlungshäuser und in die Augen der Männer in den Straßen. Wir gehen hinein, wir drehen den Strom an, und wenn die Gesellschaft uns Einhalt zu gebieten versucht – *well, God damm it, Harry* –, die Maschinen bleiben von jetzt an in Betrieb.

«Kannst du uns Arbeit in der Fabrik verschaffen, Will?» fragte Darling Jill. «Buck und Shaw und mir?»

Er schüttelte den Kopf.

«Nein», sagte er.

«Ich wünschte, du könntest es, Will; dann könnten wir hierher ziehen.»

«Das ist kein Ort für dich und die anderen.»

«Aber du und Rosamond – ihr lebt doch hier.»

«Das ist etwas anderes. Ihr bleibt in Georgia.»

Er schüttelte den Kopf immer wieder.

«Ich wünschte, ich könnte herüberkommen», sagte Griselda.

«Nein», sagte Will.

Rosamond holte seine Socken und Schuhe. Sie kniete auf dem Fußboden zu seinen Füßen nieder und zog sie ihm an. Er schob die Füße fester in die Schuhe, und sie schnürte sie zu. Dann erhob sie sich und stellte sich hinter seinen Stuhl.

«Es ist fast sieben Uhr», sagte sie.

Er warf einen Blick auf die Uhr auf dem Bord. Der Minutenzeiger stand zwischen zehn und elf.

Die Leute gingen jetzt schneller an dem gelben Siedlungshaus vorbei, alle eilten in derselben Richtung vorwärts. Zwischen den Männern gingen Frauen und Kinder. Der Lokalverband bezieht sein Gehalt dafür, daß die Beamten auf ihrem Hintern sitzen und die Köpfe schütteln, sobald jemand davon spricht, den Strom einzuschalten. Die Hundesöhne. Die Gewerkschaft schickt das Geld hierher, um diese Hundesöhne, die den Lokalverband leiten, zu zahlen; und wir übrigen werden immer hohläugiger bei Grütze und Kaffee. Die Leute in den Straßen, jetzt auf gleicher Höhe mit den sonnenroten Fabrikfenstern, marschierten immer schneller. Kein Mensch sah nieder auf den Boden, auf dem seine Füße dahinschritten. Alle Augen hingen an den sonnenhellen Fenstern der efeubewachsenen Fabrik. Zu den Fenstern aufschauend, liefen die Kinder voraus.

Ein Mann kam durchs Haus und in die Küche. Er ergriff einen Stuhl und schob ihn zu Will und setzte sich neben ihn, den Kopf ein wenig auf die Seite geneigt, die andere Hand auf Wills Rückenlehne. Er sah zu, wie Will Thompson Grütze und Schinken aß. Woher habt ihr den Schinken, Will? Jesus Christus, das Wasser läuft einem im Mund zusammen!

«Will, sie haben ein paar Wachmannschaften in Zivil aus dem Piedmont hergeschickt.»

«Wann habt ihr das herausgekriegt, Mac?»

Er schlang den Schinken unzerkaut hinunter.

«Ich sah sie, als sie hier ankamen. Ich stand gerade auf und sah aus dem Fenster drei Camions voll Männer, die fuhren zum hinteren Eingang der Fabrik. Man erkennt diese Hundesöhne aus dem Piedmont auf eine Meile Entfernung.»

Will stand auf und trat vors Haus. Mac folgte ihm, indes seine Augen im Hinausgehen über die Mädchen glitten. Im Vorderzimmer, wo Pluto in einem Sessel schlief, hörte man das Gespräch der beiden Männer.

Griselda machte sich ans Geschirrspülen. Keine der Frauen hatte einen Bissen gegessen. Aber sie tranken Kaffee während sie abwuschen und sich beeilten. Es war keine Zeit mehr zu verlieren.

«Wir müssen aufbrechen, wir müssen nach Hause zurück; aber ich möchte lieber hierbleiben», sagte Griselda.

«Wir wollen hierbleiben», sagte Darling Jill.

«Buck könnte kommen.»

«Er *wird* kommen», sagte Rosamond. «Wir können ihn nicht aufhalten.»

«Es tut mir leid», sagte Griselda.

Sie wußten, ohne zu fragen, was sie meinte.

«Ich wollte lieber, es täte dir nicht leid. Ich wünschte, du sagtest es nicht. Ich wollte lieber, es täte dir nicht leid.»

«Es ist schon recht, Griselda», ließ sich Darling Jill vernehmen. «Ich kenne Rosamond besser als du sie kennst. Es ist alles in Ordnung.»

«Wenn Buck jemals etwas davon erfährt, bringt er Will um», sagte Rosamond. «Das ist meine einzige Sorge. Ich wüßte nicht, was ich ohne Will anfangen sollte. Aber ich weiß: Buck wird ihn umbringen. Ich bin dessen gewiß. Nichts kann ihn aufhalten, wenn er es je erfährt.»

«Wir müssen etwas dagegen tun, es muß doch ein Mittel geben, nicht wahr?» sagte Griselda. «Das darf nicht geschehen. Ich könnte es nicht ertragen. Es wäre fürchterlich.»

«Ich weiß nicht, was da zu tun wäre. Ich habe Angst, Pluto könnte irgend etwas sagen, wenn er hinüber kommt, das wäre möglich.»

«Ich werde auf ihn achtgeben», versprach Darling Jill.

«Aber du kannst nicht voraussehen, was geschieht. Wenn Buck ihm eine Frage stellt, kann er die Antwort auf Plutos Gesicht lesen. Pluto kann nichts verbergen.»

«Ich spreche mit Pluto, bevor wir aufbrechen. Er wird vorsichtig sein, wenn ich alles mit ihm durchspreche.»

Sie gingen ins Vorderzimmer. Pluto schlief noch immer, Will und Mac waren gegangen. Die Frauen machten sich jetzt schnell reisefertig.

«Oh, laßt Pluto schlafen», sagte Darling Jill.

Griselda zog Kleider von Rosamond an. Sie hatte ihre eigenen Schuhe. Rosamonds Kleider standen ihr gut. Alle standen bewundernd still.

«Wohin ist Will gegangen?» fragte Darling Jill.

«In die Fabrik.»

«Wir müssen uns beeilen. Sie werden gleich den Strom einschalten.»

«Es ist fast acht Uhr. Viel länger werden sie nicht warten. Wir wollen uns beeilen.»

Sie stürzten aus dem Haus, eine hinter der andern, und die Straße hinunter, der efeubewachsenen Fabrik zu. Sie hielten sich dicht aneinander in der Menge und versuchten, sich nicht aus den Augen zu verlieren. Aller Blicke hingen an den Fenstern, die rot in der Sonne glühten.

«Buck wird ihn töten», sagte Griselda atemlos.

«Ich weiß es», sagte Rosamond. «Wir können ihn nicht aufhalten.»

«Dann muß er zuerst mich erschießen», schrie Darling Jill. «Wenn er mit dem Revolver gegen Will losgeht, so muß er zuerst mich zusammenschießen. Lieber will ich mit Will sterben als leben, nachdem Buck ihn umgebracht hat. Zuerst muß Buck mich erschießen.»

«Seht!» schrie Rosamond auf und wies auf die Fabrik hin.

Sie hielten jählings an und versuchten über die Köpfe der Menge hinwegzuschauen. An der Grenze des Fabrikareals stauten sich die Männer. Die drei fetten Schafe, die da achtzehn Monate lang auf dem Rasen gegrast hatten, wurden weggejagt. Die Einfriedung flog in die Luft – Eisenpfähle, Betonsockel, Stacheldraht und Stahlnetzwerk.

«Wo ist Will?» schrie Griselda. «Zeigt mir Will!»

17. Kapitel

Da sind sie!» sagte Rosamond und presste die Arme von Darling Jill und Griselda. «Will steht am Tor!»

Rund um sie weinten und schrien die Frauen hysterisch. Nach achtzehn Monaten Wartezeit hofften sie jetzt auf die Wiederaufnahme der Arbeit in der Fabrik. Frauen und Kinder drängten vorwärts, stärker als die eingedämmten Fluten des Horse Creek da unten; eng geschart drängten sie hinter den Männern am Fabriktor her. Ein paar größere Kinder kletterten auf die Bäume; hoch über der erregten Menge hingen sie an den Ästen und sparten nicht mit Zurufen an ihre Väter und Brüder.

«Ich kann nicht glauben, daß das wahr ist», sagte eine Frau neben ihnen. Sie hielt ein mit Schluchzen, nur um diese Worte herauszubringen.

Alle die Frauen und Mädchen rings um sie weinten vor Freude. Als die Männer zuerst davon sprachen, die Fabrik zu übernehmen und die Maschinen in Betrieb zu setzen, waren die Frauen erschrocken; aber jetzt, in diesem Augenblick, wo sie sich an den Fabrikmauern fast erdrückten, sah es aus, als ob alles verwirklicht würde. Hier im Fabrikhof standen sie jetzt, die wildäugigen Mädchen aus dem Tal, mit den festen Brüsten; und wieder würden sie hinter den Fenstern der Spinnerei leuchten wie Morgenglanz.

«Das Tor ist offen!» schrie eine Stimme.

Ein jäher Anstoß fuhr in die eng aneinander gepreßten

Körper, und Rosamond, Darling Jill und Griselda wurden mit der Masse vorwärtsgerissen.

«Jetzt wird es wieder etwas zu essen geben außer Rinderfett und Rotkreuz-Mehl», sagte leise neben ihnen eine kleine Frau mit geballten Fäusten. «Dabei sind wir fast verhungert, aber jetzt ist's damit zu Ende: die Männer gehen wieder an ihre Arbeit.»

Und schon drangen die Menschenmassen durch die offenen Torflügel. Schweigend erkämpften sie sich ihren Weg, sie hämmerten mit den Fäusten auf die engen Türen ein, sie stießen mit Schultern dagegen, wütend, daß die Türflügel sie nicht schneller einließen. Im ersten Stock flogen schon Fenster auf. Die Masse der Frauen und Kinder konnte jetzt, da die Männer Bahn gebrochen hatten, nachfolgen. Dabei beobachteten sie, wie droben ein Fabrikfenster nach dem andern aufsprang. Ehe noch alle im ersten Stock geöffnet waren, flogen plötzlich im zweiten schon einige weit auf.

«Da – da haben sie's geschafft. Wo nur Will stecken mag?» sorgte sich Rosamond.

Jemand berichtete, daß die Gesellschaft noch weitere fünfzehn Wächter gemietet und in der Fabrik untergebracht hatte. Die neuen wären heute früh aus dem Piedmont angekommen.

Jetzt hatten die Arbeiter die ganze Spinnerei besetzt. Auch die Fenster im dritten und vierten Stockwerk standen offen. Schon stürzten die Männer in allen Stockwerken an die Fenster, sie rissen sich die Hemden vom Leib und warfen sie hinab in den Fabrikhof. Wenn die Männer im Valley nach langem Betriebsstillstand zu ihrer Arbeit zurückkehrten, pflegten sie die Hemden herunterzureißen und durch die Fenster zu schleudern. Da unten war der Rasen, wo sich die drei Schafe achtzehn Monate rund und fett gefressen hatten, ganz mit Hemden bedeckt. Die Männer aus den letzten beiden Stockwerken schmissen ihre Hemden zum Fenster hinaus, und unten lagen sie kniehoch auf dem Gras.

«Sschschschsch!» Ein Flüstern lief über die zusammengeballte Masse der Frauen und Mädchen und der kreischenden Kinder in den Bäumen.

Jetzt war es an der Zeit – der Strom sollte eingeschaltet werden. Jeder wollte das erste rhythmische Summen der Maschinen hinter den efeubewachsenen Mauern hören.

«Wo mag nur Will stecken?» fragte Rosamond.

«Ich habe ihn noch nicht am Fenster gesehen», erwiderte Griselda. «Ich habe nach ihm ausgeschaut.»

Darling Jill stand auf den Zehen und versuchte über die Köpfe der Leute wegzusehen. Sie kniff Rosamond und deutete auf ein Fenster oben.

«Schau! Dort ist Will! Siehst du ihn am Fenster?»

«Was macht er da?»

«Er reißt sein Hemd in Fetzen!» schrie Rosamond.

Sie stellten sich auf die Fußspitzen, um so viel wie möglich von Will zu sehen, ehe er das Fenster verließ.

«Da ist Will!» sagte Griselda.

«Will!» schrie Darling Jill und drängte alle Kraft ihres Körpers in die Lungen, damit er ihre Stimme über dem Getöse höre. «Will! Will!»

Einen Augenblick lang meinten sie, er habe sie gehört. Er hielt an und beugte sich weit aus dem Fenster, bemüht, in der dichtgeballten Masse jemand zu unterscheiden. Dann ballte er die Fetzen seines zerrissenen Hemdes zusammen und schleuderte sie hinunter auf die Menge. Die Frauen, die sich am nächsten an die Fabrik herangekämpft hatten, langten danach und rissen sich gegenseitig die Lumpen aus den Händen. Wer einen Hemdstreifen erwischt hatte, trachtete, ihn schnell vor den zupackenden Händen, die auch ein Stück davon haben wollten, in Sicherheit zu bringen.

Rosamond, Darling Jill und Griselda konnten sich nicht

nahe genug durchzwängen, um einen Streifen von Wills zerrissenem Hemd zu ergattern. Sie mußten eingekeilt ausharren, wo sie standen, und dem Handgemenge der Frauen und Mädchen zusehen, bis nichts mehr übrig war.

«Laß uns die Maschinen hören, Will Thompson!» schrie eine erregte Frau.

«Schalte den Strom ein, Will Thompson!» rief ihm ein Mädchen zu.

Er wandte sich um und stürzte davon. Sie konnten ihn nicht mehr sehen. Die Menge da unten war so still wie der leere Fabrikhof, bevor sie angekommen war. Die Leute warteten auf das erste Summen der Maschinen.

Rosamonds Herz hämmerte wie wahnsinnig. Es war Will, den die Menge um diese Tat bat. Will sollte den Strom einschalten. Es war Will, den sie durch Zuruf zu ihrem Führer erwählt hatten. Am liebsten wäre sie hoch hinaufgeklettert über die schreienden, weinenden Frauen und hätte es herausgeschrien, daß Will Thompson ihr Mann war. All dies Volk rund um sie sollte es wissen: Will Thompson war *ihr Will.*

Durch die schwingenden Fensterscheiben sahen sie die Männer ihre Plätze einnehmen, in der Erwartung, daß die Räder sich zu drehen begännen. Ihre Stimmen schwollen zu Schreien an, die durch die Fenster donnerten, und ihre nackten Rücken glänzten in der steigenden Sonne wie die Reihen der Siedlungshäuser im frühen Morgenlicht.

«Es läuft! Der Strom ist eingeschaltet!» schrie jemand.

«Will hat den Strom eingeschaltet!» sagte Griselda, und sie tanzte vor Freude. Dabei war sie nah daran, wieder in Tränen auszubrechen. «Will hat es geschafft! Es war Will! Will hat den Strom eingeschaltet!»

Alle waren zu aufgeregt, um irgend etwas Zusammenhängendes zu äußern. Sie wippten auf den Fußspitzen, jeder wollte über die Köpfe vor ihm hinwegsehen. Männer liefen an die Fenster und schüttelten ihre Fäuste in die

Luft. Manche lachten, manche fluchten, manche standen da wie vor den Kopf geschlagen. Als die Maschinen in Bewegung gerieten, stürzten sie zurück an ihre gewohnten Plätze bei den Webstühlen.

Da hörten sie plötzlich das Geräusch kleiner Explosionen vom östlichen Ende der Fabrik her. Es klang, als ob kleine Raketen platzten. Der Knall ging fast unter im Dröhnen der Maschinen; dennoch war er laut genug, um bemerkt zu werden.

Alle drehten die Köpfe in der Richtung des Geräuschs. Jeder versuchte hinunterzuspähen. Dort unten lag der Raum mit den Kraftstrom-Maschinen.

Griselda packte Rosamond heftig am Arm. «Was war das?» fragte sie.

Rosamond sah aus wie ein Gespenst. Ihr Gesicht war verzerrt und weiß und ihre entfärbten Lippen trocken.

Unter den anderen Frauen erhob sich ein aufgeregtes Flüstern. Sie sprachen nicht, sie murmelten etwas, in heimlichem Flüstern, das keinen Ton laut werden ließ.

«Rosamond, was war das?» schrie Griselda auf wie eine Rasende. «Rosamond, gib Antwort!»

«Ich weiß nicht», hauchte Rosamond.

Darling Jill stand bebend neben ihrer Schwester. Krampfhaftes Klopfen und Hämmern in Herz und Kopf peinigte sie plötzlich. Sie lehnte sich schwer gegen Griselda, um nicht zu fallen.

Ein Mann im mittleren Stockwerk stürzte ans Fenster, er schüttelte schreiend und fluchend seine Fäuste in der Luft. Da unten sahen sie, wie das warme Blut aus seinen Mundwinkeln auf die nackte Brust heruntertröpfelte. Er warf die Fäuste in die Luft und schrie zum Himmel auf.

Jetzt kamen auch andere in heller Aufregung ans Fenster, sie starrten hinunter in die Menge ihrer Weiber und Kinder, sie fluchten und brüllten und schüttelten die Fäuste in die Luft.

«Was ist denn los?» schrie eine Frau aus der Menge.

«Was ist geschehen? Heiliger Gott, hilf uns!»

Die Fenster waren voll von fluchenden Männern mit nacktem Körper, die hinunterstarrten in die Gesichter der Frauen und Mädchen im Hof.

Plötzlich hatte der Fabriklärm ein Ende. Kein Laut war mehr zu hören, nicht einmal aus der Masse da unten im Fabrikhof.

Hilflos sahen die Frauen einander an.

Zuerst erschien ein Mann zwischen den breiten Doppelflügeln des Tors unten. Seine nackte Brust glänzte in der Sonne. Er kam langsam heraus; seine Fäuste hingen halbgelöst herunter, als wären die Hände zu schwach, um sie noch länger zu ballen. Hinter ihm kam ein zweiter, dann drei, dann mehr. Der Torbogen war voll von langsam schreitenden Männern. Als sie sich an der Kehre der Treppe wandten, warf die Sonnenglut einen dünnen Schleier von Blut über ihre hellen Rücken.

«Was ist geschehen?» schrie eine Frau. «So sagt doch, was geschehen ist! Ist ein Unglück passiert?»

Rosamond und Darling Jill und Griselda waren nicht nahe genug, um zu hören, was die Männer mit schwachen Stimmen zur Antwort gaben. Sie hielten sich krampfhaft aneinander fest und reckten sich auf die Fußspitzen, sie warteten auf den Anblick von Will, um von ihm zu hören, was hier vorging.

Eine Frau in der Nähe schrie auf, und Schauer durchrannen Griselda. Sie weinte, so schmerzhaft durchdrang sie der Schrei.

Sie stießen und drängten und erkämpften sich den Weg zu den Männern, die aus der Fabrik kamen. Griselda klammerte sich an Rosamond, Darling Jill hängte sich an Griselda. Nur langsam kamen sie vorwärts, obgleich sie sich wie rasend zu den Männern durchschlugen, die langsam aus dem Fabriktor kamen.

«Wo ist Will?» schrie Griselda.

Ein Mann kehrte sich um und sah sie an. Dann kam er auf die drei Frauen zu und sprach mit ihnen.

«Sie sind doch die Frau von Will Thompson, nicht wahr?»

«Wo ist Will?» schrie Rosamond und warf sich dem Mann an die nackte Brust.

«Sie haben auf ihn geschossen.»

«Wer hat auf ihn geschossen?»

«Will! Will! Will!»

«Diese Wächter aus dem Piedmont haben geschossen.»

«Guter Gott!»

«Ist er schwer verletzt?»

«Er ist tot.»

Das war alles. Weiter war nichts zu hören.

Die Frauen und Mädchen hinter den dreien standen schweigend, als wäre Schlaf über sie gefallen. Schweigend preßten sie vorwärts und hielten Will Thompsons Weib und seine Schwägerinnen aufrecht.

Immer mehr Männer kamen heraus, sie wanderten langsam dem Hügel zu, auf dem die langen Reihen der gelben Siedlungshäuser standen. Aus den Muskeln ihres Rückens war alle Spannung verschwunden, sie lagen schlaff unter der Haut. Da kam ein Mann mit Blut auf den Lippen. Er spie in den gelben Staub zu seinen Füßen. Ein anderer hustete, und Blut drang aus den Winkeln seines zusammengepreßten Mundes. Er spie in den gelben Staub von Carolina.

Die Masse der Frauen begann sich zu lösen; sie liefen auf ihre Männer zu, sie gingen Seite an Seite und wanderten mit ihnen hügelaufwärts, den endlosen Reihen der gelben Fabrikarbeiterhäuser entgegen. Tränen standen in den Augen der schönen Mädchen, die mit ihren Liebsten heimwärts schritten. Das waren die Mädchen aus dem Tal, mit den festen Brüsten und Gesichtern, die wie Morgenglanz in den Fenstern der efeubewachsenen Fabrik leuchteten.

Rosamond war nicht mehr neben Darling Jill und Griselda, als sie sich ihr zukehren und sie umfassen wollten. Sie war zum Fabriktor gelaufen. Sie fiel gegen die Mauer des Gebäudes und klammerte sich mit den Händen an den Efeu, der hier so prachtvoll wucherte.

Darling Jill und Griselda stürzten auf sie zu.

«Will!» schrie Rosamond. «Will! Will!»

Sie schlangen ihre Arme um sie und hielten sie fest.

Ein paar Männer kamen aus dem Tor und warteten. Dahinter kamen noch ein paar andere langsam heraus. Sie trugen den Körper von Will Thompson. Die Männer versuchten, sein Weib und seine Schwägerinnen fernzuhalten, aber die jungen Frauen kamen heran, bis sie ihn erblickt hatten.

«Oh, er ist tot!» sagte Rosamond.

Bis jetzt hatte sie diesen Tod nicht fassen können. Erst als sie den schlaffen Körper sah, begriff sie. Aber noch immer konnte sie nicht glauben, daß er nicht mehr ins Leben zurückkehren sollte. Sie konnte nicht glauben, daß es für immer zu Ende war.

Die Männer, die vorn standen, brachten Rosamond, Darling Jill und Griselda hinauf auf den Hügel, wo die langen Reihen der gelben Siedlungshäuser standen, sie stützten und führten die jungen Frauen. Die nackten Rücken der Männer strafften sich, da sich ihre Arme um Will Thompsons Weib und seine Schwägerinnen legten.

Als sie vor dem Haus ankamen, ließen sie den Leichnam vor der Tür, bis drinnen ein Platz für ihn hergerichtet worden war. Die Männer brachten die drei jungen Frauen ins Haus. Die Nachbarinnen aus den gelben Arbeiterhäusern kamen von allen Seiten herbei und wollten helfen.

«Ich weiß nicht, was wir jetzt anfangen sollen», sagte ein Mann. «Wir haben jetzt keinen Will Thompson mehr.»

Ein anderer Mann blickte hinunter zu der efeubewachsenen Fabrik.

«Vor Will Thompson hatten sie Angst», sagte er. «Sie wußten, daß er Mark in den Knochen hatte und sich zu wehren verstand. Es lohnt gar nicht erst den Versuch, den Kampf gegen sie ohne Will Thompson aufzunehmen. Jetzt werden sie den Betrieb wahrscheinlich wieder eröffnen und uns zu einem Dollar-Zehn zwingen. Versuchen werden sie's. Wenn wir noch Will Thompson hätten, täten wir's nicht. Will Thompson würde den Kampf mit ihnen aufnehmen.»

Sie trugen den Körper unter das Vordach und legten ihn in den Schatten. Der Rücken war nackt, aber die drei Einschüsse mit dem trockenen Blut den Blicken entzogen.

«Wir wollen ihn herumdrehen», sagte einer. «Jeder soll wissen, wie Will Thompson von diesen Hunden da unten in den Rücken geschossen worden ist.»

«Morgen wollen wir ihn begraben. Und ich meine, keiner aus Scottsville wird bei dem Begräbnis fehlen. Keiner – außer diesen Lumpen da unten.»

«Was wird seine Frau jetzt machen? Sie bleibt ganz allein zurück.»

«Wir werden uns um sie kümmern, wenn sie's zuläßt. Sie ist Will Thompsons Witwe.»

Ein Ambulanzwagen kam die Straße herauf, und die starken, nacktrückigen Männer hoben den Körper unter dem Vordach auf und trugen ihn auf die Straße hinaus. Die drei Frauen kamen aus dem Haus und standen eng beisammen, während die Männer mit nacktem Rücken Will aufhoben und vom Vordach zum Ambulanzwagen trugen. Jetzt war er Will Thompson. Er gehörte zu diesen Männern mit den nackten Rücken und dem Blut auf den Lippen. Er gehörte jetzt dem Horse Creek Valley an. Nicht länger gehörte er den Seinen. Er war Will Thompson.

Die drei jungen Frauen standen in der Tür und sahen

dem Ambulanzwagen nach, der langsam die Straße hinunter zum Leichenbestatter fuhr. Dort wurde der Tote für das Begräbnis zurechtgemacht, und am nächsten Tag sollte die Leiche im Friedhof auf dem Hügel, der hinuntersah ins Horse Creek Valley, beigesetzt werden. Die Männer mit Blut auf den Lippen, die ihn in sein Grab legten, würden eines Tages wieder zurück in die Spinnerei gehen und kardätschen und spinnen und weben und färben. Will Thompson aber würde keine Flachsfasern mehr in seine Lungen einatmen.

Drinnen im Haus versuchte einer der Männer, Pluto die Umstände von Wills Tod auseinanderzusetzen. Pluto war entsetzter denn je. Bisher hatte er nur Angst vor der Dunkelheit in Scottsville gehabt, aber jetzt fürchtete er den Tag nicht weniger. Im Valley wurden die Menschen bei hellichtem Tag umgebracht. Hätte er nur Darling Jill und Griselda unverzüglich zur Heimkehr bewegen können! Wenn er noch eine Nacht in dem gelben Reihenhaus verbringen mußte, so würde er bestimmt kein Auge schließen können. Der Mann mit dem nackten Rücken und der nackten Brust saß bei Pluto im Zimmer und erzählte ihm von der Fabrik, aber Pluto hörte ihm nicht mehr zu. Angst vor dem Mann war in ihm aufgestiegen. Er fürchtete, der Mann vor ihm möchte sich plötzlich mit einem Messer gegen ihn kehren und seinen Hals von einem Ohr zum andern aufschlitzen.

Jetzt erkannte er, daß er nicht in eine Baumwollspinnerei gehörte. Das Land da draußen, daheim in Marion, das war der Ort, an den er so schnell wie möglich zurückkehren sollte. Und er schwor sich selbst, es nie mehr zu verlassen, wenn er nur diesmal heil und gesund zurückkäme.

Spät am Abend kamen ein paar von den Nachbarsfrauen aus den gelben Reihenhäusern in der Straße und bereiteten den dreien etwas zu essen. Es war ihre erste Mahlzeit an diesem Tag. Will hatte sein Frühstück zeitig am Morgen gehabt, aber die drei Frauen hatten keinen Bissen zu sich genommen. Pluto fühlte sich dem Hungertod nahe ohne die gewohnten zwei Mahlzeiten. In seinem ganzen Leben war er noch nicht so hungrig gewesen. Daheim in Marion hatte er noch nie aus Mangel an Lebensmitteln Hunger gelitten. Er roch das brodelnde Essen in den Töpfen und den kochenden Kaffee durch die offenen Türen, und er konnte unmöglich länger stillsitzen. Er stand auf und ging an die Tür, gerade als eine der Frauen aus der Küche ihn holen wollte. Im Flur packte ihn wieder die Furcht, und er wäre zurückgegangen, wenn die Frau ihn nicht am Arm genommen und in die Küche geführt hätte.

Während er dasaß, kam Darling Jill herein und setzte sich zu ihm. Gleich fühlte er sich sicher und beschützt. Ein unklares Gefühl überkam ihn: Darling Jill war ein Schutz im fremden Land. Sie aß ein paar Bissen, und als sie fertig war, blieb sie an seiner Seite sitzen.

Später faßte Pluto Mut und fragte, wann sie nach Georgia zurückwollten.

«Morgen, nach dem Begräbnis», gab sie zur Antwort.

«Können wir nicht jetzt fahren?»

«Unmöglich.»

«Sie können Will auch ganz gut ohne uns begraben», drängte er schüchtern. «Sie werden alles ganz anständig machen. Ich möchte so gern gleich nach Hause fahren, Darling Jill. Ich fühle mich in Scottsville nicht sicher.»

«Schsch, Pluto. Sei kein solcher Kindskopf.»

Danach verhielt er sich still. Darling Jill nahm ihn an der Hand und führte ihn zu einem der dunklen Zimmer jenseits des Korridors hinüber. Ihm war dabei genauso zumute wie einst vor langen Jahren, wenn er als kleiner Junge an der Hand seiner Mutter durch die dunkle Nacht ging.

Da draußen vor den Fenstern summte der Lärm der Valley-Stadt mit all seinen fremdartigen Geräuschen und unvertrauten Stimmen. Er war froh, daß das Straßenlicht durch die Blätter der Bäume fiel und den Raum etwas erhellte. In der schwachen Helle fühlte er sich sicherer, und die Angst plagte ihn nicht mehr so arg, wie sie es früher am Abend getan hatte. Wenn einer da durchs Fenster geklettert käme und herein wollte, um ihm den Hals von einem Ohr zum andern aufzuschlitzen, konnte er ihn doch sehen, ehe er die nackte Schneide unter seinem Kinn fühlte.

Darling Jill brachte ihn ans Bett und hieß ihn, sich niederlegen. Er hielt ihre Hand zögernd fest. Aber als er sah, daß sie sich neben ihm niederließ, fühlte er, wie seine Ängste wichen. Da war noch immer das Valley und diese fremdartige Valley-Stadt, aber er hatte Darling Jill, sie lag neben ihm, ihre Hand in seiner, und er konnte ohne Furcht seine Augen schließen.

Gerade als sie beide in Schlummer sanken, fühlte er ihre Arme rund um seinen Hals. Er wandte sich ihr zu und zog sie fest an sich. Und jetzt war nichts mehr zu fürchten in der Welt.

18. Kapitel

Als sie am späten Nachmittag heimkamen, erwartete sie Ty Ty unterm Vordach des Eingangs. Er stand auf, als er Plutos Wagen erkannte, und ging ihnen über den Vorhof entgegen, bevor das Auto hielt.

«Wo in drei Teufels Namen habt ihr euch in den letzten zwei Tagen herumgetrieben?» fragte er. «Ich und die Jungen sind ganz ausgehungert nach Essen, das eine Frau gekocht hat. Wir haben was zu essen gehabt, aber vom bloßen Hinunterschlingen wird der Mensch nicht satt. Wir brauchen eine Frau am Herd, damit uns das Essen schmeckt. Ihr habt mir da eine schöne Bescherung angerichtet.»

Pluto wollte die Sache aufklären, aber Darling Jill hieß ihn schweigen.

«Wo ist Will Thompson?» fragte Ty Ty. «Habt ihr diesen Nichtsnutz Will Thompson wieder mitgebracht? Aber er ist ja nicht im Wagen.»

«Sei still, Pa», sagte Griselda und fing zu weinen an.

«Ich kenne viele verrückte Frauenzimmer, aber so etwas ist mir noch nicht vorgekommen. Warum darf ich nicht nach Will fragen? Ich stelle nur eine Frage, und alle drei Mädchen fangen zu heulen an. Mich soll doch der Kukkuck holen, wenn mir dergleichen jemals passiert ist.»

«Will ist nicht mehr da», sagte Griselda.

«Was zum Teufel soll das heißen? Wofür hältst du mich? Meinst du, ich sehe nicht, daß er nicht hier ist?»

«Will haben sie gestern umgebracht.»

«Umgebracht? Wieso? Mit einer Flasche Schnaps?»

«Erschossen, Pa, mit einem Revolver», sagte Darling Jill. «Wir haben Will heute nachmittag im Valley begraben. Er ist jetzt tot – unter der Erde.»

Ty Ty verschlug es einen Augenblick lang die Sprache. Er hielt sich am Wagen fest und durchforschte jedes Gesicht vor ihm. Beim Anblick von Rosamond wußte er: es ist wahr. «Ihr wollt doch nicht sagen Will Thompson», stammelte er schwer. «Doch nicht unser Will! Sagt doch – nicht unser Will!»

«Doch, Pa. Es ist so. Will ist tot, unter der Erde, drüben im Horse Creek Valley.»

«Dann hat's also Unruhen drüben in der Fabrik gegeben? Oder es handelt sich um ein Frauenzimmer.»

Rosamond stieg aus dem Wagen und lief ins Haus. Auch die anderen verließen das Auto und blickten fremd auf die Gebäude im Zwielicht. Pluto wußte nicht recht: sollte er bleiben, wo er war, oder sogleich heimfahren.

Ty Ty schickte Darling Jill ins Haus, damit sie sich ohne weiteren Zeitverlust ans Abendbrot mache.

«Du bleibst hier und erzählst mir, wie das mit Will Thompson zugegangen ist», gebot Ty Ty Griselda. «Unser armer Will – ich muß alles wissen, was da vorgegangen ist. Will hat doch zu unserer Familie gehört.»

Sie ließen Pluto auf dem Trittbrett seines Wagens zurück und schritten über den Hof hinüber zu den Eingangsstufen. Ty Ty ließ sich nieder und wartete auf Griseldas Bericht über den Hergang von Wills Tod. Sie schluchzte noch immer leise.

«Haben sie ihn erschossen, weil er in das Eigentum der Gesellschaft eingedrungen ist, Griselda?»

«Ja, Pa. Alle Männer von Scottsville sind in die Fabrik gegangen und wollten sie in Betrieb nehmen. Und Will war's, der den Strom eingeschaltet hat.»

«Ach so, das war's also, was er meinte, wenn er immer davon sprach, daß er den Strom einschalten wolle? Ich habe damals nicht so recht gewußt, was er damit meinte. Und unser Will schaltete Strom ein!»

«Ein paar Wächter der Gesellschaft aus dem Piedmont haben ihn in den Rücken geschossen, als er andrehte.»

Ty Ty schwieg ein paar Minuten lang. Er spähte hinaus in die graue Dämmerung, seine Augen drangen hindurch über die Grenzen seines Landes. Er konnte jeden Erdwall erkennen, den er mit den Seinen aufgeworfen hatte, jedes tiefe, runde Loch, das sie ausgegraben hatten. Und weit, weit drüben, sah er das umgebrochene Land am Waldrand, wo Gottes kleiner Acker lag. Aus irgendeinem Grund wünschte er ihn jetzt näher zum Haus, wo er für immer bleiben sollte. Er fühlte sich schuldig, mochte es nun Sakrileg oder Entweihung sein, was es auch war, er sah ein, daß er nicht anständig gegen Gott gehandelt hatte. Jetzt wollte er gern Gottes kleinen Acker an seinen rechtmäßigen Ort neben dem Haus zurückversetzen, wo er ihn immer vor Augen hätte. Er besaß wahrhaftig nicht viel, wofür es sich zu leben lohnte, und wenn's ans Sterben geht, so findet der Mensch seinen Trost nur in der Liebe Gottes. Er mußte Gottes kleinen Acker von den fernen Grenzen seiner Farm zurückholen und wieder an seinen alten Platz hier in seiner Nähe bringen. Er schwor sich, daß er ihn bis zu seinem Tod dort lassen wolle.

Ty Ty fand keine Lobrede für Will Thompson. Will würde nie mehr kommen, um beim Schürfen Hand anzulegen. Will hatte ihn ausgelacht, wenn Ty Ty seine Hilfe verlangte. Will hielt es für verrückt, nach Gold zu suchen, wo keines zu finden war, wie er meinte. Ty Ty wußte: es steckte Gold im Boden. Und er hatte es Will immer ein wenig übelgenommen, daß er über seine Anstrengungen lachte. Will war mit seinen Gedanken immer nur im Horse Creek Valley gewesen, und er hatte ans Heimfahren gedacht, statt dazubleiben und Ty Ty beim Goldsuchen zu helfen.

«Manchmal hab ich mir gewünscht, Will möchte hier

bleiben und uns helfen, und manchmal war ich froh, daß er's nicht tat. Er war ganz vernarrt in diese Baumwollfabriken, von einem Farmer hatte er nichts. Vielleicht hat der liebe Gott zwei Sorten von Menschen geschaffen, kann schon sein. Es sieht jetzt ganz so aus; früher wäre mir das nie eingefallen, daß Gott die einen für die Arbeit an den Maschinen und die anderen für die Arbeit an Grund und Boden geschaffen hat. Vielleicht war ich ein Narr, daß ich versucht habe, von Will Thompson Interesse für das Land zu verlangen. Er hat immer nur vom Spinnen und Weben gesprochen und wie schön die Mädchen und wie hungrig die Männer im Valley wären. Ich hab nicht immer so richtig verstanden, wovon er sprach, aber manchmal fühlte ich innerlich: alles, was er spricht, ist wahr. Hier saß er wohl und erzählte, wie stark die Männer im Valley sind, solange sie jung sind; und wie sie mit den Jahren immer schwächer werden, weil sie den Baumwollstaub einatmen mußten und zuletzt mit Blut auf den Lippen sterben. Und dann fügte Will wohl hinzu, wie schön die Mädchen dort in ihrer Jugend wären und wie häßlich sie im Alter würden und schließlich an Pellagra stürben. Aber zum Land hat er keine Liebe gehabt. Er gehörte zu den Leuten drüben im Horse Creek Valley.»

Griselda schob ihre Hand in die seine. Er hielt die Hand ungeschickt, er verstand nicht, warum es sie nach der Berührung verlangte.

«Du und Will, ihr seid gar nicht so verschieden in allen Dingen», sagte sie sanft.

«Und was wären das für Dinge? Ich habe dir doch gerade auseinandergesetzt, wie verschieden wir waren. Will war ein Fabrikmensch, und ich bin ein Mensch, der aufs Land gehört.»

«Du und Will, ihr seid die beiden einzigen von allen mir bekannten Männern, die mich so behandeln, wie ich es haben möchte.»

«Nun, nun, Griselda. Du bist noch ganz außer dir von dem Anblick, wie sie Will dort im Valley zusammengeschossen haben. Du darfst dich darüber nicht so aufregen. In dieser Welt muß jeder früher oder später sterben, und Will ist eben früher gestorben. Das ist alles.»

«Du und Will, ihr seid richtige Männer, Pa.»

«Aber was in drei Teufels Namen meinst du eigentlich damit? Ich werde nicht schlau daraus.»

Griselda hörte auf zu weinen, sie wollte es Ty Ty klarmachen. Sie schob ihre Hände fester in die seinen und legte ihren Kopf auf seine Schulter.

«Du weißt doch, was du manchmal von mir sagst, du sagst es immer, und dann will ich dich nicht reden lassen – und du hörst dann nicht auf, nie, das ist es, was ich meine.»

«Na aber, ich weiß nicht, oder vielleicht weiß ich es doch.»

«Natürlich weißt du's – all das, was ein Mann tun möchte, wenn er mich sieht.»

«Ja, vielleicht. Vielleicht weiß ich, was du meinst.»

«Du und Will, ihr seid die einzigen Männer, die das je zu mir gesagt haben, Pa. All die anderen Männer, die ich gekannt habe, die waren zu – ich weiß nicht, wie ich's sagen soll, Pa. Sie waren, glaub ich, nicht Manns genug für dieses Gefühl – sie sind so wie alle anderen. Aber du und Will, ihr seid anders.»

«Ich glaub, ich weiß, was du meinst.»

«Eine Frau kann keinen Mann wirklich lieben, nie, wenn er nicht so ist wie du und Will. Da ist etwas, das macht alles ganz anders – es hat nichts mit dem Verlangen nach Küssen und dergleichen zu tun – die meisten Männer glauben, das sei alles. Aber Will, er sagte, es verlange ihn danach – ganz so wie du es sagst. Und er hat auch keine Furcht gehabt. Andere Männer scheuen sich, so etwas zu sagen; oder sie sind nicht Manns genug, so ein Verlangen zu spüren. Will – Will hat mir die Kleider vom Leib gerissen, er hat sie in kleine Stücke zerfetzt, und er sagte, er werde es tun. Und er hat's getan, Pa. Vorher wußte ich nicht, daß es das war, was ich von ihm wünschte, aber nachher war ich meiner Sache sicher. Wenn eine Frau das einmal erlebt hat, ist sie nachher nicht mehr die gleiche, Pa. Es schließt sie auf, oder so etwas muß es sein. Niemals könnte ich wieder einen Mann lieben, der das nicht an mir täte. Vielleicht, wenn sie Will nicht umgebracht hätten, wäre ich drüben geblieben. Ich hätte ihn nie mehr verlassen können danach. Ich wäre wie ein Hund gewesen, der seinen Herrn liebt und ihm auf Schritt und Tritt folgt, wenn er auch noch so schlecht zu ihm ist. Ich wäre für den Rest meines Lebens bei Will geblieben. Denn wenn ein Mann einer Frau das tut, Pa, dann macht es die Liebe so stark, daß nichts in der Welt ihr mehr Einhalt gebieten kann. Es muß der liebe Gott im Menschen sein, der das zuwege bringt. Es ist etwas – etwas Besonderes ist es. Ich weiß es jetzt.»

Ty Ty klopfte ihre Hand. Ihm fiel nichts ein, was sich sagen ließ; denn hier an seiner Seite saß eine Frau, die, wie er selbst, um ein Geheimnis des Lebens wußte. Nach einer Weile atmete er tief und hob ihren Kopf von seiner Schulter.

«Du mußt versuchen, mit Buck auszukommen, Griselda. Vielleicht wird auch Buck so, mit den Jahren. Er ist noch nicht so alt wie Will, und er hat noch nicht Zeit gehabt, alles zu lernen, was er sollte. Hilf ihm vorwärts so gut du nur kannst. Er ist mein Junge, und ich will, daß er dich nicht verliert. Unter Tausenden gibt's kein Mädchen, wie du eines bist. Wenn er dich nicht festhalten kann, wird er nie mehr eine so gute Frau finden, wie du eine bist.»

«Er wird's nie erlernen, Pa. Buck – nein, Buck ist nicht wie du und Will. Dazu muß ein Mann geboren sein.»

Ty Ty stand auf. «Es ist ein Jammer, daß die Menschen

nicht soviel Verstand mit auf den Weg bekommen wie jeder Hund bei seiner Geburt.»

Griselda stützte ihre Hand auf seinen Arm und stellte sich auf die Füße. Unsicher stand sie neben ihm und versuchte das Gleichgewicht zu gewinnen.

«Die ganze Verwirrung bei den Leuten rührt daher, daß sie sich selbst etwas vormachen und sich mit aller Gewalt einreden, sie seien anders, als Gott sie gemacht hat. Du gehst in die Kirche, und der Geistliche erzählt dir Dinge, von denen du tief in deinem Herzen weißt, daß sie keineswegs so sind. Aber die meisten Leute sind innerlich so taub und stumpf, daß sie es glauben und jeden anderen zwingen möchten, danach zu leben. Die Menschen sollten so leben, wie Gott sie zum Leben geschaffen hat. Wenn du dich allein hinsetzt und in dich hineinhorchst und fühlst, was sich da drin in dir regt, dann findest du die rechte Art zu leben. Das spürt man. Manche Leute meinen, es sei der Kopf, der alles bestimme. Aber das stimmt nicht. In deinem Kopf sitzt der Verstand, der dir sagt, wie du mit Leuten umgehen mußt, um einen Kauf abzuschließen und solche Sachen; aber dein Kopf kann nicht für dich fühlen. Die Leute müssen ihrem Gefühl folgen, so wie Gott es sie gelehrt hat. Aber gerade die Leute, die den Kopf zum Herrscher über das Leben einsetzen, die bringen die ganze Verwirrung ins Dasein. Dein Kopf kann dich nicht zur Liebe zu einem Mann überreden, wenn dein Gefühl dagegen spricht. Tief im Innern muß ein Gefühl lebendig sein, so wie es bei dir und Will war.»

Er trat an den Rand der Treppe und sah zu den Sternen hinauf. Griselda stand neben ihm und wartete.

Dann sagte er: «Wir wollen lieber hineingehen und nachsehen, wie es mit dem Abendessen steht.»

Sie gingen durch die dunkle Diele; es roch nach frischgemahlenem Kaffee. In der Nähe der Küche duftete der Schinken, der in der Pfanne briet.

Buck saß hinter der halboffenen Tür und blickte auf Griselda, als die beiden in die hellerleuchtete Küche traten, wo sich die anderen versammelt hatten. Sie mußte Kopf und Schultern halb herumdrehen, um ihn zu sehen. Er starrte sie mürrisch an.

«Wahrscheinlich wärst du noch immer da drüben, wenn sie ihn nicht zusammengeschossen hätten, was?»

Die Worte, die sie ihm zuschleudern wollte, lagen ihr schon auf der Zunge; aber sie biß sich auf die Lippen und versuchte, sie hinunterzuschlucken.

«Du und er, ihr seid ja dicke Freunde geworden, was?»

«Buck, bitte», beschwor sie ihn.

«Bitte – was? Ich darf wohl gar nicht davon sprechen?»

«Es gibt da nichts zu sprechen. Und auf alle Fälle solltest du etwas Rücksicht auf Rosamond nehmen.»

Sein Blick wanderte hinüber zu Rosamond. Sie stand am Ofen, den Rücken ihm zugekehrt, und wandte die Schinkenscheiben in den Pfannen um.

«Was hast du an mir auszusetzen? Was hast du hinter ihm herzujagen? Meinst du vielleicht, ich sei nicht gut genug für dich, was?»

«Bitte, Buck – nicht jetzt.»

«Wenn du schon mit gespreizten Beinen herumlungerst – warum zum Teufel suchst du dir nicht etwas Besseres aus? Dieser Hurensohn war ein Strohkopf aus dem Valley!»

«Die richtigen Männer leben nicht an einem besonderen Ort», sagte Darling Jill. «Du kannst sie ebensogut im Horse Creek Valley finden wie auf The Hill in Augusta oder auf den Farmen um Marion herum.»

Buck wandte sich zu ihr um und sah sie von oben bis unten an.

«Du sprichst, als ob du auch einen Stich gekriegt hättest. Was zum Teufel ist denn da drüben vorgegangen?»

Ty Ty fühlte: er mußte eingreifen, ehe die Sache auf die Spitze getrieben wurde. Er legte seine Hand auf Bucks

Schulter und versuchte ihn zu beruhigen. Buck schleuderte die Hand seines Vaters herunter, indem er mit dem Stuhl in eine andere Ecke der Küche rückte.

«Na aber, Sohn», sagte Ty Ty, «jetzt gib Ruhe und reg dich nicht über jede Nichtigkeit auf.»

«Zum Teufel mit diesem Geschwätz!» brüllte Buck. «Du misch dich nicht in meine Angelegenheiten und laß die Hände von ihr.»

Die Mädchen brachten Schüsseln und Teller für das Abendbrot in das anstoßende Zimmer und verteilten sie auf der großen Tischplatte. Alle gingen ins Eßzimmer und setzten sich um den Tisch. Buck hatte noch keineswegs alles gesagt, was er auf dem Herzen hatte. So verlegte er nur die Szene von einem Raum in den andern.

«Geh und hol Pluto herein, Darling Jill», sagte Ty Ty. «Wenn man es nicht tut, bleibt er die ganze Nacht da draußen sitzen, ohne einen Bissen zu essen.»

Griselda saß mit gesenktem Kopf da, den Blick abgewandt. Sie hoffte, daß Buck nun nichts mehr sagen würde, solange Rosamond im Zimmer war. Es tat ihr weh, daß Buck in Rosamonds Gegenwart so über Will sprach, und noch dazu so schnell nach dem Begräbnis.

Darling Jill brachte Pluto herein; er nahm seinen gewohnten Platz am Tisch ein. Die Spannung im Raum teilte sich ihm mit, und er hielt den Mund, wenn er nicht gerade angesprochen wurde. Er fürchtete, Buck könne eine Frage nach den Vorgängen in Scottsville an ihn richten.

Nach ein paar Minuten Schweigen nützte Ty Ty Plutos Gegenwart, um das Gesprächsthema zu wechseln.

«Gestern kam ein Mann heraus und sah uns beim Graben zu; er versuchte mir auseinanderzusetzen, daß ich die Mine beim falschen Namen nenne. Er sagte, daß er oben in Nord-Georgia nach Gold suche, und dort nennt man einen Streifen Gold im Felsgestein eine ‹Ader›. Er sagt, was wir hier täten, das nenne man eigentlich ‹*Goldwa-*

schen›. Aber ich sagte ihm, wenn wir nur auf Gold stoßen, so soll's mir gleich sein, wie man's nennt.»

«Der Mann hat recht», sagte Shaw. «In der Mittelschule sagte der Lehrer auch, wenn man Goldklümpchen oder Goldstaub aus dem Kies oder aus der Erde siebt, nenne man das *Goldwaschen.* Goldadern werden aus dem Felsgestein gesprengt, die Brocken zerkleinert und das Metall wird durch Hitze ausgeschmolzen.»

«Nun, von mir aus mag er recht haben, und du auch, mein Sohn», sagte Ty Ty kopfschüttelnd. «Aber ich habe mein Herz nun einmal auf eine Ladung Gold gesetzt. Es ist mein Schiff, das ich im Hafen erwarte, und für den richtigen Namen geb ich keinen Pfifferling. Ihr könnt es eine Goldader, eine Mine, Goldwäscherei nennen – wie's euch gefällt; aber wenn ich erst einen ordentlichen Haufen Nuggets beisammen hab, dann frag ich den Teufel danach, wie man's nennt, dann weiß ich verdammt gut: mein Schiff ist angekommen.»

«Der Mann sagte, die Goldklümpchen könnten nur durch eine Flut hierher gespült worden sein, die vor langer Zeit über den Grund hier gegangen wäre, und danach müßte sie vom Schlamm zugedeckt worden sein.»

«Jener Mann versteht nicht mehr vom Goldgraben auf meinem Grund als die Maulesel da draußen. Ich bin doch nun seit bald fünfzehn Jahren dabei, und ich meine, wenn jemand weiß, was er tut, so bin ich's. Laß den Menschen sagen, was er will, mein Sohn, aber hör nicht auf ihn. Wenn man auf jedes Geschwätz hört, wird man selbst ganz irre und weiß bald nicht mehr aus und ein.»

Buck lehnte sich über den Tisch.

«Ich vermute, wenn ich jetzt Hand an dich legen würde, dann würdest du sagen: ‹Oh! Tu das nicht, Buck. Ich hab hier eine empfindliche Stelle.›» Er starrte Griselda unentwegt an. «Kannst du nicht sprechen? Was ist los mit dir?»

«Natürlich kann ich sprechen, Buck», verteidigte sich

Griselda. «Bitte, sag jetzt nicht immer solche Sachen.» Pluto sah Darling Jill unsicher an. Er zitterte vor dem Augenblick, wo Buck ihn nach den Vorfällen in Scottsville fragen würde.

«Nun, er ist tot jetzt», fuhr Buck fort, «und ich kann da nichts mehr machen, an ihn kann ich mich jedenfalls jetzt nicht mehr halten. Aber wenn er lebte – du kannst dich darauf verlassen: ich täte etwas, was du nicht vergessen solltest. Ich nähme das Gewehr, das da oben hängt, und ich gäbe ihm eine volle Ladung. Verdammt noch einmal, daß man einen Menschen nicht mehr als einmal umbringen kann. Am liebsten möchte ich so lange in ihn hineinfeuern, wie ich Kugeln haben könnte.»

Rosamond weinte. Sie legte Gabel und Messer nieder und stürzte aus dem Zimmer.

«Jetzt schau, was du angerichtet hast!» sagte Darling Jill. «Du solltest dich wahrhaftig schämen.»

«Du und *sie*», sagte Buck und wies mit der Gabel auf Griselda, «ihr beide schämt euch über gar nichts. Wenn ich mit dir verheiratet wäre, würde ich dir den Teufel schon austreiben. Du bist so wild wie eine läufige Katze.»

«Na, Junge», sagte Ty Ty. «Sie ist deine Schwester.»

«Na, und was weiter? Sie ist wild, Schwester hin oder her. Wenn sie meine Frau wäre, würde ich ihr den Teufel schon austreiben.»

«Wenn du nicht Manns genug bist, deine Frau festzuhalten, solltest du dich schämen und den Mund halten», sagte Darling Jill zu Buck. «Du solltest ganz still sein und dich in ein Mausloch verkriechen.»

«Setzt das nur fort», sagte Ty Ty überdrüssig, «und wir kommen immer weiter ab von unserem Frieden und dem glücklichen Familienleben. Wir sollten uns alle still hinsetzen und ein wenig über das Leben nachdenken, und wie wir's schaffen. Gott hat uns hier nicht zusammengeführt, damit wir uns in den Haaren liegen und miteinander Händel suchen. Wenn wir nicht etwas mehr Liebe füreinander aufbringen, wird bald tiefer Kummer mein Herz erfüllen. Mein ganzes Leben lang war ich auf den Familienfrieden im Haus bedacht. Das war mein Bestreben mein Leben lang. Nichts war mir so wichtig wie das; all mein Lebtag hab ich alles daran gesetzt, und ich geb's auch jetzt nicht auf. Seht zu, Kinder, daß ihr einmal Schluß macht mit dem Hader und Gezänk, und lacht einmal ein bißchen, dann wird mir gleich wohler. Lachen, das ist das beste Heilmittel gegen Zank und Streit.»

«Verflucht, du redest wie ein Narr», sagte Buck widerwillig.

«Vielleicht kommt's dir so vor, Buck. Aber wenn du Gott im Herzen spürst, dann fühlst du, daß es sich lohnt, Tag und Nacht um das Leben zu ringen. Ich spreche nicht von dem Gott, von dem ihr in den Kirchen hört, ich spreche von dem Gott, den man im Innern trägt. Den kann ich ganz stark fühlen, denn er hilft mir, zu leben. Und darum hab ich für Gott einen kleinen Acker hier draußen reserviert, als ich als junger Mensch hier begann. Es tut mir wohl, etwas in meiner Nähe zu haben, wo ich hingehen und stehen und Gott spüren kann.»

«Er hat noch nie einen Cent dort herausgeholt», sagte Shaw und lachte ein wenig.

«Ihr Jungen könnt nicht verstehen, um was es sich handelt, scheint's. Es ist nicht so wichtig, Sohn, daß ich Geld aus Gottes kleinem Acker ziehe und die Kirche und den Geistlichen damit beschenke; es handelt sich einfach um die Tatsache, daß ich dieses Feld in Seinem Namen bestellt habe. Ihr Jungen, ihr denkt an gar nichts anderes als an das, was ihr sehen und anrühren könnt – das bedeutet nicht das Leben. Es sind die Dinge, die ihr inwendig spürt – dafür ist das Leben gemacht. Es ist schon wahr, was ihr sagt: Gott hat keinen Cent aus diesem Stück Erdboden bekommen; aber was zählt, das ist die Tatsache, daß ich einen kleinen Acker hier draußen für Gott reserviert habe. Das ist das Zeichen dafür, daß Gott in meinem Herzen wohnt. Er weiß, daß ich dort keine Reichtümer herausgeholt habe; aber Er fragt nicht danach, wieviel Geld einer macht. Was ihm wohl tut, ist die Tatsache, daß ich Ihm ein Stück von meinem Land vorbehalten habe, gerade um zu zeigen, daß ich etwas von Ihm in meinem Innersten drin spüre.»

«Warum gehst du dann nicht öfter in die Kirche als du jetzt tust?» fragte Shaw. «Wenn du so stark an Gott glaubst, warum gehst du dann nicht häufiger dorthin?»

«Das ist keine Art zu fragen, mein Sohn. Du weißt ganz gut, wie müde ich bin, wenn der Sonntag kommt, nachdem ich eine ganze Woche lang in den Gruben war. Gott vermißt mich nicht in der Kirche, das kannst du mir glauben. Er weiß, warum ich nicht kommen kann. Über solche Sachen hab ich mein ganzes Leben lang mit ihm gesprochen, und darüber weiß Er ganz genau Bescheid.»

«Was hat das alles mit der da zu tun?» sagte Buck und deutete mit der Gabel nach Griselda. «Ich habe von *ihr* gesprochen, bevor du mit etwas anderem dazwischen gefahren bist.»

«Nichts, mein Sohn. Ich habe rein gar nichts mit ihr zu tun. Sie weiß schon davon. Ich habe zu deinem Besten davon gesprochen, damit du versuchst, etwas mehr vom Leben zu lernen. Wenn ich du wäre, mein Sohn, ich würde mich vor dem Schlafengehen im Dunkeln auf die Knie werfen und mit Gott über die Sache reden. Er kann dir Dinge sagen wie kein anderer; und wer weiß, vielleicht sagt Er dir auch, wie du Griselda behandeln sollst. Er wird's dir sagen, wenn du dir nur Zeit und Mühe nimmst, auf Ihn zu hören; denn wenn's etwas gibt, worauf Er scharf ist, so ist das der Anblick von einem Mann und einer Frau, die den Narren aneinander gefressen haben. Dann weiß er, daß die Welt weiterläuft wie geschmiert.»

19. Kapitel

An diesem Abend blieb Ty Ty lange auf und versuchte mit Buck zu sprechen. Er hielt es für seine Pflicht, seinen Kindern klarzumachen, daß das Leben tief unter die sichtbare Oberfläche reicht. Die Mädchen schienen es zu wissen, aber die Jungen nicht. Ty Ty behielt sich ein Gespräch mit Shaw für spätere Zeiten vor; um Griseldas willen richtete er jetzt seine ganze Aufmerksamkeit auf Buck. Die Dinge, die Ty Ty zu erklären suchte, *wollte* Buck nicht verstehen.

«Ihr Jungen kapiert einfach nichts», sagte Ty Ty und ließ die Hände entmutigt zur Seite fallen. «Es sieht fast so aus, als ob ihr euch um nichts anderes mehr kümmert, wenn ihr nur ein paar Cents zum Ausgeben habt, einen neuen Regenmantel oder sonst welchen Krimskrams und den Bauch voll Gesottenem und Gebratenem; weiter scheint ihr nicht zu denken. Ich wünschte, ich könnte euch alles klarmachen. Es ist eine kitzlige Sache, schwer zu erklären, denn ich bin nicht so geschickt mit allerlei Worten, und wenn ich's wäre, so würde es wohl auch nicht viel helfen, denn das sind Sachen, die muß man fühlen. Es ist so, wie der Bursche sagt: ‹Entweder es ist da oder es ist nicht da, ein drittes gibt's nicht.› Es sieht bei euch Jungen fast so aus, als ob's *nicht* da wäre. Ihr solltet euch hie und da einmal allein in die Büsche schlagen und darüber nachdenken. Vielleicht geht euch dann ein Licht auf. Sonst weiß ich euch keinen Rat.»

«Ich verstehe nicht, worauf das alles hinaus soll», warf

Buck ein, «aber wenn es was mit Griselda zu tun hat, so verzichte ich darauf. Sie ist da nach dem Horse Creek Valley hinüber gegangen und hat dort den Kopf verloren. Und wenn du mich fragst – so steckt Will Thompson dahinter. Der Strohkopf!»

«Will Thompson war ein richtiger Mann», sagte Darling Jill.

«Ein richtiger Mann, he? Mir scheint, auch du hast deinen Kopf verloren, was? Es ist ein verdammt gutes Zeichen, wenn du jetzt auf einmal mit dem Entschluß hierher kommst, Pluto Swint zu heiraten; so plötzlich! Du wärst jetzt schön im Dreck, wenn er dich nicht heiratete.»

«Will war ein richtiger Mann, was ihr auch sagt.»

«Was zum Teufel heißt das: ein richtiger Mann? Will Thompson war um kein Haar größer als ich. Und auch nicht stärker. Ich hätte ihn jeden Morgen vor dem Frühstück umlegen können.»

«Die Verschiedenheit zwischen euch lag nicht in seinem Äußeren. Wie er innerlich war, daran lag's. Er konnte etwas spüren, und ihr könnt's nicht.»

Buck stand auf und sah die anderen einen Augenblick lang von der Tür aus an.

«Wofür hältst du mich eigentlich – für einen Säugling? Begreife doch, ich weiß verdammt gut, daß ihr beiden, du und Griselda, eine Ausrede zurechtmacht. Ich bin nicht so dumm, wie ihr glaubt. Auf die Art könnt ihr mich noch lange nicht einwickeln.»

Er verließ das Haus, und keiner wußte, wohin er ging. Ty Ty wartete eine Weile; vielleicht würde Buck bald wieder zurückkommen und dann mit mehr Verstand zuhören, nachdem er sich in der Nachtluft abgekühlt hatte. Aber um zwölf war Buck noch nicht erschienen. Da stand Ty Ty auf und wollte schlafengehen.

«Buck wird schon ins Gleis kommen mit den Jahren, Griselda», sagte er. «Sei nur recht geduldig mit ihm, bis er älter geworden ist. Manche Leute brauchen ihr ganzes Leben, bis sie gewisse Dinge lernen.»

«Ich fürchte, er wird's nie lernen», sagte sie. «Jedenfalls nicht, bevor es zu spät ist.»

Ty Ty klopfte ihr auf die Schulter.

«Ihr Mädchen seid ganz aus dem Häuschen durch Wills Tod. Jetzt geh nur zu Bett und schlaf dich erst einmal gut aus. Morgen früh hat das alles ein anderes Gesicht.»

«Aber er ist tot», sagte Darling Jill. «Ich kann nicht vergessen, daß er tot ist.»

«Vielleicht ist es so am besten. Ihr drei hättet doch nicht drüben in Scottsville bleiben können. Rosamond war mit ihm verheiratet, und du und Griselda, ihr hättet Verwirrung gestiftet. Das gibt das Gesetz nicht zu.»

Lange nachdem schon alles im Haus schlief, lag Ty Ty noch wach und grübelte. Buck war noch nicht zurückgekehrt, Griselda war allein im Zimmer jenseits der Diele und weinte. Fast eine Stunde lang hatte er auf der Seite gelegen und gehört, wie sie sich schlaflos auf ihrem Bett wälzte. Aber schließlich beruhigte sie sich und schlief ein. Er fragte sich, wohin Buck wohl gegangen sein mochte. Aber nichts trieb ihn, aufzustehen und den Jungen in der Nacht zu suchen, und so versuchte er, Buck aus seinen Gedanken auszuschalten.

In dieser Nacht hörte er, wie Darling Jill hinten zum Haus hinaus ging, um Wasser zu trinken. Auf weich-sohligen Pantoffeln schlich sie durch die Diele. Sie hielt sich jedesmal nur einen Augenblick am Brunnen auf, dann kehrte sie ins Haus zurück. Ty Ty drehte sich um und spähte durch die Tür in den dunklen Raum, wo die bewegte Helligkeit ihres Nachthemds erkennbar wurde. Er hätte Darling Jill mit Fingerspitzen erreichen können, wenn sie an seiner Tür vorbeikam. Erst wollte er sie fragen, ob sie sich krank fühle, aber dann überlegte er es sich anders. Nein, sie war nicht krank. Nichts fehlte ihr, nur das, was auch Rosamond und Griselda so ruhelos machte. Und so ließ er sie ins Bett zurückgehen, ohne mit ihr zu sprechen. Alle drei würden sich morgen, nach ein paar Stunden Schlaf, viel besser fühlen. Und nach dem Frühstück wollte er dann versuchen, mit ihnen zu sprechen.

Bei Tagesanbruch war Buck noch immer nicht ins Haus zurückgekehrt. Ty Ty lag und sah zu, wie die Zimmerdecke sich langsam mit dem ersten Licht erhellte, dann wandte er sich um und beobachtete, wie der grauende Morgen in den Tag überging. Als er den schwarzen Sam und Onkel Felix im Hof leise flüstern hörte, sprang er aus dem Bett und zog sich eilends an. Er sah aus dem Fenster: da saßen die beiden Farbigen am Kraterrand, ließen die Füße hinunterbaumeln und warteten auf die Befehle ihres Herrn für die Tagesarbeit.

Er verließ das Zimmer und ging hinaus in den Hof.

«Hast du Buck irgendwo gesehen?» fragte er Onkel Felix.

Onkel Felix schüttelte den Kopf.

«Mr. Buck war heute früh noch nicht draußen, nicht wahr?» fragte der schwarze Sam.

«Er muß die ganze Nacht irgendwo draußen gewesen sein. Wahrscheinlich wird er bald wieder auftauchen.»

«Streit im Haus, Boss?» fragte Onkel Felix vorsichtig.

«Streit?» wiederholte Ty Ty. «Wer hat hier von Streit gesprochen?»

«Wenn die Weißen nachts nicht im Haus und im Bett sind, dann hat's fast immer Streit gegeben.»

Ty Ty ließ sich in einiger Entfernung auf dem Kraterrand nieder und sah in die tiefe Grube zu seiner Rechten hinunter. Es hatte keinen Zweck, den Negern etwas vorzuschwindeln. Die wissen immer Bescheid.

«Na ja, vielleicht hat's Aufregungen gegeben», gab er dann zu. «Aber damit ist's jetzt vorbei. Es ist einer umgebracht worden, und das reicht mir vorläufig. Aber jetzt ist's mit den Aufregungen auch vorbei, hoff ich.»

«Wer ist umgebracht worden?» fragte der schwarze Sam. «Ich habe gar nichts von einem Totschlag gehört, Mr. Ty Ty. Das ist mir ganz neu.»

«Will Thompson, da drüben im Horse Creek Valley. Irgendeiner hat ihn vorgestern zusammengeschossen. Die Mädchen sind alle ganz außer sich, und ich hab's nicht leicht mit ihnen gehabt, bis ich sie wieder beruhigt hatte.»

«Ja, da hatten Sie es gewiß nicht leicht, Boss. Es ist ein hartes Stück Arbeit, das Weibervolk zu beruhigen, wenn der Mann futsch ist.»

Ty Ty drehte sich schnell nach dem schwarzen Sam um.

«Wovon in drei Teufels Namen sprichst du da, ha?» Er sah den Neger an.

«Von nichts, Mr. Ty Ty. Von gar nichts.»

«Geht jetzt an die Arbeit», sagte Ty Ty kurz. «Die Sonne ist schon seit einer halben Stunde aufgegangen. Wir können nicht weiterkommen mit der Arbeit, wenn wir mit dem Anfang auf den Sonnenaufgang warten. Ich hab mir die Sache durch den Kopf gehen lassen, aber es gibt nur einen Weg, um an die Ader heranzukommen: graben, graben, graben.»

Die beiden Farbigen stiegen hinunter in das Loch. Sam sang leise, aber Onkel Felix wartete darauf, daß Ty Ty ins Haus ging, damit er mit dem schwarzen Sam über die Vorgänge im Haus sprechen konnte. Er sah hinauf zum Kraterrand, wo Ty Ty gestanden hatte. Ty Ty war nicht mehr in Sicht.

«Dieser Buck da hätte ihn sowieso bald über den Haufen geschossen», sagte Onkel Felix jetzt. «Er hätte es schon längst getan, wenn er nicht so schwer von Begriff wäre. Ich hab die Augen seiner Frau gesehen, damals, als Will Thompson zum erstenmal hierher nach Georgia kam. Sie war damals schon zu allem bereit. Mir scheint, sie hat es selber nicht gewußt, aber ich hätt's ihr leicht voraussagen können: es war mit Händen zu greifen. Und dieses andere Mädchen, mit der war's das gleiche. Mr. Will hat alles von ihnen haben können. Die waren nicht zu bändigen.»

«Von wem sprichst du?»

«Die andere, die ich meine, ist Darling Jill.»

«Mann, Mann! Das war doch nichts Neues für die. Dieses weiße Mädchen war schon immer so. Ich kümmere mich schon gar nicht mehr um sie. Aber bei ihm war sie wohl viel früher soweit als sonst, denn auf Mr. Will sind einfach alle geflogen. Der war so. Aber Griselda ist die einzige, bei der sich's lohnt. Die macht einen Mann ganz verrückt, bei der kriegt man das Jucken, daß man nicht weiß, wo man sich zuerst kratzen soll.»

«Gott im Himmel!»

«Ich bin zum Unglück geboren. Ich wünschte, ich wäre ein Weißer. Sie hat das, wovon ich spreche.»

«Gott im Himmel!»

«Eines Tages bin ich da drüben am Fenster vorbeigekommen, und ich habe hineingeschaut.»

«Was hast du gesehen, Nigger? Den steigenden Mond?»

«Was ich gesehen habe, das hat mich umgeworfen. Ich wäre am liebsten niedergestürzt auf Hände und Knie und hätte den Boden geleckt.»

«Gott im Himmel!»

«Ich bin zum Unglück geboren.»

«Ist's denn nicht wahr!»

«Unheil im Haus.»

«Gott im Himmel!»

«Ein Mann ist tot.»

«Und Unheil im Haus.»

«Der Mann ist futsch.»

«Er kann sie nicht mehr stechen.»

«Gott im Himmel!»

«Unheil im Haus.»

«Meine Mammy war eine Schwarze.»

«Mein Daddy war's auch.»

«Dieses weiße Mädchen ist ausgelassen.»

«Guter Gott, was ist zu tun.»

«Gott im Himmel!»

«Die Zeit währt nicht lang.»

«Einer hat den Mann erschossen.»

«Nun kann er sie nicht mehr stechen.»

«Und Unheil ist im Haus.»

«Gott im Himmel!»

Ty Ty brüllte vom Grabenrand etwas in die Höhle hinunter. Die Neger hieben ihre Pickel in den harten Lehm ohne aufzublicken. Ty Ty ließ sich in die Grube hinuntergleiten, der lose Sand und Lehm spritzte um ihn.

«Buck ist zurückgekommen, ihr dürft nicht erwähnen, daß er die Nacht über draußen war. Ich hab genug Verdruß um die Ohren, Onkel Felix, mehr brauch ich nicht. Laßt ihn nur ganz in Ruhe und stellt keine Fragen. Mehr Verdruß kann ich nicht aushalten. Jetzt ist das Maß voll.»

Sie nickten, den Blick auf den Boss gerichtet.

«Einer hat den Mann erschossen», sagte der schwarze Sam laut.

Ty Ty wirbelte herum. «Was hast du da gesagt?»

«Ja, Sir, ja, Boss. Wir werden kein Wort sagen.»

Ty Ty kletterte den Grubenrand hinauf.

«Jetzt kann er sie nicht mehr stechen.»

Ty Ty hielt an. Plötzlich sprang er von der Wand auf den Grund hinunter, indem er sich im Sprung in der Luft herumdrehte.

«Was in drei Teufels Namen habt ihr Schwarzen da gesagt?»

«Ja, Sir, ja, Boss. Wir werden kein Wort sagen. Kein einziges Wort werden wir zu Mr. Buck sagen.»

Wieder setzte Ty Ty zum Hinaufklettern an.

«Unheil im Haus!» sagte der schwarze Sam laut.

Zum drittenmal hielt Ty Ty an. Aber diesmal wandte er sich nicht um. Er hielt an und lauschte.

«Ja, Sir, ja, Boss. Wir sagen kein Wort zu Mr. Buck. Kein einziges Wort werden wir zu ihm sagen.»

«Er kommt bald in die Grube hinunter, und ihr sollt ihn in Ruhe lassen. Wenn ich euch etwas davon sagen höre, daß er die Nacht über außer Haus war, komme ich mit einem Prügel in die Grube und schlage euch eure Kürbisse glatt von den Schultern herunter.»

«Ja, Sir, ja, Boss», sagte der schwarze Sam. «Ja, Sir, weißer Boss. Wir sagen kein Wort zu Mr. Buck.»

Die farbigen Männer schwiegen, und Ty Ty kletterte jetzt die Wand der Grube hinauf. Er vertraute ihnen, er wußte, daß sie einem Befehl gehorchen würden. Sie waren anständige Neger.

Als er oben war, stieß er auf Buck, der zur Arbeit ging. Er legte seinen Arm um die Schulter des Sohns, als sie zusammentrafen. Keiner sagte ein Wort, und einen Augenblick später machte sich Buck los und schlitterte hinunter zu den Farbigen in den Krater. Ty Ty blieb ein paar Minuten lang oben stehen und sah ihnen zu, wie sie Lehm schaufelten. Später ging er rund ums Haus zum vorderen Eingang.

Auf der Landstraße Marion–Augusta kam ein großer Wagen daher. Er rührte eine mächtige Staubwolke auf. Zuerst dachte Ty Ty an Pluto, aber das Auto fuhr doppelt so schnell, als Pluto je zu fahren gewagt hätte, und es war ein größerer Wagen, schimmernd schwarz lackiert, und die verchromten Nickelteile blitzten in der Sonne wie neue Halbdollar-Stücke.

«Nun sieh einer an, wer kann das sein?» fragte sich Ty Ty verwundert und blieb wartend bei den Wassereichen stehen.

Ehe er sich's versah war das Automobil vor dem Hof, Mit vermindertem Tempo fuhr der Wagen vor, eine jäh aufsteigende Wolke gelben Staubs hüllte ihn ein. Der Mann am Steuerrad zog die Bremsen so jählings an, daß die Staubwolke ihn einhüllte.

Ty Ty lief auf den großen schwarzlackierten Wagen zu. Jetzt bog er in den Hof ein, vibrierte auf der niederen Federung und sein langgestreckter Motor lärmte noch.

Mit offenem Mund sah Ty Ty Jim Leslie herausspringen und auf sich zukommen. Nein, das war nicht möglich: das konnte nicht Jim Leslie sein. Es wollte ihm nicht in den Kopf. Zum erstenmal nach fast fünfzehn Jahren setzte Jim Leslie seinen Fuß auf diesen Boden.

«Nun, ich muß sagen!» staunte Ty Ty und faßte seines Sohnes Hand.

«Wie geht's, Pa?» sagte Jim Leslie. «Wo ist Griselda?»

«Wer?»

«Griselda.»

«Du bist doch nicht herausgekommen, um mich das zu fragen, mein Sohn, oder?»

«Wo ist sie?»

«Du mußt nicht bei Trost sein, Jim Leslie. Gilt dein Besuch nicht der ganzen Familie?»

Jim Leslie ging auf das Haus zu. Ty Ty lief ihm nach und holte ihn ein. Er zog ihn am Arm und hielt ihn fest.

«So warte doch einen Augenblick, Sohn. Laß deine Gelüste nicht mit dir durchgehen. Beherrsche dich. Was willst du von Bucks Frau?»

«Ich hab jetzt keine Zeit zu einer Unterhaltung mit dir. Ich bin in furchtbarer Eile. Laß meinen Arm los.»

«So hör mich doch an, Sohn», bat Ty Ty. «Es ist Trauer im Haus.»

«Wieso Trauer? Was ist bei euch los?»

«Vorgestern haben sie Will Thompson drüben in Scottsville umgebracht. Die Frauen im Haus sind aufgeregt und traurig. Ich will nicht, daß du hierherkommst und Unheil anstellst. Du gehst jetzt mit mir zur Grube hinüber, setzt dich zu uns und sprichst mit den Jungen und mit mir. Und wenn du genug hast, dann machst du kehrt und fährst nach Augusta zurück. Nächste Woche, wenn die Mädchen sich etwas beruhigt haben, wollen wir alle miteinander einen Ausflug zu euch machen.»

«Das hat nichts mit Griselda zu tun. Was geht sie der Tod von Will Thompson an? Er hat ihr nichts bedeutet. Sie wird sich doch nicht mit einem Strohkopf aus dem Horse Creek Valley einlassen.»

«Laß gut sein, mein Sohn; ich weiß einen Haufen Dinge, die du *nicht* weißt, und ich bitte dich, geh nicht ins Haus hinein. Frauen sind sonderbare Geschöpfe, ein Mann kann sie nicht immer verstehen. Ich kann dir jetzt nicht alles auseinandersetzen, aber ich bitte dich, bleib dem Haus fern. Steig wieder in deinen Wagen, kehr um und fahr wieder dahin zurück, woher du gekommen bist. Geh, geh jetzt, mein Sohn, bevor was Schlimmes geschieht.»

«Was hat das alles mit mir zu tun?» beharrte Jim Leslie störrisch. «Will Thompson geht uns nichts an. Griselda hat nichts mit einem Strohkopf zu tun.»

«Will Thompson, dieser Strohkopf, wie du ihn nennst, hat auch nichts mit der Sache zu tun.»

«Dann laß mich los. Ich hab's furchtbar eilig. Ich hab keine Zeit, mich mit dir herumzustreiten. Ich weiß, was ich will, und deshalb bin ich gekommen.»

Ty Ty sah, daß er ohnmächtig war: er konnte Jim Leslie nicht vom Haus fernhalten. Aber er war entschlossen, alles zu tun, was in seiner Macht stand, damit das Unheil nicht losbrach. Vielleicht war's am besten, Buck und Shaw zu rufen, beschloß er. Zu dritt sollten sie Jim Leslie wohl in Schach halten können. Jim Leslie mußte in sein Auto zurück.

Er rief Buck und wartete, dabei hielt er Jim Leslie noch immer am Arm fest. Jim Leslie sah sich nach allen Seiten um, er erwartete jeden Augenblick, Buck irgendwo auftauchen zu sehen.

«Hat gar keinen Zweck, ihn herzurufen, ich hab keine Angst vor Buck. Wo steckt er denn?»

«Er ist unten in der Grube und schürft.»

Ty Ty rief wieder und horchte auf Bucks Antwort.

«Immer noch nach Gold aus», lachte Jim Leslie. «Und selbst Buck und Shaw. Man sollte denken, du und die anderen, ihr wäret endlich eines Besseren belehrt. Du solltest doch endlich Schluß damit machen und dein Land bestellen. Hier müßte doch etwas wachsen. Aber bis jetzt wachsen nur Wälle von Dreck, weiter habt ihr noch nichts zuwege gebracht.»

«Jetzt dauert's nicht mehr lang, jetzt stoß ich bald auf die Ader.»

«Das hast du schon vor vierzehn, fünfzehn Jahren gesagt. Du kriegst nicht einmal im Alter Verstand.»

«Von dem, was ich verstehe, hast du noch keine Ahnung, Sohn.»

Buck kam um die Ecke des Hauses. Er wunderte sich über Jim Leslies Anwesenheit, aber er kam heran, um zu hören, warum sie ihn gerufen hatten. Ein paar Schritte entfernt von ihnen blieb er stehen und sah den älteren Bruder mißtrauisch an.

«Was willst du?» fragte er.

«Ich hab dich nicht gerufen», sagte Jim Leslie. «Frag ihn da. Er hat dich gerufen, nicht ich.»

Ty Ty wandte sich an Jim Leslie.

«Nun, mein Junge, ich bitte dich noch einmal: steig wieder in deinen Wagen und fahr zurück nach Augusta, bevor ein Unglück geschieht. Du weißt, daß ich Buck nicht zurückhalten kann, wenn er einmal losgeht, und ich will keinen Streit im Haus haben.»

Ty Ty wartete einen Augenblick, in der Hoffnung, Jim Leslie würde ihm Gehör schenken. Doch der gab dem Vater keine Antwort. Selbst Bucks Erscheinen konnte ihn nicht von seinem angekündigten Vorhaben abbringen.

«Nun, mein Sohn», sagte Ty Ty zu Buck, «Jim Leslie ist da. Wir wollen keinen Unfrieden. Er ist so willkommen wie Gottes heller Tag. Aber wenn er ins Haus hinein will, nein, ins Haus darf er nicht, das ist alles.»

Jim Leslie wandte ihnen den Rücken und ging die Stufen unter dem Vordach hinauf. Auf halbem Weg fühlte er seinen Arm im Gelenk herumgedreht.

«Nein, du sollst nicht ins Haus», sagte Buck und ließ ihn los. «Entweder bleibst du im Hof oder du gehst.»

Gellend schrie Ty Ty nach Shaw.

20. Kapitel

Hör, mein Sohn», sagte Ty Ty zu Buck, «Jim Leslie ist zu uns herausgekommen, und ich möchte ihn auf friedliche Art und Weise wieder fort haben. Mein ganzes Leben lang war ich auf Frieden in der Familie bedacht, und ich will nicht dabeistehen, wenn ihr Jungen euch in den Haaren liegt. Sag du Jim Leslie, daß wir hier draußen keinen Streit haben wollen. Wenn er wieder in seinen Wagen steigt, kehrtmacht und nach Augusta zurückfährt, wird alles gut sein und so, wie es war, ehe er kam. Ich müßte mich ja vor mir selber schämen, wenn es zu einer Schlägerei zwischen euch Jungen hier auf unserem Hof käme.»

Ty Ty sah, daß die beiden Farbigen von der Hausecke aus die Szene im Hof beobachteten. Nur ihre Köpfe waren sichtbar und das Weiße ihrer Augen leuchtete wie eine frischverputzte Mauer an einem sonnigen Tag. Als sie gehört hatten, daß es dort oben Lärm gab, waren sie neugierig heraufgeklettert. Nun, da Ty Ty Jim Leslie in seinen Wagen zurückschickte, schlichen sie vorsichtig auf die andere Seite des Hauses, wo sie nicht zu sehen waren. So, vor Blicken geschützt, bewegten sie sich auf Fußspitzen zur Scheune hinüber, die Hüte in der Hand, immer darauf bedacht, der Versuchung zum Zurückblicken zu widerstehen.

«Was hast du hier zu suchen?» fragte Buck seinen Bruder und stellte sich breit vor die Eingangstür.

«Ich bin nicht zu dir gekommen», gab Jim Leslie kurz zur Antwort.

«Wenn du nicht antworten kannst, so geh zum Henker, und zwar schnell.»

«Na aber, Junge», besänftigte Ty Ty.

Jim Leslie kehrte ihm abermals den Rücken und wollte seinen Weg über die Stufen unter dem Vordach fortsetzen. Buck stand noch immer vor der Eingangstür, aber Jim Leslie stieß ihn zur Seite und trat hinter ihm ins Haus.

«Du, wart einmal einen Augenblick, du Hund!»

«Hört augenblicklich damit auf!» brüllte Ty Ty. «Ich dulde keine Rauferei auf meinem Grund und Boden.»

«Warten?» gab Jim Leslie dem Bruder zur Antwort. «Worauf soll ich warten? Ich hab's eilig. Ich kann nicht warten.»

Buck versetzte ihm einen Kinnhaken, der ihn gegen die Hauswand schleuderte. Sofort ging Jim Leslie in die Knie und sprang gegen Buck an. Bei diesem Anblick stürzte Ty Ty die Treppe hinauf und warf sich zwischen die beiden. Mit allen Kräften bemühte er sich, sie auseinanderzureißen. Dabei mußte er jeden Augenblick den Kopf ducken, sonst hätte ihn eine der vier wirbelnden Fäuste getroffen. Schließlich gelang es ihm, Jim Leslie gegen die Hauswand zu drücken, und dann versuchte er, Buck von ihm abzuhalten.

«Halt, wartet doch eine Minute, Jungens», sagte er. «Ihr seid doch Brüder, ihr drei. Ihr wollt ja gar keine Händel miteinander haben. Jeder von euch will seinen Frieden, und ich will euch dazu verhelfen. Kommt, wir gehen miteinander in die Scheune hinüber, dort können wir die Sache in Ruhe besprechen, ohne wie ein Meute Wildkatzen zu raufen. Ich habe euch dort einiges zu sagen. Ich kann euch eine Menge Dinge erklären, wenn ihr nur ruhig zuhört, solange ich es versuche. Schmach und Schande, daß ihr euch rauft! Kommt jetzt und laßt uns zur Scheune gehen.»

«Ich bring diesen Hund noch um», sagte Buck, ungeduldig über das lange Gerede des Vaters.

«Wir wollen uns doch keine Flüche an den Kopf werfen», bat Ty Ty eindringlich. «Brüder sollen sich nicht beschimpfen untereinander. Fluchen ist ab und zu gut und richtig, aber nicht unter Brüdern.»

Es schien Ty Ty, als ob Buck in diesem Augenblick auf ihn hören wollte, wenn er nur Jim Leslie auch dahin bringen konnte.

«Er hat hier draußen nichts zu suchen – ich bring ihn um. Ich weiß, hinter was du her bist. Ich bin kein solcher Esel, wie du glaubst.»

Shaw hatte noch kein Wort gesprochen. Aber er stand neben Buck, bereit, ihm in dem Augenblick beizuspringen, wo er Hilfe brauchte. Wenn er vor der Wahl stand, so entschied er sich immer für Buck. Shaw und Jim Leslie waren überdies nie gut miteinander ausgekommen; Ty Ty wußte es.

«Dieses Gezänk über Weiber muß jetzt ein Ende haben, ich dulde es nicht auf meinem Land», sagte Ty Ty mit plötzlichem Entschluß. Er erkannte, wie aussichtslos es war, Frieden zu stiften. «Ich hab versucht, diesen Streit friedlich zu schlichten, aber ich will nicht mehr dulden, daß ihr euch noch länger über die Weiber rauft. Macht sofort Schluß damit. Du steigst in deinen Wagen, Jim Leslie, mein Sohn, und fährst zurück nach Augusta. Und du, Buck, gehst mit Shaw zurück in die Grube an die Arbeit. Ich habe diese Rauferei so lange gelitten wie ich's verantworten kann. Jetzt macht alle, daß ihr fortkommt. Dieser Hader um die Frauenzimmer hat jetzt ein Ende in meinem Haus.»

«Ich bring den Hund jetzt um», sagte Buck. «Ich bring ihn um, wenn er das Haus betritt. Er kann doch nicht einfach herauskommen und Griselda wegholen.»

«Jungens, macht jetzt Schluß mit diesem Gezänk um die Weiber in meinem Haus. Ihr macht jetzt alle, daß ihr weiterkommt, wie ich euch sage.»

Jim Leslie erspähte eine Gelegenheit und sprang ins

Haus, ehe sie ihn hindern konnten. Buck indes war nur drei Schritte hinter ihm her, und Ty Ty und Shaw stürzten hinterdrein. Jim Leslie drang durch die erste Tür, an die er gelangte, und weiter ins nächste Zimmer. Er wußte nicht, wo Griselda sich befand, und rannte weiter auf der Suche nach ihr.

«Halt ihn, Buck!» brüllte Shaw. «Er muß durch die Diele wieder aus dem Haus, schneid ihm den Weg ab. Versperrt ihm die hintere Tür!»

Als Ty Ty einen Augenblick später das Eßzimmer erreichte, stand Jim Leslie in der Mitte des Raums, den Tisch zwischen sich und Buck. Die Brüder beschimpften einander über den Tisch weg. In der Ecke hatten sich die drei Mädchen hinter einem Stuhl verschanzt und drängten sich dicht zusammen. Griselda weinte, Rosamond auch. Darling Jill sah aus, als ob sie nicht wüßte: sollte sie weinen oder lachen. Ty Ty hatte keine Zeit, sich mit den Mädchen zu befassen, er machte auch keine Anstalten, sie zu beschützen, solange sie nicht in unmittelbarer Gefahr waren, aber er brüllte wieder seine Söhne an. Bald jedoch sah er die Zwecklosigkeit ein: sie hörten kein Wort von dem, was er sagte. Es war, als ob sie seine Gegenwart im Zimmer gar nicht wahrnahmen.

«Komm heraus aus der Ecke da, Griselda», wandte sich Jim Leslie an die junge Frau. «Du gehst mit mir. Komm heraus aus der Ecke da und steig in den Wagen, bevor ich dich mit Gewalt holen muß.»

«Du bleibst, wo du bist, und daß du dich nicht rührst!» befahl ihr Buck aus dem Mundwinkel heraus, die Augen unabwendbar auf den Bruder geheftet.

Ty Ty wandte sich in seiner Verzweiflung an Shaw.

«Geh doch und hole den schwarzen Sam und Onkel Felix zur Hilfe. Wir werden allein nicht mit ihm fertig.»

«Du bleibst hier, Shaw», sagte Buck. «Ich brauch keine Hilfe. Ich werde allein mit ihm fertig.»

«Komm aus der Ecke heraus, Griselda, bevor ich dich hervorziehe», sagte Jim Leslie abermals.

«Du kommst, um sie dir zu nehmen? Ha! Warum hast du das nicht im Hof gesagt? Ich wußte verdammt gut, um was es ging, aber ich wollte es gerade von dir hören, darauf hab ich gewartet. Du bist gekommen und willst sie dir nehmen? Ha!»

«Dieses Gezänk über Frauenzimmer in meinem Haus muß sofort ein Ende haben», sagte Ty Ty entschlossen. «Ich dulde es nicht länger.»

«Komm heraus aus der Ecke», sagte Jim Leslie zum drittenmal.

«Ich bring den Hund um», sagte Buck.

Er trat zurück und entspannte seine Muskeln.

«Schluß jetzt mit dem Hader über Frauenzimmer», sagte Ty Ty und hieb mit den Fäusten auf den Tisch zwischen seinen beiden Söhnen.

Buck trat zurück an die Wand und griff nach dem Gewehr auf dem Ständer. Er riß es aus dem Futteral und sah flüchtig hinein, ob beide Läufe geladen waren.

Als Jim Leslie Buck mit dem Gewehr sah, rannte er aus der Tür in die Diele und durchs Haus in den vorderen Hof. Buck war hinter ihm her und hielt das Gewehr vor sich, als hätte er eine Schlange auf dem Stock.

Jeder Versuch, Buck Einhalt zu gebieten, mußte scheitern, darüber wurde sich Ty Ty draußen im Hof klar. Das Gewehr konnte er ihm nicht entwinden. Buck war zu stark. Er hätte den Vater ohne viel Kraftaufwand beiseite geschleudert. Und so sank Ty Ty am Eingang in die Knie, statt in den Hof hinauszulaufen, und fing zu beten an.

Hinter ihm in der Diele standen angstvoll Griselda und Rosamond und Darling Jill und wagten sich nicht hinaus; aber sie fürchteten sich allein im Haus. Und so drängten sie sich hinter der Haustür zusammen und spähten durch den Spalt nach den Vorgängen im Hof.

Ty Ty hob den Kopf und sah von seinem Gebet auf, das eine Auge aufgerissen vor Furcht, das andere demütig geschlossen, als er hörte, wie draußen Buck Jim Leslie Halt gebot. Jim Leslie stand vor seinem Wagen, er hätte leicht mit einem Sprung dahinter in Deckung gehen können; statt dessen blieb er stehen und erhob drohend die Faust gegen Buck. «Jetzt wirst du sie in Ruhe lassen, schätz ich», sagte Buck.

Das Gewehr war schon auf Jim Leslie in Anschlag gebracht. Ty Ty konnte es fast vom Hauseingang her sehen, er fühlte förmlich, wie sich Bucks Finger fest um den Abzugshahn schlossen. Flehentlich schloß er die Augen eine Sekunde bevor das Geschoß explodierte. Als er sie wieder öffnete, sah er Jim Leslie nach einem Halt greifen und hörte fast augenblicklich den Knall des zweiten Schusses. Jim Leslie stand noch ein paar kurze Sekunden aufrecht, dann klappte sein Körper seitlich zusammen und fiel schwer in den harten weißen Sand unter der Wassereiche.

Griselda, Rosamond und Darling Jill schrien hinter der Tür gleichzeitig auf. Ty Ty schloß wieder die Augen, er hätte am liebsten die furchtbaren Einzelheiten aus seinem Bewußtsein ausgelöscht. Und als er die Augen wieder öffnete, geschah es in der Hoffnung, daß alles verschwunden wäre. Aber nichts hatte sich geändert; nur, daß Buck jetzt über Jim Leslie gebeugt stand und neue Patronen in den Flintenlauf schob. Jim Leslie wandte sich und rollte sich ganz zusammen.

Ty Ty sprang auf und stürzte in den Hof. Er stieß Buck zur Seite und beugte sich stammelnd über Jim Leslie. Ohne Hilfe nahm er den Sohn auf und schleppte ihn unter das Vordach. Shaw kam heran und sah auf seinen Bruder nieder, und die Mädchen standen im Eingang, die Hände vors Gesicht geschlagen. Jeden Augenblick brach die eine oder die andere in Schreie aus. Buck ließ sich auf den Stufen nieder, das Gewehr fiel neben seinen Füßen zu Boden.

«Sag, daß du nicht sterben wirst, Sohn», bettelte Ty Ty und kniete neben Jim Leslie auf dem Boden.

Jim Leslie sah zu ihm auf, dann schloß er die Augen vor der gleißenden Sonne. Sekundenlang bewegten sich seine Lippen, aber Ty Ty konnte keinen Laut hören.

«Können wir nicht etwas für ihn tun, Pa?» fragte Rosamond. Sie kam als erste aus der Diele. «Was können wir tun, Pa?»

Sie kniete neben ihn nieder, die Hand auf die Kehle gedrückt. Griselda und Darling Jill kamen zögernd näher und sahen auf Jim Leslie nieder.

Ty Ty nickte Rosamond zu.

«Halte seine Hand, Rosamond», sagte er. «Das würde seine Mutter tun, wenn sie jetzt hier wäre.»

Bei der Berührung ihrer Hand öffnete Jim Leslie die Augen und sah zu ihr auf.

«Kannst du nicht sprechen, Sohn?» fragte Ty Ty. «Sag doch ein Wort, Sohn.»

«Ich habe nichts zu sagen», gab Jim Leslie schwach zur Antwort und schloß wieder die Augen.

Das Taschentuch entfiel Ty Tys Hand und glitt von der Wunde auf Jim Leslies Brust zu Boden. Jim Leslies Augen öffneten sich zum letztenmal, sie glitzerten in der Sonne, glasig und starr.

Steif reckte sich Ty Ty auf und schritt hinunter in den Hof. Er wanderte vor der Treppe auf und ab und versuchte sich selbst zuzusprechen. Langsam ging er von einer Ecke des Hauses zur andern und hob die Augen nicht von dem weißen Sand, auf den er trat. Griselda und Darling Jill waren neben Rosamond auf die Knie gefallen. Da knieten die drei Frauen, und ihr Atem stockte, ehe das Schluchzen aus ihren Kehlen drang. Ty Ty suchte nicht ihre Blicke. Er wußte, sie sahen jetzt nichts. «Blut auf meinem Boden», sagte er. «Blut auf meinem Boden.»

Rosamond lief hinter Griselda und Darling Jill ins

Haus; das Geräusch weckte Ty Ty. Er blickte auf und sah den schwarzen Sam und Onkel Felix über die Äcker nach den Wäldern jenseits der Farm laufen. Der Anblick der zwei Farbigen, die davonrannten, lenkte seine Gedanken heute zum erstenmal auf Dave. Wo mochte Dave stekken? Erst jetzt fiel ihm ein, daß er Dave seit heute früh nicht gesehen hatte. Er wußte nicht, wohin er gegangen war und fragte nicht danach. Er konnte auch ohne ihn auskommen.

Auf der untersten Stufe unter dem Vordach saß Buck, den Kopf auf die Brust gesenkt. Das Gewehr lag noch immer auf dem Boden, da, wo es ihm aus den Händen geglitten war. Ty Ty wandte sich ganz herum, um diesem Anblick zu entfliehen.

«Blut auf meinem Boden», murmelte er.

Das Land vor ihm bot einen trostlosen Anblick. Die hohen Haufen von rotem Lehm und gelbem Sand, die gähnenden roten Krater dazwischen, die nackte rote Erde ohne Vegetation – die ganze Farm bot einen trostlosen Anblick. Als Ty Ty im Schatten der Wassereiche stand, fühlte er sich zu Tode erschöpft. Nicht länger strafften sich seine Muskeln beim Gedanken an das Gold in der Erde unter seinem Hof. Er wußte nicht, wo das Gold lag, und er wußte nicht, wie er fernerhin danach graben konnte, da die Kraft ihn verlassen hatte. Denn das Gold war da, das wußte er, sie hatten schon ein paar Klümpchen in diesem Boden gefunden; aber er wußte nicht, ob er jetzt noch zum Schürfen tauglich war. In diesem Augenblick war ihm zumute, als ob alles keinen Zweck mehr hätte. Sein Leben lang stand ihm der Frieden in der Familie am höchsten. Jetzt war ihm alles gleich. Nichts zählte mehr. Nichts konnte noch länger zählen, denn Blut war auf seinem Land vergossen worden – das Blut eines seiner Kinder.

Er erinnerte sich, wie er am Abend zuvor im Eßzimmer mit Buck gesprochen hatte.

«Es ist ein Elend mit euch Jungen, daß ihr nicht begreift, worum es sich handelt.»

Das Gleißen der Sonne blendete ihn und erinnerte ihn an etwas anderes.

«Blut auf meinem Boden», wiederholte er. «Blut auf meinem Boden.»

Durch die offenen Türen und Fenster hörte man die drei Mädchen weinen. Während er auf und ab ging, kamen sie wieder unter das Vordach.

«Geh doch und hol einen Leichenbestatter oder einen Doktor oder sonst wen, mein Sohn», sagte Ty Ty zu Shaw und nickte müde.

Shaw stieg in Ty Tys Wagen und fuhr nach Marion. Die anderen standen im Eingang und sahen der gelben Staubwolke nach, die er hinter sich ließ und die breit über den Weg wehte.

Ty Ty zwang seine Augen zu Boden, er wollte sie nicht heben und sein trostloses Land überschauen. Er wußte: dieser Anblick erzeugte in ihm das Gefühl, sein Körper sinke. Irgend etwas da draußen stieß ihn zurück. Es war nicht länger so, wie es vorher gewesen war. Die hohen Erdwälle hatten ihn schon immer aufgeregt; aber jetzt hätte er am liebsten den Kopf von ihnen abgewandt und sie nie wieder erblickt. Selbst die Lehmhügel hatten jetzt eine andere Färbung angenommen, und die Krume seines Bodens glich keiner anderen Erde, die er je zuvor gesehen hatte. Hier draußen war das Land nie grün gewesen, aber bis jetzt hatte er es nicht empfunden. Drüben auf der anderen Seite auf dem Neuland, da gab es Vegetation, denn die Oberfläche war nicht mit Haufen von Sand und Lehm oder von gähnenden, weiten Gruben bedeckt. Da stieg in ihm der Wunsch auf, die Arme auszubreiten und das Land zu ebnen, so weit sein Blick reichte, darüber hinzustreichen und die Gruben mit den ausgeschaufelten Erdhaufen zu füllen. Und er kam sich elend und ohnmächtig vor in dem Bewußtsein, daß er dazu niemals fähig sein würde. Ihm wurde schwer ums Herz.

«Sohn», sagte er zu Buck und sah über den Hof weg zu ihm hinüber, «Sohn, der Sheriff –»

Buck hob zum erstenmal den Kopf und sah auf in das Licht. Er hörte die Stimme seines Vaters, und er begriff, was gemeint war.

«Oh, Pa!» schrie Rosamond unter der Tür auf.

Ty Ty wartete, ob sie noch etwas zu sagen hatte. Nein, es gab weiter nichts zu sagen, er wußte es. Es gab nichts, auf das er noch hören mußte.

Er stand auf und ging von einer Ecke des Hauses zur andern, er kam mit den grimmig zusammengepreßten Lippen und den blicklosen Augen an Buck vorbei.

«Sohn», sagte Ty Ty und blieb an der Treppe stehen. «Sohn, der Sheriff wird davon hören, wenn Shaw in die Stadt kommt.»

Die Mädchen kamen über die Stufen gelaufen und scharten sich um Buck. Rosamond schlang die Arme um ihn und herzte ihn aus aller Kraft. Griselda stand schluchzend neben ihm.

«Der liebe Gott hat mich mit den drei schönsten Mädchen gesegnet, die je unter eines Mannes Dach beisammen waren. Er war gut zu mir, was das anbelangt, denn ich weiß wohl, daß ich es nicht verdiene.»

Darling Jill weinte jetzt laut. Alle standen sie dicht gedrängt um Ty Ty und umarmten ihn zärtlich.

«In der Beziehung hat der liebe Gott mich gesegnet, aber ich mußte dafür bezahlen; er hat mein Herz mit Trauer erfüllt. Das Gute und das Schlechte gehen immer Hand in Hand, scheint es. Nie bekommst du das eine, ohne das andere, nie.»

Griselda hielt Bucks Hand an ihre Brust gepreßt, sie streichelte sein Haar und küßte ihn. Sie wollte ihn zum Reden bringen, aber er schloß die Augen und schwieg.

«Es ist uns übel mitgespielt worden. Gott steckte uns in den Körper von Tieren, aber er verlangt von uns, daß wir uns wie Menschen benehmen sollen. Damit hat das Unheil angefangen. Hätte er uns doch gelassen, wie wir geschaffen sind, und uns nicht ‹Menschen› genannt – noch der letzte von uns wüßte, wie er zu leben hat. Ein Mensch kann nicht von seinem Innern her leben und auch auf das hören, was ihm der Priester sagt. Beides zugleich kann er nicht; er kann nur das eine oder das andere tun. Er kann so leben, wie es uns bestimmt ist und sein Inneres spüren – oder er kann den Worten des Priesters nachleben und da drinnen tot sein. Der Mensch hat von Anfang an Gott in sich; wenn er aber veranlaßt wird, nach den Worten des Priesters zu leben, so muß Unheil entstehen. Wenn die Jungen auf mich gehört hätten, wäre nie so großes Unglück entstanden. Die Mädchen verstehen es, und sie sind willig zu leben, wie Gott sie zum Leben geschaffen hat. Aber die Jungen gehen aus dem Haus und hören auf das Geschwätz der Narren, dann kommen sie hierher zurück und versuchen gegen Gott zu leben. Gott hat hübsche Mädchen gemacht und Er hat Männer gemacht: das ist genug, damit kann man auskommen. Wenn du versuchst, einen Mann oder eine Frau zu nehmen und sie ganz allein für dich zu behalten, dann gibt es nichts mehr als Unheil und Trauer für den Rest deiner Tage.»

Buck stand auf und straffte die Schultern. Sein Arm war um Griselda geschlungen, er hielt sie fest; und sie schmiegte sich an ihn und küßte ihn.

«Mir ist, als wäre das Ende der Welt da», sagte Ty Ty. «Mir ist, als ob mir der Boden unter den Füßen schwinde. Mir ist, als ob ich selber hinuntersänke und nirgends mehr Halt finden könnte.»

«Sprich nicht so, Pa», sagte Darling Jill und herzte ihn. «Mir wird ganz elend, wenn du so sprichst.»

Buck machte sich aus Griseldas Umarmung frei und streifte ihre Hände ab. Ungestüm warf sie sich ihm wieder an die Brust. Er konnte sich nicht rühren, so fest hielt sie ihn umklammert.

«Sohn», sagte Ty Ty und sah über die weite Fläche, die mit hohen Erdhaufen bedeckt war, «Sohn, der Sheriff –»

Buck beugte sich vor und küßte Griselda voll auf die Lippen; er drückte sie lange innig an sich. Dann schob er sie fort.

«Buck, wo gehst du hin?» weinte sie auf.

«Ich habe einen Gang zu tun», sagte er.

Sie fiel auf die Stufen und bedeckte ihr Gesicht. Darling Jill saß neben ihr und legte Griseldas Kopf in ihren Schoß.

Buck entschwand ihren Augen, als er um die Hausecke bog; Ty Ty folgte ihm einen Augenblick später, er ging langsam hinter ihm her. Buck kletterte an der anderen Seite des Brunnens über den Zaun und ging geradeaus über die Felder, auf das Neuland zu, am Ende der Farm. Am Zaun machte Ty Ty halt und ging nicht weiter. Da stand er und suchte nach Halt an ihm, während Buck langsam über die Felder auf das Neuland zuging.

Ty Ty dachte daran, daß Gottes kleiner Acker jetzt wieder zum Haus zurückgebracht worden war; und jetzt traf es ihn mit doppelter Schärfe, daß Jim Leslie gerade dort den Tod gefunden hatte. Aber in diesem Augenblick dachte Ty Ty vor allem an Buck; und wie ein letzter Wunsch stieg es in ihm auf: Gottes kleiner Acker möge Buck nachfolgen und dort anhalten, wo Buck es tat. Ty Tys Blick folgte Buck über das Neuland, und er war froh, weil er zur rechten Zeit daran gedacht hatte, Gottes kleinen Acker hinter Buck her zu schicken, ihn halten zu lassen, wenn Buck anhielt, so daß seines Sohnes Fuß immer darauf ruhte, wohin er sich wenden mochte.

«Blut auf meinem Boden», sagte Ty Ty laut. «Blut auf meinem Boden.»

Nach einer Weile war Buck aus seinem Gesichtsfeld entschwunden; er selbst kehrte wieder zum Haus zurück und trat an den Rand der großen Grube. Im Augenblick, als er in den Krater hinab sah, befiel ihn heißes Verlangen, bis auf den Grund hinunterzusteigen und zu graben. Langsam machte er sich auf den Weg. Sein Rücken war steif und seine Knie waren schwach. Er war alt geworden über dem Graben in den Erdlöchern. Bald würde er überhaupt zu alt zum Graben sein.

Er nahm Shaws Schaufel auf und fing an, die lose Erde über die Schulter zu werfen. Etwas Erde rollte zurück, aber das meiste blieb oben liegen. Wenn die Plattform da oben voll Erde war, mußte er hinaufklettern und die Erde auf die nächsthöhere Plattform schaufeln. Jetzt hatten sie sich so tief in die Erde eingegraben, daß sie den ausgeschaufelten Lehm und Sand vier-, fünfmal weiterbefördern mußten, ehe sie ihn schließlich oben über den Rand werfen konnten. Die Höhle wurde auch immer breiter. Das Haus würde unterminiert werden, wenn nicht weitere Stützen in den Wäldern geschnitten und von den Maultieren herangebracht wurden. Gleich morgen mußte er den schwarzen Sam und Onkel Felix mit den Maultieren nach sechs, sieben starken Stämmen ausschicken.

Ty Ty wußte nicht, wie lange er schon am Graben war, als er Griselda vom Kraterrand oben rufen hörte.

«Was gibt's, Griselda?» fragte er, müde gegen die Schaufel gelehnt.

«Wo ist das Gewehr, Pa?» fragte sie. «Hast du's gesehen?»

Ty Ty wartete ein Weilchen, ehe er Antwort gab. Er war zu müde zum Sprechen, ehe er nicht ein wenig gerastet hatte.

«Nein, Griselda», sagte er endlich. «Ich hab's nicht gesehen. Und ich hab jetzt keine Zeit, dir beim Suchen zu helfen.»

«Wo in aller Welt ist es denn hingekommen, Pa? Es hat doch im Hof gelegen, und jetzt ist es fort.»

«Griselda», sagte er und ließ den Kopf sinken, damit er sie nicht ansehen mußte. «Griselda, wenn Buck über Land gegangen ist, so hat er es mitgenommen.»

Dort oben am Rand des Kraters blieb alles still. Nun blickte er auf. Ob wohl Griselda dort oben stand und zu ihm hinunterschaute? Sie war nicht mehr zu sehen, aber er hörte jetzt deutlich die Stimme von Darling Jill und Rosamond in heller Erregung über den Hof schallen. Er beugte sich über seine Schaufel, stieß das Blatt mit der Ferse tief in den Lehm und fragte sich, wann wohl Shaw kommen und ihm beim Graben helfen würde.